MIRA®

Der Preis dieses Bandes versteht sich einschließlich
der gesetzlichen Mehrwertsteuer.

Umwelthinweis:
Dieses Buch wurde auf chlor- und säurefreiem Papier gedruckt.

Victoria van der Heyden

Verschlungene Pfade ins Glück

Roman

MIRA®

MIRA® TASCHENBUCH
Band 75015
1. Auflage: März 2006

MIRA® TASCHENBÜCHER

erscheinen in der Cora Verlag GmbH & Co. KG,
Axel-Springer-Platz 1, 20350 Hamburg

Das Buch wurde auf der Grundlage der historischen Serie
„Sophie – Braut wider Willen"
(basierend auf den Originaldrehbüchern von Cornelia Deil-Sanoh) verfasst.
Produziert von der Grundy UFA TV Produktions GmbH
im Auftrag von Das Erste.

Konzeption/Reihengestaltung: fredeboldpartner.network, Köln
Umschlaggestaltung: pecher und soiron, Köln
Titelabbildung: ARD/Nicole Manthey

Satz: Buch-Werkstatt GmbH, Bad Aibling
Druck und Bindearbeiten: Ebner & Spiegel, Ulm
Printed in Germany
ISBN 3-89941-265-6

www.mira-taschenbuch.de

ERSTER TEIL

1. KAPITEL

Als es aufgehört hatte zu schneien, kehrten die Nebelkrähen auf den Ahlener Marktplatz zurück, wo sie sich niederließen, um nach ein paar Körnern oder Brotkrumen Ausschau zu halten. Angesichts der über zwanzig Zentimeter Neuschnee auf dem menschenleeren Platz erschien dieses Unterfangen jedoch recht aussichtslos. Das Schneetreiben hatte endlich aufgehört, und sogar der Himmel klarte langsam auf. Ungewöhnlich für diese Jahreszeit waren die vielen Sternschnuppen, die herniederfielen. Und jede Einzelne stand für einen Wunsch, der ab jetzt in Erfüllung gehen würde …

Es war der 31. Dezember. Hinter den mit Eisblumen bedeckten Fensterscheiben des Wirtshauses von Heinrich Fischer ließ sich reges Treiben erahnen. Hier erlebte das Silvestergeschäft bereits um sechs Uhr am Abend seine ersten Höhepunkte. Einige der Fabrikarbeiter dösten schon selig auf ihren Stühlen oder schlummerten der nächsten Ernüchterungsphase entgegen, um den Jahreswechsel schließlich doch noch bei voller Aufmerksamkeit zu erleben.

Dies alles beobachtete der kleine Fritz Bütow, den die Köchin Gudrun Murger von Gut Ahlen ins Wirtshaus geschickt hatte, um etwas getrocknete Petersilie zu besorgen. Denn auf der festlichen Silvestergesellschaft des Gutes sollte es heute Abend Karpfen blau mit Petersilienkartoffeln geben sowie eine köstliche Götterspeise zum Dessert, die Lina kochen würde.

Als Fritzchen eilig heimkehrte und die Küche betrat, ohne dass er seine guten Stiefel vom Schnee gesäubert hatte, atmete Gudrun sichtlich auf. Nun stand dem Silvestermenü nichts mehr im Wege. Bald würden die ersten Gäste eintreffen und vorher sollten Max und Sophie zum Vorkosten in der Küche erscheinen. Schon als Kind hatte Sophie immer gerne aus Gudruns Töpfen genascht – und das hatte sich auch nach allem, was geschehen war, nie geändert. Die kleine Sophie ... Gudrun lächelte gerührt. Wie schön, dass sich alles zum Guten gewendet hatte. Sie gönnte Sophie und Max ihr Glück von ganzem Herzen. Max war ein guter Mann. Einen Besseren hätte sich Sophie gar nicht wünschen können. Wenn nur der alte Graf von Ahlen ... Ach was, dachte Gudrun und fuhr sich verstohlen mit der Hand über die Augen, was geschehen ist, ist geschehen – und nun wollen wir sehen, was das neue Jahr uns Schönes bringen wird.

Doch erst einmal kam Magda in die Küche, um zu sehen, ob alles reibungslos lief. Sie empfand es als ihre Pflicht, dem Gesinde auf die Finger zu schauen, obwohl sie wusste, dass sie sich auf Gudrun verlassen konnte. Aber es konnte nicht schaden, einen prüfenden Blick auf die Vorbereitungen zu werfen. Magda war sehr auf Perfektion bedacht und das würde sich auch so schnell nicht ändern. Theo, Ottos alter Kammerdiener, der nun der Kammerdiener von Max war, begleitete sie. Obwohl er mit seinen mehr als sechzig Lebensjahren auf eine lange Erfahrung zurückblicken konnte, war er vor jeder Gesellschaft, jeder Feier oder Soiree immer wieder aufgeregt wie ein Schauspieler vor einer Premiere. Und trotz aller Freude empfand er an diesem Abend auch Wehmut. Es versetzte ihm einen Stich, wenn er daran dachte, dass Otto von Ahlen nicht mehr unter ihnen weilte. So einen guten Dienstherrn würde es nicht noch einmal geben. Sophie besaß zwar das gute Herz ihres Vaters und Max war ein würdiger Nachfolger und gerechter Herr, doch es war trotzdem etwas anderes. Theo tupfte sich die Augen und seufzte leise.

„Das Leben geht weiter", murmelte er, bevor er sich wieder seiner Arbeit widmete.

Währenddessen schnürte Rike Sophies Korsett. Sophie trug ein schillerndes, elfenbeinfarbenes Seidenkleid, das mit silberner Spitze besetzt war. Max würde Augen machen. In diesem Augenblick klopfte Max wie auf ein Stichwort von draußen an die Tür.

„Einen Moment noch!" rief Sophie. „Du musst dich etwas gedulden!" Rike zog kräftig an den Schnüren. „Nicht so fest", flüsterte Sophie. „Du weißt doch …"

Rike hielt inne. „Willst du es ihm heute sagen? Laut Doktor Malz ist es ja erwiesen."

Ungeduldig pochte Max an die Tür. „Wir werden den Jahreswechsel noch verpassen, wenn ihr euch nicht beeilt!"

Sophie lachte. „Bist du denn umgezogen?"

„Dir wird das Spotten schon noch vergehen, wenn du mich erst mal siehst", antwortete Max mit einem gespielt theatralischen Unterton in der Stimme.

„Ja, heute soll er es erfahren. Aber erst nach der Feier“, flüsterte Sophie Rike zu und strahlte die Freundin glücklich an.

Inzwischen waren die meisten Gäste auf dem Gut eingetroffen: Benedikt, der mittlerweile Max’ Vorarbeiter in der Fabrik und Rikes Mann war, Achim und Anna Holberg und Pater Johannes sowie Leo. Auch York von Kettelaer hatte sich in die Halle begeben und von Theo einen Cognac in Empfang genommen.

Nur Baron Wolfgang von der Fohl fehlte noch, als alle bereits im Salon an dem großen Speisetisch Platz genommen hatten.

„Er wird doch nicht wieder gespielt haben?“ fragte Magda besorgt in die Runde.

„Gespart dürfte er jedenfalls genug haben. Schließlich hat er seine monatliche Apanage nun seit einem Dreivierteljahr nicht mehr auf den Pokertisch gebracht“, erwiderte York spöttisch.

„Sei nicht so geschmacklos!“ ärgerte sich Magda.

„Nun denn, wie dem auch sei. Ich hoffe, es ist nichts Ernstes“, ergriff Max das Wort, indem er mit einem Löffel gegen sein Weinglas schlug und sich erhob. „Meine liebe Sophie, liebe Tante Magda, liebe Freunde und Angestellte: Ich will nun zum Ende dieses an Ereignissen so reichen Jahres ein paar Worte an euch richten. Auch wenn es kaum gelingen dürfte, die ungeheuren Tragödien und auch günstigen Wendungen nur annähernd zu würdigen. Aber wir sollten sie auf keinen Fall vergessen, so schnell ein Schicksalsschlag auch dem anderen folgte. – Noch vor einem Jahr stand ich als Gutsverwalter in den Diensten des Grafen und der Gräfin und war sehr glücklich: Ich war glücklich mit meiner Arbeit, mit allen Menschen hier und vor allem war ich darüber glücklich, in Sophies Nähe sein zu können. Denn ich liebte sie von Anfang an und habe damit nicht aufgehört – selbst als Friedrich sie zur Frau nahm. Und in der Zeit, als sich das Schicksal so grausam zu wenden begann, war ich immer froh, in eurer Nähe zu sein. Wie wir heute wissen, hat Friedrich Hartenstein in Wirklichkeit alles dafür getan, das Gut in seine Hände zu bringen. Er hat nicht nur die *Rose Eliza* mit der großen Weinladung untergehen lassen. Nein, vor allem wollte er unseren geschätzten Grafen Otto von Ahlen – Gott hab ihn selig – und seine Schwester Gräfin Magda von Ahlen zugrunde richten. Und leider ist ihm das zum Teil geglückt. Lasst uns an dieser Stelle das Glas in großer Dankbarkeit und Trauer für den Grafen erheben und lasst uns ihm versichern, dass wir alle mit besten Kräften sein Lebenswerk aufrechterhalten wollen. So tragisch wie sein Leben durch den feigen Auftragsmord endete, so entschlossen wollen wir in seinem Sinne weitermachen. – Dass Friedrich durch Valerie den Tod fand, die er offenbar auch aufs Unsäglichste betrogen, belogen und gedemütigt hatte, ist wohl keine Ironie des Schicksals, sondern vielleicht eine folgende Gerechtigkeit, obwohl wir alle niemandem – selbst einem Mörder nicht – ein solch grausames Ende wünschen sollten. Und zuletzt musste Valerie sterben, weil Hans in seiner blinden

Ergebenheit Friedrich rächen wollte. – Vielleicht ist diese Geschichte noch nicht endgültig ausgestanden. Denn niemand weiß, wo Hans steckt und was er vorhat.

Aber – auch wenn es schier unmöglich schien, den Blick wieder nach vorne zu richten – unser aller Leben musste weitergehen und ging weiter. So bin ich überglücklich, dass ich meine über alles geliebte Sophie heiraten konnte und dass auch Rike und Benedikt am selben Tag von unserem geschätzten Pater Johannes getraut wurden.

Ebenfalls sehr glücklich haben uns die Hochzeiten von meiner Mutter Lotte und Leos Vater Heinrich – die heute leider wegen des Silvestergeschäftes im Wirtshaus nicht bei uns sein können – sowie die von Leo und Lina, die auf unserer Hochzeit den Brautstrauß gefangen hatte, gemacht. Darauf lasst uns nun anstoßen!

Nicht zuletzt will ich auf das Geschäftliche eingehen. Niemandem von euch ist wohl entgangen, dass uns in diesem Jahr ein ausgezeichneter Riesling gelungen ist. So scheint es jedenfalls, denn die Bestellbücher sind voll! Deshalb schlage ich vor, diesen Jahrgang unserem Grafen Otto von Ahlen zu widmen!

Was das ehemalige Hartenstein'sche Walzwerk betrifft, so haben Sophie und ich in Übereinstimmung mit Benedikt und Achim beschlossen, es in ‚Ahlener Eisenbahnfabrik' umzubenennen. Die Auftragslage für den Schienenbau in ganz Deutschland steigt ständig, und die Nachfrage nach Hinterladern sprengt fast unsere Möglichkeiten. Dennoch haben wir die Sonntagsarbeit abgeschafft und sind bemüht, die technischen, finanziellen und Arbeitszeitbedingungen für unsere Arbeiter ständig weiter zu verbessern und die Unfallgefahr an den Maschinen so weit wie möglich zu senken.

Und wenn es in Zukunft auch immer wieder Schicksalsschläge geben wird, so lasst uns diese mit Gottvertrauen und Liebe ertragen und bewältigen!

In diesem Sinne also: Stoßen wir an auf ein glückliches und erfolgreiches neues Jahr!“

Nach dem Essen ging der Abend in seinen gemütlichen Teil über. In der Halle und der Sitzecke des Salons fanden sich immer wieder kleinere und größere Grüppchen zusammen, unterhielten sich angeregt und lachten. Nur Gudrun und Fritzchen zogen sich in die Küche zurück, wo der Junge sich über die Reste der Götterspeise hermachte, bis ihm schlecht wurde.

Max nahm Benedikt und Achim beiseite und verschwand mit ihnen in der bequemen Sitzecke. „Ich habe euch etwas Wichtiges mitzuteilen. Unser Fabrikdirektor, Christoph Käppler, hat mich gebeten, ihn baldmöglichst von seinem Posten entheben zu können. Er hält sich auf Dauer nicht für den richtigen Mann, das Werk zu leiten, und hat außerdem interessante Geschäftsangebote in seiner alten Profession erhalten. Und deshalb, Benedikt, wollte ich *dir* den Posten anbieten. Achim, du bleibst selbstverständlich sein Assistent. Du hast dich so gut in die Geschäftsleitung eingearbeitet, dass ich mir nur diese Lösung vorstellen kann. Ansonsten müssten wir einen Mann von außen holen. Was haltet ihr davon?“

Achim war sofort Feuer und Flamme. „Ja, also … ich könnte mir das sehr gut vorstellen.“ Es kostete ihn sichtlich Mühe, ruhig auf seinem Stuhl sitzen zu bleiben. Am liebsten hätte er Luftsprünge gemacht. Das waren doch mal gute Nachrichten!

Benedikt hingegen schien es die Sprache verschlagen zu haben. Donnerwetter, dachte er. Vom Vorarbeiter zum Fabrikdirektor. Sein Mund verzog sich zu einem Lächeln. *Fabrikdirektor Benedikt Bütow.* Das klang nicht schlecht. Mit einem Mal spürte er Tränen der Rührung in sich aufsteigen. Er täuschte einen kleinen Hustenanfall vor, um davon abzulenken. Sein Freund Max war wirklich ein Pfundskerl!

„Was ist los mit dir, Benedikt?“ fragte Max und schlug mit der Hand auf Benedikts Rücken.

Benedikt hob abwehrend die Hände. „Ich bin nur … überrascht!“ stieß er hervor, während er sich fragte, wie die Arbeiter es wohl finden würden, wenn ihr Vorarbeiter demnächst der Fabrikdirektor war. Einige von den Arbeitern hatten ihn schon einmal für einen Verräter gehalten. Das war eine schwierige Zeit für Benedikt gewesen. Und die Stimmung unter ihnen war weiterhin angespannt. Immer wieder tauchten Flugblätter auf, die die wütende Stimmung unter den Arbeitern anheizten. Würden ihn diese Männer noch ernst nehmen, wenn er plötzlich der Fabrikdirektor war? Andererseits … Benedikt fuhr sich mit den Fingern durch die Haare. Andererseits könnte er endlich einmal zeigen, was in ihm steckte. Er könnte so vieles anders und besser machen, als es bisher in den Fabriken lief. Es gab so vieles, das für die Entscheidung sprach – aber auch so vieles, das dagegen sprach …

Seufzend sah Benedikt auf und bemerkte, dass Max und Achim ihn fragend anblickten.

„Nun?“ sagte Max. „Was ist?“

Benedikt räusperte sich. „Die Waffenherstellung …“, begann er. „Du weißt, Max, mit einem unserer Hinterlader hätte ich letztes Jahr im Krieg gegen Dänemark erschossen werden können … Ich verstehe, dass die Produktion wichtig ist, aber als Fabrikdirektor wäre ich indirekt für den Tod anderer Menschen verantwortlich.“ Max wollte schon etwas entgegnen, doch Benedikt hob abwehrend die Hände und fuhr fort: „Natürlich weiß ich auch, dass, wenn wir sie nicht herstellen, ein anderer das Geschäft macht. Waffen werden immer hergestellt. Egal, ob von uns oder jemand anderem. Wir brauchen dieses Geschäft. Wie sonst sollen wir die Arbeiter überhaupt bezahlen? Dennoch …“ Er machte eine Pause und starrte hilflos auf seine Hände.

Max klopfte seinem alten Freund auf die Schulter. „Es ehrt dich sehr, dass du dir so viele Gedanken machst“, sagte er nachdenklich. „Schlaf einfach noch ein paar Nächte darüber!“

Benedikt nickte beruhigt. „Ja, Max, das werde ich tun …“ Er fuhr sich seufzend durchs Haar.

Achim indes hielt nichts mehr auf seinem Sitz. „Also, ich nehme das Angebot an!“ unterbrach er die Unterhaltung der beiden Freunde mit fester Stimme. Max lächelte ihm dankbar zu – auf Achim konnte man sich verlassen.

Gedankenverloren wandte er sich Benedikt zu. Er ist ein guter Mensch, dachte Max, und gerade deshalb will ich, dass *er* die Fabrik leitet. Auf Benedikt konnte man hundertprozentig bauen. Er tat nichts Unüberlegtes, und das wusste Max zu schätzen. Wie glücklich ich sein kann, so einen Menschen zum Freund zu haben, überlegte er und musterte Benedikt, der offensichtlich mit sich rang.

„Danke!“ brach es plötzlich aus Benedikt heraus. „Danke, Max. Ich werde es mir sehr gut überlegen.“ Unbeholfen schlug er Max auf die Schulter. Und in diesem Augenblick ahnte Max, dass Benedikt das Angebot annehmen würde.

Lächelnd rief er nach dem Kammerdiener: „Theo, wir brauchen drei große Cognac.“

Sophie, Rike und Lina hatten sich währenddessen in eine Ecke der Halle zurückgezogen. Dort tuschelten und kicherten sie gelegentlich.

„Was ist denn mit euch los?“ wollte Lina von Rike wissen.

„Das wird nicht verraten!“ gab Rike zur Antwort.

Lina verzog schmollend ihren Mund. „Schon gut!“ gab sie zurück. „Ich will es ja gar nicht mehr wissen.“ Sie wandte ihnen den Rücken zu und sah sich suchend nach Leo um.

Leo genoss es, in einem der großen Sessel der Halle zu sitzen und von seinem eigenen Schnaps „Linas Bester“ zu trinken.

York von Kettelaer nahm einen neuen Cognac von Theos Tablett und sprach Leo an: „Na, ‚Linas Bester‘ ist wohl heute auch dein bester Freund?“

„Warum nicht?“ entgegnete Leo. „Wollen Sie mal probieren?“ In diesem Moment stellte Max sich, ohne dass York es bemerkte, hinter ihn.

„Glaubst du, dass dieses Gebräu salonfähig ist?“ fragte York und hob zweifelnd die Augenbrauen.

Überraschend antwortete Max ihm: „Da bin ich ganz sicher. Aber weißt du was, Leo? Lass uns nach der nächsten Kelter einen Schnaps in großem Stile herstellen. Der muss dann vielleicht ‚Sophies Edler Tropfen‘ oder so ähnlich heißen. Und den bringen wir groß auf den Markt. Was hältst du davon?“

„Ausgezeichnete Idee“, antwortete Leo. „Er darf aber nicht besser als ‚Linas Bester‘ sein“, fuhr er fort und lächelte schief.

„Na, ob wir so ins Geschäft kommen …“, antwortete Max grinsend und begab sich zu den drei Mädchen.

Magda von Ahlen und Pater Johannes waren an dem großen Esstisch im Salon sitzen geblieben und genossen ihren Rotwein.

„Die Abwesenheit des Barons macht mir Sorgen“, sagte Magda zum Pater.

„Sicher wird ihm Wichtiges dazwischengekommen sein. Er hätte Ihnen doch Bescheid gegeben.“

Magda sah den Pater zweifelnd an.

Wolfgang von der Fohl hastete unterdessen nach Gut Ahlen. Er hatte sich reiflich überlegt, ob er diesen Schritt tun sollte. Schließlich hatte *er* damals Friedrich Hartenstein wichtige Informationen und Mittel in die Hand gespielt, das Amerika-Geschäft überhaupt anzuzetteln. Er war damals in die Machenschaften von Friedrich eingeweiht gewesen und hatte gewusst, dass der Wein verschwinden sollte. Und er war spielsüchtig gewesen und gegen seinen Willen bei Friedrich in finanzielle Abhängigkeit geraten. Doch das gehörte nun der Vergangenheit an. Er hatte sich seit dem Tode von Otto von Ahlen rührend um dessen Schwester Magda bemüht und seine Fehltritte wieder gutmachen wollen. Dazu hatte er mit dem Spielen aufgehört und seine Finanzen sanieren können.

Von Valerie, die ihm die notwendigen Beweise geliefert hatte, wusste er, dass der Wein, der angeblich mit dem Schiff untergegangen war, in einem Königsberger Hafenlager versteckt und schließlich für viel Geld verkauft worden war.

Als Wolfgang von der Fohl nun das Gutshaus erreichte, pochte er an die Tür. Theo öffnete ihm.

„Sie sind ja ganz außer Atem!“ rief der alte Kammerdiener aus und nahm dem Baron den Mantel ab. „Darf ich Ihnen ein Getränk anbieten?“

„Ja, danke. – Es gibt Neuigkeiten, ganz außerordentliche Neuigkeiten. Vielleicht könnten Sie bei den Herrschaften um kurzes Gehör bitten, Theo?“

„Jawohl, Herr Baron.“ Theo deutete eine kurze Verbeugung an und ging voraus in den Salon. Wolfgang von der Fohl holte noch einmal tief Luft, denn es fiel ihm nicht leicht zu sagen, was er der Familie zu sagen hatte. Aber er hatte sich nun einmal vorgenommen, seine Schuld abzubüßen, und dazu gehörte, dass es keine Geheimnisse mehr gab. Oder zumindest *fast* keine Geheimnisse mehr. Natürlich würde er ihnen nicht verraten, welche Rolle er bei Hartensteins Betrügereien gespielt hatte, doch er würde versuchen, gutzumachen, was noch gutzumachen war.

Als sich kurz darauf alle um den großen Esstisch herum versammelt hatten, stellte Wolfgang zwei Flaschen vom Ahlener Wein des berühmten 1861er Jahrganges mitten auf den Tisch und blickte in die Runde.

„Zunächst entschuldigen Sie bitte meine Verspätung. Aber ich hatte gute Gründe. Sie sehen diese beiden Flaschen Wein hier. Diese Flaschen stammen aus Königsberg und sind dort verkauft worden." Magda schnappte hörbar nach Luft.

„Woher haben Sie die?"

Mit dieser Frage hatte Wolfgang von der Fohl gerechnet und sich eine kleine Geschichte, die nicht ganz der Wahrheit entsprach, zurechtgelegt. Die ganze Wahrheit zu erzählen, das brachte er nicht übers Herz. Wie hätte er erklären sollen, dass er seinen Cousin darum gebeten hatte, Nachforschungen anzustellen? Man hätte ihn doch sofort gefragt, woher er wusste, dass der Wein in Königsberg gelandet war, und dann hätte er sich verraten müssen. Also fuhr er mit seiner Geschichte fort:

„Am heutigen Nachmittag überraschte mich ein Besucher, der sich auf der Durchreise nach München befand, in meinem Hause. Mein Hausdiener meldete mir Baron Friedrich von Ortenburg, einen Cousin von mir, den es schon vor Jahren nach Königsberg verschlagen hatte und der mich dringend zu sprechen wünschte. Ich erinnerte mich sofort an meinen alten Spielkameraden aus Kindertagen und bat ihn erfreut herein. Er stellte eine Flasche Wein auf den Tisch und bot mir an, ein Gläschen mit ihm zu trinken. Natürlich sagte ich nicht Nein. Schließlich deutete er auf das Etikett und fragte, ob mir das Weingut Ahlen bekannt sei. Oh ja, entgegnete ich und erklärte ihm, dass Graf von Ahlen ein guter Freund von mir gewesen sei, der vor einigen Monaten auf mysteriöse Weise ums Leben gekommen und wahrscheinlich ermordet worden sei." Wolfgang von der Fohl hoffte, dass niemand seine kleine Lüge bemerken würde. „Mein Cousin bedauerte das sehr und drückte die Hoffnung aus, dass das Weingut weitergeführt werde. Er erzählte, er sei nach Ahlen gekommen, um zu erfahren, ob er diesen ausgezeichneten Tropfen oder auch spätere Jahrgänge direkt vom Gut beziehen könne. Sein Weinhändler in Königsberg habe ihm mitgeteilt, dass er diesen Wein nicht direkt vom Gut, sondern von einem Zwischenhändler im März dieses Jahres bezogen hätte. Der Verkäufer habe den Wein in einer sehr ansehnlichen Menge innerhalb von wenigen Stunden liefern lassen und sei direkt mit zwölftausend Talern bezahlt worden. Er habe sehr seriös gewirkt und sich auch ausweisen können. Schon im Sommer sei die Lieferung restlos ausverkauft gewesen und er, mein Cousin, war einer der Glücklichen, die einen größeren Posten davon erwerben konnten. Der Weinhändler meines Cousins meinte, dass er das Geschäft erst im vergangenen März abgewickelt habe. Eine sehr ansehnliche

Menge, die zudem noch, salopp ausgedrückt, wie warme Semmeln weggegangen sei. – Und nun, lieber Max, schauen Sie sich den Wein einmal an. Ist das nicht genau der Wein, der in etwa dieser Menge nach Amerika verschifft werden sollte?"

„Wollen Sie damit etwa sagen, dass der Wein sich gar nicht auf der *Rose Eliza* befunden hat, als diese sank?" fragte Max entsetzt.

„Genau das will ich damit sagen. Denn – so Leid es mir tut, lieber Max, liebe Sophie und liebe Magda – Sie haben noch nicht alles gehört. Auf meine Frage, was ihm über diesen Zwischenhändler bekannt sei, konnte mein Cousin genaue Antwort geben. Er hatte seinem Weinhändler Fragen gestellt, um möglicherweise selbst über jenen Zwischenhändler erneut an diesen wunderbaren Wein zu gelangen. Es habe sich bei dem Zwischenhändler um einen Herrn namens Friedrich Hartenstein gehandelt, der skurrilerweise mit einer riesigen Dogge zum Geschäftsabschluss erschienen war, jedoch äußerst seriös aufgetreten sei. Der Vertrag habe ebenfalls sehr korrekt gewirkt. – Daraufhin verschlug es mir zunächst die Sprache, und ich spielte in meinem Kopf und mit meinem Cousin so allerlei Varianten durch. Dabei haben wir uns einige Gläschen Cognac genehmigt, bis er dann vor einer Stunde die Weiterreise angetreten hat. Insofern bitte ich, meine Verspätung zu entschuldigen. Doch, nun frage ich Sie, was konnte der einzige Schluss sein, zu dem wir gelangten?"

„Hartenstein war zu dem Zeitpunkt des Weinverkaufs

im März, von dem Ihr Cousin sprach, schon tot. Also muss Hans Stallkamp, der ja wusste, dass der Wein offenbar die ganze Zeit in Königsberg gelagert wurde, sich als Hartenstein ausgegeben haben", schlussfolgerte Max.

„Genau so ist es wohl. Nicht ohne Grund hat Hartensteins Diener bei seiner Flucht nicht nur Gold und Bargeld, sondern auch wichtige persönliche Dokumente und Geschäftspapiere mitgehen lassen. – Ich will Ihnen allen und mir ja nicht den Jahreswechsel verderben, aber gehen Sie davon aus, dass dieser Mann weiter sein Unwesen treibt", beendete Wolfgang von der Fohl fast beschwörend seinen Bericht.

„Ist da nicht Ihre Fantasie etwas mit Ihnen durchgegangen, Wolfgang?" fragte Magda. Der Baron betrachtete sie überrascht. Er spürte, wie ihm der Schweiß aus den Poren brach. Hatte Magda von Ahlen ihn etwa durchschaut? Zuzutrauen war es ihr.

„Liebe Gräfin, ich weiß, dass es fantastisch klingt, doch manchmal übertrifft das wirkliche Leben die Fantasie bei weitem", entgegnete er, wobei er sich um einen arglosen Tonfall bemühte.

„Da haben Sie sicher Recht, lieber Baron. Und wenn dieser Mensch in seiner tiefen Ergebenheit und wahnhaften Liebe zu seinem Herrn gefangen ist, können wir uns darauf gefasst machen, dass Friedrich Hartenstein selbst aus dem Totenreich noch weiter die Fäden dieses absurden Marionettentheaters ziehen wird." York blickte düster in die Runde.

„York, ich bitte dich. Nicht auszudenken, was dein rastloser Geist da wieder inszeniert!" empörte sich Magda. Wolfgang von der Fohl atmete auf.

„Wir müssen auf jeden Fall Gelassenheit bewahren", meldete sich Max zu Wort. „Stallkamp ist ein gesuchter Mörder, wahrscheinlich sogar Doppelmörder, und was er von Hartenstein bekommen konnte, hat er sich schon genommen. Was also sollte er von uns noch wollen? Wir haben seinen Herrn nicht umgebracht. Er wird jetzt bemüht sein, unerkannt unterzutauchen. Andererseits: Etwas Wahnsinniges lag immer in seinem Blick", fügte er hinzu und seufzte schwer.

„Max, fang du nicht auch noch an!" sagte Sophie.

„Ich wünschte, ich könnte durch Kenntnis über die Festsetzung von Hans damit aufhören ... Aber lassen wir das an diesem Abend", antwortete Max nachdenklich.

Eine Weile herrschte betretenes Schweigen.

In dem Augenblick begann die große Standuhr in der Halle zu schlagen. Mitternacht.

„Oh!" rief Magda. „Theo, schnell den Champagner, sonst werden wir noch den Jahreswechsel versäumen."

Die Gäste stießen an und ließen die Gläser klirren.

„Prosit Neujahr, alles Gute und ein erfolgreiches neues Jahr!" rief Max in die Runde.

Erst gegen ein Uhr zogen Max und Sophie sich gut gelaunt in ihr eheliches Schlafzimmer zurück. Sophie lief geschwind die Treppe herauf, während Max hinter ihr herrannte und vergeblich versuchte, ihren Rockzipfel zu erhaschen. Dabei stolperte er beinahe. Sophie stand oben auf dem Treppenabsatz und schaute Max mitleidig ins Gesicht, als er seinen Kopf hob und sich stöhnend aufrichtete. Ihr glockenhelles Lachen erklang, und sie rannte ins Zimmer.

„Warte nur!“ rief Max ihr hinterher. „Ich hole dich schon noch ein.“

Sophie stemmte sich von innen gegen die Tür, doch Max drückte sie sanft auf, und Sophie floh aufs Bett, wo sie sich lachend hinter einem Kissen verschanzte. Max warf sich mit Anlauf neben sie auf die Matratze, die mächtig erbebte. Langsam beugte er sich über seine schöne Frau und sprach mit leisem gruseligen Bass in ihr Ohr: „Willst du deine Schuld bekennen und die Strafe erdulden?“

Ohne ihn anzusehen sagte Sophie nach einer Weile: „Worin besteht meine Schuld, und durch welche Strafe soll sie gesühnt werden?“

Max antwortete ihr: „Deine Schuld besteht darin, einem Ahnungslosen das Herz geraubt zu haben. Deine Strafe wird sein, dass du ihn bis zu deiner letzten Stunde lieben musst.“

Sophie war so berührt von diesen Worten, dass sie lange schwieg und einfach nur still dalag und Max’ Berührungen genoss. Max, mit seinen Lippen ganz nah an ihrem Ohr, strich sanft durch ihr Haar und küsste sie zärtlich.

Meine Sophie, dachte er gerührt. Sie ist die schönste und wunderbarste Frau auf der Welt. Ich liebe sie.

Sophie schmiegte sich an Max. Seine Lippen streiften über ihre Wangen bis hin zu ihrem Mund. Dann verloren Max und Sophie sich in einem langen zärtlichen Kuss. Sie hielten die Augen geschlossen, ließen sich ineinander fallen und vergaßen für einen kurzen Moment die Welt um sich herum.

Als sich ihre Lippen voneinander lösten, öffneten die beiden langsam ihre Augen wieder. Max legte sich ganz nah neben Sophie auf den Rücken und starrte an die Decke, als erblickte er dort das gesamte Weltall. Sein Herz pochte.

Ich bin der glücklichste Mann im Universum.

Und er hoffte, dass dieses Gefühl sich für immer bewahren ließe.

„Ach, Max, das ist keine Strafe", seufzte Sophie, „das ist ein Geschenk des Himmels." Sie dachte kurz an die schlimmen Dinge, die in der letzten Zeit geschehen waren, und versuchte, die düsteren Erinnerungen zu verscheuchen. Doch der Gedanke an den Tod ließ sich nicht so einfach vertreiben. „Wenn du stirbst, will ich keine Sekunde länger leben. Dass du mir ja nicht auf die Idee kommst, irgendwohin ohne mich zu reisen."

Beide waren nachdenklich geworden, lauschten dem Atem des anderen und hielten einander an den Händen.

„Das will ich auch. Ich will die eine Sekunde vor dir sterben, dass ich dich nicht sterben sehen muss", flüsterte Max.

Wieder schwiegen die beiden lange und lagen still nebeneinander.

Schließlich wisperte Sophie: „Wo du hingehst …"

Sogleich unterbrach Max sie: „… da will ich auch hingehen."

Dann sprach Sophie weiter: „Wo du bist …"

Und Max fuhr fort: „… da will auch ich sein."

Wortlos blickten sie sich an. Mit einem Mal richtete Sophie sich auf und legte Max' Hand, ohne sie loszulassen, auf ihren Bauch. Plötzlich lächelte sie, nein, sie strahlte vor Glück und sah ihren geliebten Max eindringlich an.

„Max, was würdest du davon halten, wenn ich …" Sie unterbrach sich und versuchte es anders: „Was würdest du davon halten, wenn wir schon bald …" Seufzend unternahm sie einen dritten Anlauf: „Könntest du dir vorstellen, dass …" Sie presste seine Hand mit leichtem Druck auf ihren Bauch.

Und endlich verstand Max. Mit offenem Mund starrte er Sophie an. „Nein, das glaube ich nicht, das glaube ich nicht", flüsterte er. „Ist das dein Ernst? Das glaube ich nicht!" Sprachlos hielt er inne. Dann erstrahlte ein Lächeln auf seinem Gesicht. Sophie brauchte kein Wort zu sagen. Ihre Augen und ihr leises Lachen sagten alles. Und mit jeder Sekunde wuchs die Gewissheit in Max, dass Sophie schwanger war. Er küsste sie wieder und wieder. Schließlich sprang er vom Bett auf und hüpfte außer sich vor Freude durchs Zimmer.

Als er sich ein wenig beruhigt hatte, sprang er aufs Bett, setzte sich neben Sophie und streichelte liebevoll ihren Bauch. Behutsam legte er sein Ohr an ihren Körper. „Ich kann sie hören. Oder ihn? Ja, ich höre das kleine Leben in deinem Bauch schon!" platzte es überschwänglich aus ihm heraus.

„Das kann noch nicht sein, mein Lieber."

„Doch, doch. Ich habe ein sehr gutes Gehör“, erwiderte Max. „Ich höre die Zukunft.“

Schweigend und glücklich saßen sie nebeneinander. Tief blickten sie sich in die Augen.

Sophies Lächeln war zart wie eine Blüte, und Max’ Lippen waren wie der Schmetterling, der sich vorsichtig auf der Blume niederließ, um von ihrem süßen Nektar zu kosten.

„Du bist meine Blüte“, flüsterte Max und strich Sophie zärtlich über die Wange.

Und plötzlich begann eine Art Wechselgesang zwischen beiden. Sophie antwortete: „Und mein Schmetterling bist du. Ich bin deine Welle ...“

Max nahm sich Zeit zum Überlegen und küsste Sophie sanft: „Meine Schaumkrone du. Ich bin deine Güte ...“

Sophie unterbrach ihn fast: „Und mein Zorn bist du. Dein Diesseits bin ich ...“

„Und mein Jenseits bist du“, antwortete Max. Schließlich versanken die beiden in einem leidenschaftlichen Kuss.

2. *KAPITEL*

Hans Stallkamp hatte, nachdem er Valerie – der Mörderin seines geliebten Herrn – die Kehle zugedrückt hatte, einen Moment lang mit hängenden Schultern noch in Friedrichs Büro gestanden …

Er wusste, dass ihm nur wenig Zeit blieb, dass man ihn suchen würde und dass er fliehen musste. Ein Ruck ging durch seinen Körper. Hastig verstaute er alles Bargeld und Gold, die persönlichen Dokumente sowie Geschäftspapiere und die in einen vergoldeten Rahmen gefasste Fotografie, die Friedrich von sich und der Dogge vor einem Jahr hatte anfertigen lassen, in zwei Reisekoffer und verließ das Büro. Die Dogge Noah, die Friedrich noch vor einer Stunde hatte ausführen wollen, lief ihm mit angelegter Leine hinterher. Hans Stallkamp hatte kein Problem damit, das Tier mitzunehmen. Denn schließlich hatte Friedrich den Hund geliebt. Und was Friedrich liebte, liebte Hans auch.

Eilig lief er in die Seitenstraße gleich neben dem Kontor, wo er bei dem Fuhrunternehmer, der all die Jahre für Friedrich gearbeitet hatte, eine geschlossene Droschke bestellte und sich sofort nach Münster bringen ließ.

In Münster mietete Hans sich ein Zimmer in einer unauffälligen Pension und grübelte einige Nächte darüber, wie innerhalb nur weniger Minuten sein bisheriges Leben vollkommen auf den Kopf gestellt worden war. Nachts unternahm er lange Spaziergänge mit Noah. Tagsüber hielt er sich fast ausschließlich in seinem Zimmer auf und studierte die persönlichen Dokumente und die Geschäftspapiere von Friedrich. Er wusste, dass er jetzt Zeit brauchte, um sein künftiges Leben genau zu planen und um überhaupt wieder ein geordnetes Leben beginnen zu können. Ihm war klar, dass man über die Grenzen von Ahlen hinaus nach ihm suchen würde. Deshalb musste er möglichst weit weg von dort. Und er nahm sich vor, auf Dauer aus Preußen zu verschwinden und sich in Bayern anzusiedeln. Bis es jedoch so weit war, würde es noch viel zu tun geben. Zuerst musste er sich einen neuen Identitätsausweis beschaffen und darüber nachdenken, welcher Art seine neue Existenz sein könnte und in welchem Geschäftszweig er sein Geld würde bewahren und klug vermehren können.

Erst nach einigen Wochen fand er die Ruhe, um um Friedrich zu trauern. Stundenlang saß er vor dessen Fotografie und starrte sie ununterbrochen an. Auf beiden Seiten neben dem Rahmen hatte er drei Kerzen aufgestellt und angezündet. Immer tiefer sah er in Friedrichs Augen, bis er sie nicht mehr wahrnahm. Bilder stiegen in ihm auf. Er sah sich, als er Friedrich vor etwa dreizehn Jahren vor einer heranrasenden Kutsche bewahrt hatte. Hartenstein war, von der Cholera geschwächt, zusammengebrochen, und Hans hatte ihn in letzter Sekunde von der Straße gezogen und so gerettet. Anschließend war er Friedrich einfach gefolgt. Während Friedrich mit der tödlichen Krankheit im Bett gelegen und selbst der Hausdiener sich aus dem Staub gemacht hatte, war Hans bei ihm geblieben und hatte ihn versorgt. Nach Tagen war Friedrich aufgewacht.

„Du bist also Hans", hatte er als Erstes gemurmelt.

„Ja, Herr."

„Und deine Eltern, wo sind die?"

„Ich habe keine."

„Wieso bist du bei mir geblieben? Hattest du gar keine Angst vor der Krankheit?"

„Ich wüsste nicht, was ich sonst hätte tun sollen."

„Und was hast du jetzt vor? Wo willst du hin?"

„Kann ich nicht hier bleiben? Bei Ihnen? Ich tue auch alles, was Sie sagen, Herr."

Hans hatte flehend in die Augen eines Mannes gesehen, der gerade den „Engel des Todes" besiegt hatte. Dieser Mann musste ungeheuer stark sein ... Und tatsächlich hatte Hartenstein ihn zu sich geholt.

Noch immer starrte Hans auf die Fotografie, und Tränen stiegen in ihm auf. Auch wenn Friedrich ihn in den folgenden Jahren nicht selten gezüchtigt hatte, so war Hans doch zu seinem engsten Vertrauten und treuen Hausdiener geworden.

Dieser Mensch, der ihm die Würde zurück oder überhaupt erst gegeben hatte, war nun nicht mehr. Und für einen Moment zweifelte Hans daran, ob er ohne Friedrich seine Würde überhaupt würde bewahren können. Aber er schwor sich, es für Friedrich zu tun, dessen Vermächtnis zu erfüllen und sich an allen, die Friedrich gehasst oder die ihm geschadet hatten, in dessen Namen zu rächen. Ja, diese Entscheidung machte ihn stark, sie verlieh Hans wieder Kraft. Beinahe schien es ihm, als könnte er über das Foto mit Friedrich im Totenreich Kontakt aufnehmen und weiter die Befehle seines Herrn empfangen, die auszuführen sein ganzes Leben ausgemacht hatte.

Erst als der Hund sich meldete und einen Spaziergang forderte, kehrte Hans in die Wirklichkeit zurück.

In all den Nächten seit Friedrichs Tod hatte er Probleme zu schlafen. Immer wieder überfiel ihn der gleiche Albtraum, der in seiner Kindheit Wirklichkeit gewesen war …

Hans saß im Speisesaal des Waisenhauses und versuchte, sich zu verstecken. Er hatte furchtbare Angst. Wenn er doch bloß ohne Essen ausgekommen wäre. Aber es kam, wie es immer wieder kam.

Der Hausmeister rief: „Hans, kommst du mal? Du musst mir helfen."

Entsetzt zuckte Hans zusammen. Er wusste, dass er keine Wahl hatte, dass er einer „höheren" Gewalt ausgesetzt war, und er wusste, was ihm bevorstand: Der Hausmeister, ein kleiner schwabbeliger Mensch, besaß Bärenkräfte. Außerdem roch er aus dem Mund und auch sonst. Es hatte keinen Zweck, auch nur zu versuchen, ihm den Gehorsam zu verweigern. Hans hatte es einmal probiert, aber das war ihm schlecht bekommen. Der Hausmeister liebte kleine Jungen, und das, was er am liebsten mit ihnen tat, war, auch wenn er nicht wütend auf sie war, unangenehm und schmerzhaft.

Danach pflegte der Hausmeister zu drohen: „Ein Wort zu irgendjemandem, und du bist tot!" ...

Schweißgebadet schreckte Hans auf. Es war die Nacht vor seiner Abreise nach Königsberg. Er hatte Angst vor dem Rest der Nacht. So wie er eines Tages, nachdem er dem widerlichen keuchenden Hausmeister, der sich an ihm rieb, ein Messer in den Hals gerammt hatte, fluchtartig aus dem Heim geflohen war, so fand er auch jetzt die Kraft, aus der Pension zu fliehen, und irrte mit der Dogge durch die nächtlichen Straßen. So viele Jahre hatte er sich bei Friedrich geborgen gefühlt, und in all diesen Jahren war der böse Traum nicht mehr über ihn gekommen. Doch seit Friedrich tot war, schien Hans wieder so hilflos wie als Zwölfjähriger.

Am nächsten Tag brach er zu einer langen Reise auf, die ihn über Bremen, Hamburg und Stettin schließlich nach Königsberg in Preußens äußerstem Nordosten führen sollte. Er hatte diese Reise vor weniger als einem Jahr mit seinem Herrn schon einmal gemacht. Teilweise mit der Kutsche, aber vorwiegend mit der Eisenbahn, waren sie damals unterwegs gewesen und hatten einschließlich einiger geschäftlicher Aufenthalte nach vierzehn Tagen Königsberg erreicht, um dort den für Amerika bestimmten Ahlen'schen Wein in Empfang zu nehmen und in einem eigens gemieteten Hafenlager zu verstecken.

In Königsberg wartete mit dem versteckten Wein also ein Geschäft, das Hans sich nicht entgehen lassen wollte. Er musste nur einen Händler finden, der ihm den edlen Tropfen abkaufen würde, und er wäre nochmals um etliche tausend Taler reicher.

Und es gelang ihm. Er hatte bei Friedrich viel gelernt und außerdem dessen Buchhaltung übernommen. Unter Friedrichs Namen – er hatte ja alle persönlichen Dokumente Hartensteins im Besitz – verkaufte er den Wein für zwölftausend Taler.

Noch drei weitere Tage hielt er sich in Königsberg auf. Um den gefürchteten immer wiederkehrenden Albtraum zu verdrängen, vergnügte er sich jede Nacht in teuren Bordellen mit harten Beischlafspielen, die ihm besonders gefielen. Wenn er schließlich genügend Champagner oder Cognac getrunken hatte, sank er in einen tiefen, traumfreien Schlaf.

In der Nacht vor seiner Abreise nach München lernte er beim Cognac einen zwielichtigen Advokaten kennen, dessen Zunge bereits ziemlich locker war. Der Mann brüstete sich damit, schon mehreren Personen mit falschen Identitätsausweisen geholfen zu haben. Hans traute seinen Ohren nicht – das war die schwierigste Aufgabe, die er noch zu lösen hatte. Vorsichtig horchte er den Mann aus.

„Wie gelangen Sie denn zu diesen Papieren?"

Der angetrunkene Advokat plauderte nicht ohne Stolz sogleich los: „Das ist ganz einfach. Ich kaufe sie von Bettlern oder den Angehörigen armer Familien, die einen Todesfall zu beklagen haben."

„Da führen Sie gar ein kleines Archiv?"

„Genau so ist es."

„Aber wie erfährt denn jemand, der dringend einen neuen Identitätsausweis braucht, wo er ihn bekommt?"

„Ach, mein Bester, glauben Sie mir, wer es wissen muss, erfährt es irgendwie."

Hans witterte seine Chance. „Also, ich hätte da ein gewisses Interesse – nicht für mich, sondern für einen alten Jugendfreund, der eine kleine Dummheit begangen hat …"

„Das klingt ja spannend. Was hat er denn angestellt?"

„Ach, wissen Sie, er hat ein großes Geschäft in den Sand gesetzt und muss sich seither verstecken", log Hans. „Ich habe vor, morgen abzureisen. Es wäre sehr dringend … Dieser Freund ist so alt wie ich und gleicht mir in etwa in Statur und den äußeren Merkmalen."

Der Advokat musterte Hans skeptisch, ahnte er doch, für wen die Papiere eigentlich bestimmt waren. Aber das war ihm egal, solange sie nur ordentlich bezahlt wurden. Also hob er sein Glas und sagte: „Dann kommen Sie morgen in meine Kanzlei. Hier ist die Adresse. Wie ich sehen kann, wird es Ihnen am nötigen Kleingeld ja nicht fehlen."

„Gewiss nicht", freute sich Hans, „und wenn wir uns schnell einig werden, soll es Ihr Schaden nicht sein. Im Übrigen schlage ich vor, Ihre heutige Zeche zu übernehmen", wobei er eine deutliche Geste in Richtung der Mädchen vollführte.

„Na, dann trinken wir auf ein gutes Geschäft, nein, auf einen kleinen Freundschaftsdienst. Prost!"

„Prost!" erwiderte Hans und stieß mit dem Mann an. Er beschloss, seine Abreise um einen Tag zu verschieben.

Am nächsten Vormittag erschien Hans in der Kanzlei des Advokaten. Der führte ihn umgehend in ein Hinterzimmer, wo auf einem großen Eichenholzschreibtisch die Dokumente verschiedener Personen lagen, die alle in etwa auf Hans' Merkmale zutrafen. Hans schaute zunächst nur auf die Namen und entschied sich für einen: *Alois Pangerl.* Das ist gut, dachte er. Das klingt so süddeutsch. Unter diesem Namen werde ich in München eine neue Karriere beginnen, eine Karriere, die ich meinem Herrn widmen werde und die seiner würdig sein soll!

„Schön", sagte der Advokat, „dann übergebe ich Ihnen den Ausweis und die Geburtsurkunde. Die Eltern von Alois Pangerl sind schon seit über zwanzig Jahren tot. Er stammt aus Garmisch-Partenkirchen. Geschwister hat er keine. Und ich bekomme von Ihnen 500 Taler."

Hans reagierte zunächst gar nicht. Der Anwalt blinzelte listig. Er war sich im Grunde sicher, dass Hans auf seine Geldforderung eingehen würde, denn er glaubte fest daran, dass Hans selbst irgendetwas ausgefressen hatte. Auf einen geringfügigen Handel aber würde er sich sogar einlassen, dafür hatte er die Summe im Voraus sehr hoch angesetzt.

„Das ist nicht Ihr Ernst!" erwiderte Hans.

„Doch, doch. Was glauben Sie, wie viel ich für die Papiere hinlegen musste? Und ein kleines Geschäft wollte ich dabei ja auch noch machen. Ich nehme aber an, dass die Papiere für Sie, Verzeihung, für Ihren Bekannten von höchster Wichtigkeit sind, oder?"

„Das ist schon wahr. Aber *ich* nehme an, dass ich sie woanders deutlich günstiger erwerben könnte“, antwortete Hans.

„Wenn Sie das wirklich glauben ... an welche Summe hatten Sie denn gedacht?“ wollte der Mann wissen.

Wie aus der Pistole geschossen entgegnete Hans: „350 Taler.“

„Also passen Sie auf: Angesichts Ihrer Lage – bitte nochmals um Verzeihung –, angesichts der Lage Ihres Freundes könnten wir uns auf 450 Taler einigen ...“, bot der Advokat schmierig lächelnd an.

Doch Hans knurrte: „400!“

Der Anwalt gab noch immer nicht auf. Scheinheilig wandte er sich ab, kratzte sich nachdenklich am Kinn und ging auf und ab. „Dann lassen Sie uns auf der Mitte Ihres und meines ersten Angebotes treffen. Also bei 425 Talern. Das ist mein letztes Angebot.“

Hans zögerte eine Weile, runzelte die Stirn – und war sich doch schon längst darüber im Klaren, dass er annehmen würde. Noch am Vorabend hatte er sich so großzügig gegeben, und nun feilschte er mit einem kleinen Betrüger um ein paar Taler.

„Einverstanden. 425 Taler.“ Schweigend zählte Hans das Geld auf den Tisch. Dann wandte er sich zum Gehen, ohne den Mann noch einmal anzusehen. Erst im Türrahmen blieb er stehen, setzte seinen Hut auf und verabschiedete sich: „Einen guten Tag noch und auf Nimmerwiedersehen!“

Der Anwalt, der das Geld bereits eingesteckt hatte, schaute ihm mit offenem Mund hinterher.

Mittlerweile hatte der Frühling Einzug gehalten. In München angekommen mietete sich Alois Pangerl alias Hans Stallkamp in einer noblen Pension im Stadtzentrum in der Kaufinger Straße nahe des Schrannen Platzes ein. Als sein Gepäck hochgetragen worden war und er erstmals sein Zimmer betreten hatte, packte er als Erstes Friedrichs gerahmtes Foto aus, stellte es mittig auf die Kommode und errichtete seinen Altar. Er zündete Kerzen an und setzte sich vor das Bild. Wieder blickte er starr und unbewegt in die Augen von Friedrich. Und abermals schwor er ihm Treue und Rache bis in den Tod. Er betete zu Gott, ihm dabei behilflich zu sein. Schließlich waren die große Schande und die Ungerechtigkeit, die seinem Herrn in Ahlen widerfahren waren, noch nicht gesühnt und mussten aus der Welt geschafft werden.

Gleich am ersten Abend begab Hans sich auf einen langen Spaziergang und entdeckte in der Sendlinger Straße ein edles Freudenhaus. Das ist es, dachte er, in so einer großen Stadt ein Bordell zu führen, das wäre eine gute Geldanlage. Und später könnten noch ein paar Lokale hinzukommen. Das wäre ganz in Friedrichs Sinne, denn er hatte Frauen geliebt, und Hans liebte sie fast noch mehr.

Beinahe täglich besuchte er nun das Freudenhaus und vergnügte sich mit verschiedenen jungen Frauen.

Eines Tages war er der fünfunddreißigjährigen Chefin der Mädchen, Gertrud Ostermaier, näher gekommen. Beim Champagner hatte sie ihm berichtet, früher die Kurtisane eines Grafen aus Passau gewesen zu sein, der sie jedoch auf

Druck seiner Familie hatte fallen lassen müssen. Immerhin hatte er ihr in München diese Arbeit verschafft.

Gertrud hatte sich in Hans verliebt. Für sie war der schmucke groß gewachsene Mann die Erfüllung eines lang gehegten Traumes – immer hatte sie geglaubt, dass ihr Prinz eines Tages noch auftauchen würde. Und vielleicht war es nun so weit.

Hans seinerseits war von den üppigen Reizen Gertruds, dem gleichen dunklen Haar, wie es die Baronin Viethoff getragen hatte, und ihrer schier unendlichen Lust so hingerissen, dass sie sich inzwischen jeden Abend trafen. Seine Nächte verbrachte Hans in dem breiten Doppelbett in Gertruds Boudoir.

Eines Morgens beugte Gertrud sich über ihn und küsste ihn wach. Seufzend legte sie ihren Kopf auf seine Brust und träumte vor sich hin.

„Was hast du eigentlich vor in München, Alois? Wie lange willst du bleiben?"

„Eigentlich für immer. Ich suche nur nach einem geeigneten Geschäft, in das ich mein Geld stecken kann", antwortete Hans. „Vielleicht sollte ich ein Freudenhaus eröffnen."

Gertrud, die sich in ihren Träumen bereits eine gemeinsame Zukunft mit ihrem „Alois" ausmalte, begann, seine Brust zu küssen. Begehrlich fuhr Hans mit beiden Händen durch ihr langes Haar.

„Weißt du denn, was das kostet? Du brauchst ein großes Haus, du brauchst Angestellte und natürlich Dirnen", flüsterte Gertrud verführerisch, wobei sie ihn wieder und wieder küsste. Langsam glitten ihre vollen Lippen über Hans' Körper.

„Ich will es unbedingt. Und ich will es mit dir." Hans musste sich zusammenreißen, um diese Worte so liebevoll und glaubwürdig wie nur möglich über die Lippen zu bringen. Um seine Ziele zu erreichen, brauchte er Gertrud – vorerst jedenfalls. „Das nötige Geld werde ich schon auftreiben. Aber du weißt bestimmt, wie man so etwas anfangen muss."

Gertrud ließ von ihm ab und setzte sich aufrecht neben ihn. Das war es, was sie hören wollte! Eindringlich sah sie ihn an.

„Wenn das dein Ernst ist, bist du der Prinz, auf den ich mein Leben lang gewartet habe, mein Märchenprinz! Ich kann dir alles beibringen, was du wissen musst. Also, das Haus …", begann sie.

„Das ist kein Problem, ich werde mich gleich heute darum bemühen", erwiderte Hans entschlossen und richtete sich ebenfalls auf. „Ich werde sofort in der Zeitung nach einem Angebot schauen."

„Ich wüsste ein passendes Objekt. Beste Lage. Nicht weit von hier in der Weinstraße. Es war bis vor kurzem ein Heim für ‚gefallene Mädchen'. Der Besitzer konnte das Haus nicht halten und bietet es nun zum Verkauf an. Es wäre ausgesprochen geeignet: Im Erdgeschoss befinden sich Halle, Salon, eine große Küche mit zwei Vorratskammern und ein Speisesaal. In den beiden oberen Etagen gehen von langen Fluren jeweils zwölf Zimmer ab, worin die Mädchen gewohnt haben. Und die Kellerräume sind für Wein- und Champagnerlagerung ideal", sprudelte es aus Gertrud heraus. Langsam nahm ihre Vorstellung von einer gemeinsamen Zukunft mit „Alois" Gestalt an, und an dem nötigen Geld, das für die Umsetzung vonnöten war, hatte es ihm, solange sie ihn kannte, nie gemangelt.

„Das klingt wunderbar", flüsterte Hans und schaute Gertrud tief in ihre blauen Augen, in denen Hoffnung aufblitzte.

Gertrud strahlte und plauderte begeistert weiter: „Der Besitzer unseres Hauses selbst hatte sich darum bemüht, aber ihm war es zu teuer", erzählte sie.

„Weißt du denn schon, was es kosten soll?" wollte Hans wissen.

„Es war von fünftausend Talern die Rede."

„Das dürfte zu machen sein", antwortete Hans eher erleichtert als enttäuscht.

„Aber für so ein Geschäft brauchst du ein beträchtliches Anfangskapital für die Bediensteten und die Dirnen."

„Gewiss. Welche Angestellten sind denn von Anfang an notwendig?" erkundigte Hans sich und strich Gertrud über die Wange. „Keiner weiß das besser als du", schmeichelte er ihr, und sie gab nur allzu gern ihr Wissen weiter.

„Also, du brauchst zunächst eine wie mich, die sich jeden Tag um die Mädchen kümmert. Dann brauchst du eine Köchin und eine Küchenangestellte, einen Hausdiener und einen Zuhälter."

„Einen was?" Fragend blickte Hans sie an.

„Einen Zuhälter, also einen Dirnenbeschützer", antwortete Gertrud lapidar.

„Ach ja, natürlich", murmelte Hans, als sei das die selbstverständlichste Sache der Welt.

„Und weißt du was?" fuhr Gertrud fort. „Wenn du das Haus wirklich erwirbst, kannst du es nach außen hin als ein Heim für ‚gefallene Frauen' weiterführen. Ganz sicher wirst du auf diese Weise sogar die Unterstützung des Stadtrates erhalten. Schon ein paar Wochen später wird kein Mensch mehr danach fragen, was drinnen wirklich geschieht, denn einige der Herren Stadträte werden selber unsere Kunden sein. Das sind sie auch hier schon. Und nicht nur die Stadträte, sondern auch Herren von Adel, vom Gericht, von der Polizei und sogar Pfaffen."

Diese Dirne war wirklich mit allen Wassern gewaschen! Beeindruckt blickte Hans sie an. Behutsam zog er sie am Haar zu sich herüber und drückte ihr Gesicht auf seinen Bauch. Gertrud küsste ihn und liebkoste mit ihrer Zunge seinen Bauchnabel. Hans schloss die Augen und begann, leise zu stöhnen.

Keine zwei Monate später war das große dreistöckige Fachwerkhaus in bester zentraler Lage in der Weinstraße bezugsfertig.

Es war ein herrlicher Sommertag, als Hans, der jetzt Alois hieß, und Gertrud das Haus eröffneten. Die Fassade erstrahlte in neuem Glanz, und in den Fensterscheiben spiegelte sich das Sonnenlicht. An dem eichenhölzernen Eingangsportal war eine große Messingtafel befestigt, auf der in schwarzer Schrift geschrieben stand: *Pangerls Heim für gefallene Frauen.* Etliche Fußgänger blieben davor stehen.

Innen erschien das Haus ein bisschen *zu* prunkvoll, wenn man bedachte, dass es ein Heim für „gefallene Frauen“ war. Doch „Alois“ gab sich als herzensguter Mensch, der den armen Frauen, wenn sie schon gesellschaftlich geächtet waren, wenigstens ein komfortables Heim bieten wollte – das überzeugte selbst die Stadtväter.

Aber zurück zum Haus: Schon in der Empfangshalle ragten zwei riesige einander gegenüber stehende Kamine aus weißem Marmor bis unter die Decke. Hinter ihnen führten nach links und rechts zwei kunstvoll gedrechselte Eichenholztreppen in die oberen Etagen. Überall an den Wänden waren silberne Leuchter befestigt und von der Decke hing ein riesiger Kristalllüster herab. Noch prächtiger waren die beiden nebeneinander liegenden Salons ausgestattet. Der vordere als Dinerraum gestaltete bestach ebenso wie die Halle durch zwei monumentale Marmorkamine und zwei riesige Leuchter. Vor den Fenstern hingen lange Gardinen aus grünem Damast. Der hintere Salon war ganz in Rot gehalten und als Musikzimmer hergerichtet. In der Ecke stand ein weißer Flügel auf einem Podest, das wie eine Bühne wirkte. Der fein getäfelte Parkettfußboden glänzte und reflektierte das Licht der vier Kronleuchter, die von den Decken herabhingen. Ein Pianist spielte bereits Salonmusik, als noch gar keine Gäste eingelassen wurden. In dem hinteren, für die Gäste nicht zugänglichen Trakt des Erdgeschosses folgten die privaten Räume von Hans sowie das Boudoir von Gertrud, Hans' Kontor und ein Raum mit separatem Hintereingang, den er später als Spielkasino einrichten würde.

Immer wieder rollten Droschken heran und brachten geladene Gäste aus dem Magistrat der Stadt München, dem Stadtadel, der Polizei, dem Militär und der Justiz. Auch Kaufleute, Handwerker, Fabrikanten, Wissenschaftler, Gelehrte, Künstler und Geistliche wurden an diesem Tag erwartet. Selbst in der Zeitung war eine Ankündigung der Eröffnung erschienen.

Eine Sache hatte Hans in all den Jahren von Friedrich nur allzu gut gelernt: dass es wichtig war, die Oberschicht auf seine Seite zu ziehen. Und kostete es auch eine Menge Geld, so würde es sich früher oder später doch auszahlen. So hatte er sich in kürzester Zeit ein Bild über die Münchner Oberschicht gemacht und über hundert Einladungen drucken lassen. Selbstverständlich war ihm klar gewesen, dass nicht jeder geladene Gast erscheinen würde. Aber allein das Aufsehen, das diese Heimeröffnung erregen würde, war die Sache wert.

Im Salon war ein festliches Büfett vorbereitet, und Kellner gingen mit Tabletts, auf denen Champagner, Wein und Cognac standen, herum. Etliche der geladenen Gäste waren tatsächlich gekommen, und einige von ihnen stammten von der Gästeliste aus Gertruds ehemaligem Hurenhaus.

Hans hatte eine kurze Ansprache vorbereitet, in der er die Fürsorge, die den jungen Frauen zuteil werden sollte, beschrieb. Für die Frauen sei es unbedingt wichtig, in dem Heim auf ein späteres freies Leben vorbereitet zu werden, erklärte Hans. Er versprach in seiner Rede, Kontakt zu Schulen und Handwerkern aufzunehmen, an welche die Frauen später vermittelt werden sollten, um einen Beruf zu erlernen. Und während der regelmäßigen Musikabende und Soireen im Heim sollten die Damen Gelegenheit erhalten, sich als gute Gesellschafterinnen zu beweisen.

Tosender Applaus brandete auf, als Hans seine Ansprache beendet hatte. Ein Gesandter des Magistrats der Stadt hielt eine Dankesrede im Namen des gesamten Stadtrates und bedankte sich für die Spende, die Hans für den Aufbau des neuen Rathauses am Marienplatz getätigt hatte. Dies sei besonders in Kriegszeiten, da Bayern und Österreich gegen Preußen zu Felde zögen und die städtischen Kassen sehr belastet wären, besonders erfreulich.

Hans nickte lächelnd. Innerlich aber triumphierte er – alles lief wie geschmiert!

Schließlich stellte Gertrud Hans einen Advokaten vor, der in der Stadt berühmt und zugleich berüchtigt war, weil er immer wieder wegen Mordes Angeklagte freibekam.

„Herr Pangerl, darf ich Ihnen Dr. Bayrhammer vorstellen?“ fragte sie, beugte sich vor und flüsterte Hans ins Ohr: „Wir kennen uns schon einige Zeit.“

Hans sah einen über zwei Meter großen Kerl in elegantem schwarzen Gehrock neben sich, der etwa fünfzig Jahre alt sein mochte. Er trug einen grauen gezwirbelten Schnauzer und ein Augenglas. Kopfhaar besaß er keines mehr. Seine helle Haut wirkte genau wie sein Bauch etwas aufgequollen. Die rote Nasenspitze deutete darauf hin, dass der Doktor offensichtlich gern einmal zu tief ins Glas schaute. Vor der körperlichen Erscheinung des Anwalts ekelte Hans sich ein wenig.

„Ist mir eine große Ehre, Herr Doktor, ich habe bereits viel über Sie gelesen."

„Ja, ganz meinerseits, Herr Pangerl. Ich hoffe, dass wir uns demnächst öfter sehen werden", antwortete der Anwalt leise, wobei er mit seinem schwammigen Gesicht so nah an Hans herankam, dass der den unangenehmen Atem des Mannes auf seiner Haut spüren konnte.

„Da bin ich ganz sicher. An mir soll es nicht liegen", erwiderte Hans ebenso leise und zwang sich zu einem Lächeln.

„Nur, wenn Sie entschuldigen, dazu fehlt Ihnen aber wohl noch einiges an … Ausrüstung, oder irre ich mich?" stichelte Dr. Bayrhammer.

„Oh nein, die Ware ist bereits unterwegs und wird bald eintreffen. Dann können Sie sich gerne ihrer Qualität versichern und werden feststellen, dass Ausrüstung und Ausstattung des Hauses genau aufeinander abgestimmt sind", stichelte Hans zurück.

„Das freut mich aber, und ich bin sehr gespannt", flüsterte Bayrhammer, um dann Aufmerksamkeit heischend laut zu werden: „Ja, also dann wünsche ich Ihnen viel Erfolg in Ihrer verantwortungsvollen Arbeit. Und wenn es einmal ein juristisches Problem geben sollte, wenden Sie sich gerne an mich. – Darauf Prost!" Er hob sein Glas mit einer auffälligen Geste hoch in die Runde und stieß schließlich mit Alois Pangerl alias Hans Stallkamp an, der sich zusammenreißen musste, um freundlich zu lächeln.

Wilhelm Weyer hieß der erste Dirnenbeschützer, den Hans als Hausmeister getarnt eingestellt hatte. Vor echten Hausmeistern hatte er nach seinem furchtbaren Erlebnis im Kinderheim nur wenig Respekt. Der etwas untersetzte, doch kräftige Mann von fünfundzwanzig Jahren hatte blonde Locken und Sommersprossen. Zwei Wangengrübchen ließen ihn fast immer lustig wirken, was er in Wirklichkeit jedoch selten war. Seine dunklen Augen verrieten nie, was in ihm vorging, aber Gertrud kannte ihn genau. Schon in seiner Schulzeit war er oft als jähzornig und gewalttätig aufgefallen. Mehrmals hatte er andere Kinder zum Teil stark verletzt. Schließlich wurde er für schwer erziehbar erklärt und in ein Heim gegeben. Seine Eltern hatten sich daraufhin von ihm abgewandt. Erst als junger Erwachsener war er aus dem Heim entlassen und von dem Besitzer des Bordells, in dem auch Gertrud arbeitete, aufgenommen worden. Seither hatte er sich darauf spezialisiert, aus den Armenvierteln an den Stadträndern „gefallene Frauen“, die nicht selten versuchten, sich auf eigene Faust als Huren über Wasser zu halten, zu entführen und im Bordell seines Herrn gefangen zu halten.

Nach der Vermittlung durch Gertrud und einem kurzen Treffen mit Wilhelm war Hans sofort einverstanden gewesen, dass der junge Mann diese Arbeit für ihn erledigte.

Und schon einen Tag nach der Heimeröffnung ließ er seine viertürige geschlossene Droschke anspannen, um mit Wilhelm nach hübschen und vor allem einträglichen Dirnen Ausschau zu halten.

Wilhelm kannte sich nur allzu gut in den Armenvierteln am Stadtrand aus. Etliche Male hatte er junge Frauen von hier verschleppt.

Hans war erschüttert von den unendlich scheinenden Ausmaßen der Armenviertel dieser Stadt. Der Gestank war ihm unerträglich, und die vielen Menschen hier machten ihm Angst. Kinder wühlten mit ihren Händen in der Gosse herum. Bettler schrien vor Hunger und Schmerz. Skeletten gleichende Menschen humpelten oder krochen durch die Gassen, auf deren Pflaster selbst die Pferde kurz davorstanden, zu verweigern.

Die Straßen, in welche sich auch arme städtische Freier noch wagten, kannte Wilhelm ganz genau. Mit schlafwandlerischer Sicherheit lenkte er die Kutsche durch die engen Gassen. Und dort standen sie tatsächlich, die Dirnen. Nach der Kleidung durfte Hans nicht so genau schauen – auf die Gesichter und die Körper kam es an.

Wilhelm steuerte die Pferde im langsamen Trab durch eine Hurenstraße. Hans zeigte bei jeder Frau, die sie passierten, mit dem Daumen nach unten. Erst als sie zwei junge, etwa 20-jährige Frauen erreicht hatten, die wohl Schwestern, wahrscheinlich sogar Zwillinge sein mochten, richtete Hans seinen Daumen nach oben. Was für zwei blonde Täubchen mit Augen wie der Ozean, dachte er.

Sofort stoppte Wilhelm die Kutsche, stieg vom Bock herab und verhandelte mit den beiden. „Mein Herr möchte euch heute Abend sehen. – Wie heißt ihr?“ fragte er barsch.

„Ich bin Elise, und das ist Martha“, antwortete eine der beiden unterwürfig.

„Seid ihr Schwestern?“ wollte Wilhelm wissen.

„Ja, sogar Zwillingsschwestern.“

„Also gut, seht ihr meinen Herrn dort in der Droschke?“ Wilhelm machte eine kurze Armbewegung zur Kutsche hin. Hans beugte sich ein wenig vor und schwenkte einmal den silbernen Knauf seines Gehstockes.

Das wäre eine wunderbare Beute, dachte er. Ein ausgiebiges Bad, eine neue Garderobe – und ich habe zwei gefallene Engel in meinem Haus.

Die Mädchen winkten mit großer übertriebener Geste zurück und knicksten mehrmals etwas unbeholfen.

„Seid Punkt zehn Uhr heute Abend hier. Ich bringe euch dann zu meinem Herrn und danach wieder zurück“, befahl Wilhelm.

„Jawohl, mein Herr!“ antwortete Elise.

„Ganz wie Sie befehlen“, fügte Martha hinzu.

Als Wilhelm zum Wagen zurückging, kamen die beiden aus dem Knicksen gar nicht mehr heraus.

„Das wäre zu schön. Vielleicht hätten wir danach genug Geld, um uns und die Eltern ein paar Wochen zu versorgen“, sagte Martha.

„Und vielleicht lernen wir sogar einen Prinzen kennen“, träumte Elise.

Einige Wochen später wohnten bereits zehn junge Frauen, die Gertrud zu Huren mit guten Manieren ausbilden sollte, in dem Haus. Neben der Dogge Noah, die am unteren Treppenabsatz ihren festen Platz bekam, bewachte auch Wilhelm die jungen Frauen mit Argusaugen. Tagsüber blieben sie in der Regel in ihren Zimmern eingeschlossen und wurden von Gertrud in ihren kommenden Pflichten unterrichtet. Nachts mussten sie ihre Körper verkaufen. Fast täglich fanden inzwischen „Abendgesellschaften“ statt, und Gertrud hatte ihre liebe Mühe und Not, die jungen Frauen auszubilden.

Eines Vormittages begab sich Hans zur Schlafkammer der beiden Zwillinge Martha und Elise. Laut Gertrud waren sie schwer zu „zähmen“ und besonders eigensinnig. Somit waren sie noch nicht reif für eine Soiree, und Hans ärgerte es, dass er mit ihnen bis jetzt kein Geld verdienen konnte.

Wilhelm schloss die Kammertür auf, ließ Hans herein und wartete davor. Die beiden Mädchen, nur mit ihren Morgenmänteln bekleidet, erschraken und klammerten sich ängstlich aneinander. Sie hatten den Leiter des Heims als einen Mann kennen gelernt, der nicht viele Worte machte. Wenn ein Mädchen nicht spurte, setzte es Schläge. Und so wie Alois Pangerl sie im Augenblick ansah, war mit ihm heute nicht gut Kirschen essen.

„Ich höre, ihr seid ungehorsam und undankbar“, begann Hans und lief langsam vor den beiden Mädchen auf und ab. „Ihr seid jetzt schon einige Wochen hier und habt mir noch nicht einen Taler eingebracht. Was glaubt ihr wohl, wofür ich euch von der Straße geholt habe, wofür ich euch eingekleidet habe und Kost und Logis gewähre?“ fragte er barsch. Wortlos starrten die jungen Frauen ihn an.

Hans wurde allmählich wütend. Die Zwillinge hatten so verheißungsvoll gewirkt, als er sie auf dem Straßenstrich aufgelesen hatte – und hatten sich mittlerweile als glatte Fehlinvestition erwiesen. Was starrten ihn die beiden denn jetzt an? Hans platzte der Kragen. Wenn es Gertrud nicht gelang, sic auszubilden, würde er ihnen eben persönlich zeigen, was von ihnen verlangt wurde! Grob stieß er Martha zu Boden. Dann packte er sie bei den langen blonden Haaren und schleifte sie durch den halben Raum. Elise fing laut zu weinen an. Schließlich hielt Hans rot vor Wut inne.

Gerade verlangte er von Martha: „Knie vor mir nieder und ...“, als Gertrud in die Kammer stürmte.

„Alois, hör auf damit!“ rief sie entsetzt.

„Halt du dich da raus!“ wütete Hans zurück.

Beschwichtigend hob Gertrud die Arme. „Alois, beruhige dich doch ... Willst du dir dein eigenes Geschäft verderben? Mit Gewalt können wir keine Gesellschaftsdamen aus ihnen machen. Dann bleiben sie die einfachen Straßendirnen, die sie vorher schon waren.“

Hans ließ Marthas Haare los und stieß sie leicht von sich, sodass sie auf dem Boden lag und jämmerlich zu schluchzen begann.

„Steh auf!“ befahl Gertrud und zog Hans aus der Kammer, die Wilhelm hinter den beiden wieder abschloss.

„Alois“, versuchte Gertrud Hans, der immer noch vor

Wut kochte, weiter zu beruhigen, „du hast dir bereits einen exzellenten Kundenstamm aufgebaut. Leute mit unglaublich viel Geld. Wir dürfen uns keine Skandale leisten. Überlass die Mädchen mir, und wenn ich mit ihnen nicht fertig werde, gebe ich dir schon Bescheid."

Sie küsste ihn auf den Mund und sah ihm tief in die Augen. Ihr Blick hatte etwas Bestechendes, dem Hans fast hörig verfallen war.

„Ist ja gut", murmelte er, „vielleicht hast du Recht. Jetzt brauche ich erst mal einen Cognac." Damit begab er sich in sein Kontor, und Gertrud kümmerte sich um die Mädchen.

3. KAPITEL

Wolfgang von der Fohl saß im Zigarrenclub und konnte seinen Cognac nicht genießen. Seit der Silvesterfeier im Gutshaus von Ahlen plagten ihn Gewissensbisse und Schuldgefühle. In dieser gesamten ersten Januarwoche hatte er sich schmutzig gefühlt, und selbst hier im Club konnte er keine Ablenkung finden. Mehrmals sah er sogar sehnsüchtig zum Spieltisch herüber – doch zum Glück erwiderte keiner der Spieler seinen Blick. Sie fragten ihn schon lange nicht mehr, ob er sich am Spiel beteiligen wollte, weil sie mittlerweile akzeptiert hatten, dass er von der Sucht befreit war.

Wolfgang hielt es nicht länger aus. Er ließ seinen Cognac stehen, warf seinen Mantel über und stapfte zu Fuß durch den hohen Schnee nach Hause. Immer wieder blickte er zu den Sternen auf, doch die konnten ihm keinen Trost schenken. Und auch die frische Winterluft brachte keine Linderung. Die Bilder aus der Vergangenheit holten ihn ein, setzten sich wie Eiskristalle in seine Poren und bereiteten ihm zunehmend Schmerz.

Mit Otto von Ahlen hatte er einen guten, fast väterlichen Freund verloren, vielleicht den einzigen, den er in dieser Stadt je besessen hatte. Denn seine Glücksspielkumpane waren durchweg keine wirklichen Freunde, mit denen er etwa über persönliche Probleme hätte sprechen können. Und er kannte auch keinen Menschen, der so gut und weise war wie Otto.

Seltsam stark spürte er gerade jetzt diesen Verlust. Vorher, als er dem Spiel noch verfallen gewesen war, hatte er Otto gar nicht zeigen können, wie sehr er ihn schätzte. Stattdessen hatte er ihn sogar hintergangen …

An Friedrich durfte er gar nicht denken. Hartenstein hatte Wolfgangs Spielsucht eiskalt ausgenutzt und ihm seinen letzten Rest von Stolz und seine Ehre geraubt. Er hatte ihn käuflich und erpressbar gemacht.

Natürlich gab Wolfgang von der Fohl vor allem sich selbst die Schuld. Denn seine Apanage reichte eigentlich für ein recht luxuriöses Leben. Sie reichte nur leider nicht für die hohen Spielschulden, die sich beinahe wie von selbst ansammelten, ohne dass Wolfgang hätte sagen können, wie es dazu kam.

Am meisten quälte ihn, dass er sich dadurch immer wieder in Situationen brachte, in denen er Geld brauchte, um die Spielschulden zu begleichen. Und um an dieses Geld zu kommen, hätte er seine Seele sogar dem Teufel verkauft. Genau genommen hatte Wolfgang von der Fohl das auch getan. Er dachte nicht gerne daran, dass er Friedrich für das Amerikageschäft Informationen und Mittel in die Hände gespielt hatte, die Otto gegen seine innere Stimme überzeugten, dieses Geschäft zu tätigen.

Ich bin schuld, dachte Wolfgang und steigerte sich immer mehr in diese Vorstellung hinein.

Ich habe geholfen, das Gut zugrunde zu richten, und mich dabei selbst zugrunde gerichtet. Und nichts ist mehr rückgängig zu machen. Ich ahnte nicht, wie weit Hartenstein gehen würde, um schließlich doch noch Ottos Stimme für die Mitgliedschaft im Club zu erhalten. Diese Mitgliedschaft war ihm so wichtig. Er wollte Otto, der ihm seine Zustimmung verweigert hatte, nur noch schaden und von Gut Ahlen vertreiben – und sich später, wenn Gras über die Sache gewachsen wäre, auch noch an seinem Wein bereichern.

Wenn er bloß Ottos Schwester Magda zeigen könnte, wie sehr er Otto gemocht hatte. Und wenn er doch bloß bei Magda und bei der jungen Gutsherrschaft etwas gutmachen könnte. Alles würde er dafür geben …

Zu Hause angekommen spürte er, dass er Hilfe brauchte. Das Haus, ja der Himmel schien über ihm einstürzen zu wollen. Ihm war, als wollten alle Sterne des Himmels ihn steinigen. Schützend schlug er die Hände über dem Kopf zusammen. Doch da waren wieder die Geräusche, die wie Messerspitzen auf seine Trommelfelle pochten, sodass er sich die Ohren zuhalten musste. Und wieder stiegen diese quälenden Schuldgefühle in ihm auf, die er nicht beherrschen konnte. Gepeinigt stöhnte der Baron auf.

In dieser Nacht beschloss er, am nächsten Tag zu seinem Seelsorger Pater Johannes zu gehen und ihm alles zu beichten. Sicher würde der ihm helfen und raten können, was zu tun sei. Und vielleicht könnte er ihm seine Sünde sogar vergeben und ihm einen Weg der Sühne zeigen, der ihn von seinen schrecklichen Seelenqualen befreite.

Für diese Nacht ließ er sich von seinem Hausdiener, den er nicht in sein Geheimnis einweihen wollte, ein kräftiges Schlafmittel bringen.

Am nächsten Vormittag machte er sich zur Kirche auf. Er meldete sich beim Kirchendiener und wartete im Beichtstuhl auf Pater Johannes. Der Pater kam nach einigen Minuten und setzte sich auf die andere Seite des Stuhles.

„Nun, mein Sohn, welche Sünden liegen dir so schwer auf dem Herzen, dass du sie mir beichten möchtest?"

„Ehrwürdiger Pater, Sie selbst waren am Silvesterabend auf Gut Ahlen, als ich am späten Abend ziemlich aufgeregt dort eintraf."

„Wolfgang, sind Sie das?" unterbrach Pater Johannes ihn.

„Ja", antwortete Wolfgang demütig, und seine Stimme klang verzweifelt. „Ich habe gesündigt und finde keine ruhige Minute mehr, ehe ich mir die Last von der Seele geredet habe", erwiderte Wolfgang.

„Lieber Baron, so beruhigen Sie sich. Schildern Sie mir, was geschehen ist. Gott weiß immer einen Weg", erwiderte der Pater, der Wolfgang noch nie so aufgewühlt erlebt hatte und sich große Sorgen machte.

„Ich bin schuld daran, dass Graf von Ahlen damals seinen Wein verloren hat. Ich habe Hartenstein gegen Geld Informationen über diesen Wein gegeben. Durch diese Informationen konnte Hartenstein Graf Ahlen dazu bringen, das Geschäft gegen seine innere Überzeugung doch abzuwickeln, und dadurch …"

„Moment, Moment", unterbrach der Pater den völlig verzweifelten Wolfgang. „Wussten Sie denn, was Hartenstein mit dem Wein vorhatte?"

„Nicht genau. Ich wusste, dass Hartenstein um jeden Preis in den Zigarrenclub aufgenommen werden wollte – doch ich ahnte nicht, dass er *so weit gehen würde.*" Stockend erzählte der Baron dem Pater die ganze tragische Geschichte.

Nachdem er geendet hatte, herrschte langes Schweigen. Wolfgang hatte sich seine inneren Qualen zum ersten Mal von der Seele geredet und empfand eine große Erleichterung. Sein Puls beruhigte sich langsam, und er fühlte sich, als wäre er endlich an das Ufer eines Sees gelangt, in dem er schon so lange geschwommen war, dass er sich kurz vor dem Ertrinken befand.

Pater Johannes hatte einige Zeit über Wolfgangs Worte nachgedacht, ehe er schließlich sprach: „Gott vergibt dir deine Sünde, mein Sohn. Er vergibt dir auch deshalb, weil du dich nicht wissentlich und ungewollt mitschuldig gemacht hast. Obwohl du dich dafür bezahlen ließest. Deine Seelenqual und deine Reue sühnen die Schuld. – Wie du allerdings gegenüber der Familie damit umgehen willst und ob du ihr davon berichten willst, das musst du ganz allein mit Gott ausmachen."

Nachdenklich verließ Wolfgang den Beichtstuhl. Als Pater Johannes ebenfalls vor den Stuhl trat, reichte Wolfgang ihm die Hand und sagte: „Danke, Pater Johannes. Ich werde Ihre Worte in meinem Herzen bewegen und eine Entscheidung treffen. Auf Wiedersehen." Mit hängenden Schultern und gesenktem Kopf wandte der Baron sich zum Gehen.

Während Wolfgang von der Fohl den Mittelgang der kleinen Kapelle entlangschritt, arbeitete es in Pater Johannes.

Wie konnte er dem Mann helfen? Es musste doch eine Möglichkeit geben? Plötzlich erinnerte sich der Pater an eine Begebenheit, die wahrscheinlich von Bedeutung war.

„Baron von der Fohl?"

Wolfgang drehte sich um und blickte Pater Johannes fragend in die Augen. Der Pater ging auf ihn zu, ergriff seinen Arm und führte Wolfgang zu einer Bank, auf der sich die beiden Männer niederließen.

„Was ich Ihnen nun erzähle, geschieht ganz im Vertrauen. Ich selbst bin nicht berechtigt, Nachforschungen anzustellen. Doch für Sie könnten diese Informationen wertvoll sein." Eindringlich sah er den Baron an. Er räusperte sich und fuhr fort: „Erst gestern bin ich von einem theologischen Kongress aus Münster zurückgekehrt. Dort traf ich einen alten Kommilitonen aus meiner Heidelberger Studienzeit wieder. Er ist heute Pater in St. Peter in München. Wie Sie verstehen werden, haben wir an den Abenden wie zu studentischen Kommerszeiten auch mal etwas tiefer ins Glas geschaut. Dabei erzählte er eines Abends – eher heiter –, dass er vor einigen Monaten mehrmals einen Spaziergänger mit einer riesigen grauen Dogge auf seinem Kirchhof beobachtet habe. Der Mann sei relativ groß gewesen, habe gescheiteltes blondes Haar gehabt und einen sehr edlen Gehstock mit sich geführt. Dies alles wäre meinem Freund wohl kaum in Erinnerung geblieben, wenn der Hund ihn nicht eines Tages unvermittelt angegriffen hätte und der Eigentümer das Tier nicht erst in letzter Sekunde am Halsband hätte zurückhalten können. Und so ein Halsband, berichtete er, habe er noch nie gesehen. Es habe an der Oberseite aus massivem, mit rundlichen Zacken gemustertem Silber bestanden und sei mindestens eine Hand breit gewesen. Da man solche Tiere nun wirklich selten sieht und vor allem ein solches Halsband – wie es Hartensteins Dogge trug, was wohl keinem von uns entgangen ist –, erschrak ich für einen Moment. Zumal wir beide ja wissen, dass Hans Stallkamp sich auf der Flucht befindet und einiges zu befürchten haben dürfte, falls man ihn ergreift. – Baron, wenn Sie etwas für die Familie von Ahlen tun wollen, könnten Sie diese Information mit dem entsprechenden Nachdruck an unseren Polizeipräsidenten weiterleiten. Bitte ohne den Hinweis auf meine Person. Ich bin sicher, dass der Herr Polizeipräsident allein im Hinblick auf das Ansehen unserer Stadt keine Mühe scheuen wird, der Sache auf den Grund zu gehen. – Auf Wiedersehen, Baron. Gott sei mit Ihnen." Der Pater schüttelte Wolfgang von der Fohl die Hand.

Nachdenklich verließ Wolfgang die Kirche. Nun wusste er, dass er noch mehr für Magda und die jungen Herrschaften würde tun können. Doch statt sein Wissen mit der Polizei von Ahlen zu teilen, nahm er sich vor, es auf eigene Faust zu versuchen. Er würde seinen Fehler wieder gutmachen und Hans Stallkamp seiner gerechten Strafe zuführen!

Der Baron ging an diesem klaren Wintertag erstmals seit langem wieder erhobenen Hauptes durch die Straßen von Ahlen und konnte den Menschen dabei in die Augen sehen. Er sah die hüpfenden Nebelkrähen, die sich erstaunlich nah an die Leute heranwagten. Hätte er Brot oder Körner dabei gehabt, so hätte er sie alle satt füttern wollen. Die Sonnenstrahlen kitzelten seine Augen und wärmten seine Nasenspitze, und der Himmel stürzte nicht über ihm ein, sondern öffnete sich bis in die Tiefen des Weltalls. Ja, er würde alles zu einem guten Ende bringen!

An der Außenfassade der Ahlener Eisenbahnfabrik, die fast nur aus Fenstern zu bestehen schien, spiegelte sich das gleißende Sonnenlicht. Weißer Dampf stieg aus einem riesigen Schornstein in den blauen Himmel. Aus der Entfernung wirkte das Bild idyllisch, so als würde ein gläsernes Dampfschiff durch ein Meer aus Schnee fahren.

In der Fabrik sah es hingegen etwas anders aus. Die Hitze, der wirbelnde Dreck und der ölige Dunst, die die riesige Fabrikhalle beherrschten, wurden von den Arbeitern kaum noch wahrgenommen. Ohrenbetäubendes Maschinengeratter, rasende Räder und sausende Riemen, zwischen denen die Arbeiter Stunde für Stunde, Tag für Tag und Woche für Woche umherhasteten, bestimmten den immer gleichen Ablauf, der nur vom Läuten zur Mittagspause unterbrochen wurde.

„Maschinen aus!“ rief der Vorarbeiter Benedikt Bütow, und ein Instrument nach dem anderen aus dem Orchester der Maschinen verstummte. Die Arbeiter begaben sich in die Kantine. Nur Benedikt blieb in der Werkhalle, um die Walzmaschine, die auch in der Pause nicht stillstand, zu überwachen.

An der Essenausgabe nahmen die Arbeiter ihre Schüsseln in Empfang und setzten sich damit an die langen Holztische, um ihre Suppe zu löffeln.

„Ich habe da was läuten hören“, rief Carl Müller durch den halben Speiseraum.

Der 30-Jährige gehörte zu den Arbeitern, die immer aufmüpfig gegen die Betriebsleitung waren, egal ob es einen konkreten Grund dafür gab oder nicht. Jedes Flugblatt und jedes Gerücht nutzten er und der junge Arbeiter Christian Schmidt, um die anderen gegen die Betriebsleitung aufzuhetzen, um so Lohnerhöhungen, Arbeitszeitverkürzungen oder mehr Arbeitsschutz einzufordern.

„Also, es geht das Gerücht, dass unser Direktor Käppler uns in Kürze wieder verlässt.“

Enttäuscht stellte Müller fest, dass seine Ansage kaum einen der Arbeiter zu interessieren schien. Die Mehrzahl der Kollegen konzentrierte sich auf ihr Essen. Insgeheim ärgerte ihn, dass er so gar nicht beachtet wurde. Er räusperte sich und fuhr fort: „Na, dann hört mal schön weiter zu. Ich mache mit jedem von euch, der will, eine Wette. Ich wette 50 zu 1, dass wir schon in wenigen Tagen einen neuen Direktor haben. Und wisst ihr auch, wen?“

Viele der Arbeiter reagierten weiterhin kaum auf die Wichtigtuerei von Müller. Doch einige reckten neugierig die Köpfe.

„Kommt keiner von euch drauf?“ brüllte Carl Müller und blickte erwartungsvoll in die Runde. „Ihr kennt ihn alle! Er war mal einer von uns und ist unter Hartenstein schon auf die Karriereleiter gestiegen!“

„Bütow, der Verräter? Das glaubst du nicht wirklich!" rief der 23-jährige Christian Schmidt vom anderen Ende des Tisches herüber.

„Genau der!" rief Müller in den Raum und nickte seinen Kollegen herausfordernd zu. Unter den Arbeitern entstand ein allgemeines Gemurmel zwischen Zustimmung und Empörung. Müller spürte, dass er sie mit dieser Information endlich aufgeweckt hatte.

„Du willst dich doch wieder mal nur interessant machen", rief einer der Arbeiter vom Nebentisch herüber.

„Kannst ja mit mir wetten, du Arschkriecher!" schrie Müller.

Der Arbeiter vom Nachbartisch sprang auf und wollte zu Müller stürmen. Doch seine Sitznachbarn hielten ihn an den Armen zurück: „Lass doch den Spinner."

„Ihr werdet schon sehen, wer hier die Spinner sind. Ich sage euch noch mal: Ich wette 50 zu 1. Was ist los? Traut sich keiner? Dann sind wir ja wohl alle einer Meinung."

„Und wenn schon", meldete sich ein älterer Maschinenführer zu Wort, „Benedikt ist ein guter Techniker und einer von uns. Ich kann mir kaum vorstellen, dass er uns so wie Hartenstein behandeln würde. Das tut er schließlich auch als Vorarbeiter nicht." Christian Schmidt schob zwei Finger zwischen die Lippen und pfiff den Mann laut aus. Müller, der sich selbst immer mehr in seinen Zorn hineingesteigert hatte, brüllte die anderen an: „Glaubt ihr diesem weichlichen Dummkopf da? Der würde sich wahrscheinlich noch das letzte Hemd unterm Arsch wegziehen lassen!"

Plötzlich stand ein sehr junger Arbeiter auf, rannte auf Müller zu, blieb kurz vor ihm stehen und funkelte ihn wütend an: „Hör auf, so über meinen Vater zu reden, sonst …“

„Sonst was?“ wollte Müller wissen, erhob sich langsam und ballte die Hände zu Fäusten.

„Schluss jetzt!“ riefen zwei kräftige Arbeiter vom Nebentisch und stellten sich zwischen den Jungen und Müller.

Doch Müller triumphierte. Er hatte erreicht, was er wollte – er hatte die Arbeiterschaft polarisiert.

„Leute, überlegt mal“, rief Christian Schmidt durch den ganzen Raum, „der Bütow ist ein Freund von dem Grebe, und der Grebe ist der neue Gutsherr und Besitzer unserer Fabrik. Da liegt klar auf der Hand, dass die zusammenkungeln!“

„Und wenn schon, der Grebe ist einer von uns und kein schlechter Kerl“, rief eine Frau von der Essenausgabe herüber.

„Der *war* einer von uns, meine Liebe. Und der *war* kein schlechter Kerl! Denn alle werden, wenn sie erst mal Geld und Macht gekostet haben, davon verseucht. Und alle werden gierig und unersättlich. Besonders, wenn sie von ganz unten kommen, gehen sie über Leichen, um nach oben zu kommen! Und ich verspreche euch, ihr werdet es erleben mit Grebe und dem Arbeiterverräter Bütow!“

In diesem Moment ertönte das Klingelzeichen, das die Mittagspause beendete. Die Arbeiter kehrten an ihre Arbeitsplätze zurück und schalteten ihre Maschinen ein. Manche warfen einen bösen oder mitleidigen Blick an die Walze, wo Benedikt stand und von alldem nichts ahnte. Und wieder begann die Sinfonie des Maschinenlärms …

Zum abendlichen Diner hatten Max und Sophie Benedikt und Achim in das Gutshaus Ahlen eingeladen. Heute sollten Nägel mit Köpfen gemacht werden, was die Veränderungen in der Leitung des Betriebes betraf.

„Zum Glück hat Benedikt endlich eingewilligt", sagte Sophie zu Rike, als Rike ihr das Korsett schnürte.

„Ja", erwiderte Rike, „aber ich glaube, er hat es sich nicht leicht gemacht."

„Das soll er auch nicht. Umso besser wird er die Fabrik führen."

„Sicher", entgegnete Rike, obwohl sie genau wusste, dass Sophie sie nicht so ganz verstanden hatte.

Währenddessen machten Theo und Max sich im Weinkeller zu schaffen, um einen angemessenen Tropfen zur Feier des Abends und der Vertragsabschlüsse zu finden.

„Ich bin so froh, dass Benedikt sich entschlossen hat, unser neuer Fabrikdirektor zu werden. Er ist ein ausgezeichneter Mensch und ein hervorragender Fachmann."

„Jawohl, Gnädiger Herr", erwiderte Theo.

„Theo, wirst du langsam vergesslich? Ich hab dir so oft gesagt, dass ich nicht dein Gnädiger Herr bin, sondern einfach nur Max."

„Jawohl, Herr Max", sagte Theo lächelnd.

Alles war gut verlaufen, und Benedikt hatte seine Bereitschaft erklärt, den Direktorenposten zu übernehmen. Max und Sophie waren unsagbar erleichtert – die Fabrik war damit in den besten Händen.

Allerdings hatte Benedikt eine Einschränkung gemacht. Er wollte über einen bestimmten Zeitraum die Produktion der Hinterlader zurückfahren und irgendwann ganz einstellen. Der Eisenbahn- und Maschinentechnik stand eine große Zukunft bevor. Das Bahnnetz wurde immer enger und die Eisenbahnen immer schneller und moderner. Das war der Markt der Zukunft! Das Geschäft mit den Hinterladern war Benedikt nicht geheuer. Wieder stand ein Krieg bevor. Die Kriegsanwerber waren auch in Ahlen bereits unterwegs. Und diesmal sollte es ein Krieg von Deutschen gegen Deutsche werden, denn Preußen und Österreich, die noch im letzten Krieg gemeinsam Dänemark bezwungen hatten, waren mittlerweile Feinde. Bayernkönig Ludwig II. hatte sich den Österreichern angeschlossen.

„Falls es zu diesem Krieg kommt, werden unsere Hinterlader, die gerade jetzt in großen Mengen den preußischen, bayerischen und österreichischen Heeren geliefert werden, für viele Opfer auf beiden Seiten verantwortlich sein. Daran möchte ich keine Mitschuld tragen."

Sophie schaute Benedikt voller Respekt in die Augen. Gespannt blickte sie zu Max und erwartete seine Antwort.

„Du hast ja Recht", sagte Max. „Aber was sollen wir denn tun? Auch, wenn wir keine Hinterlader liefern, werden wir den Krieg nicht verhindern können. Und das Geschäft ernährt viele Familien." Richtig wohl war ihm offenbar selbst nicht, das konnte man ihm ansehen.

Sophie betrachtete ihn verwundert, doch er wich ihrem Blick aus. Offenbar wollte er zum nächsten Tagesordnungspunkt übergehen. Sophie spürte, dass Max sich quälte. Er war ein liebevoller Mensch und ihm gefiel der Gedanke, dass er einen Gewinn daraus zog, dass Menschen getötet wurden, ganz und gar nicht. Sophie konnte ihm nachfühlen, unter welchem Druck er stand. Sie musste automatisch daran denken, wie sie sich solch einem Zwang ausgesetzt fühlte, als Friedrich und Magda von ihr verlangt hatten, Max zu bestrafen, und sie ihm einen halben Monatslohn abgezogen hatte. Das hatte ihr wehgetan. Sie hatte gewusst, dass es ungerecht war, und sie hatte gespürt, dass das Erwachsensein kaum etwas von der Arglosigkeit der Kindheit bewahren konnte.

„Dann lasst uns jetzt über die Aufgabenverteilung sprechen", sagte Max ganz sachlich.

Aus Achim sprudelte es nur so heraus: „Also wir haben vereinbart, dass ich mich – wie bisher – vorwiegend um Angelegenheiten innerhalb des Betriebs kümmern werde. Die Belegschaft, Arbeitslöhne, Maschinen und ihre Wartung sowie Ordnung und Sicherheit. Natürlich in Absprache mit Benedikt. Na, eben im Grunde wie vorher auch."

Max nickte zufrieden und wandte sich Benedikt zu. Sophie erkannte Max nicht wieder. Konnte er sich so verstellen, oder lag ihm das Geschäftsgebaren etwa im Blut? Wie anders war sonst zu erklären, dass er es von gestern auf heute so beherrschte und alle privaten Bande außen vor blieben. Sophie bewunderte diesen anderen Max mehr, als dass er sie beängstigte.

Er weiß genau, was er will. Das wusste er aber auch als

unser Gutsverwalter schon, dachte sie. Sophie war stolz auf ihn, und sie wusste, dass er sowohl das Weingut als auch die Fabrik gut führen und schützen können würde.

Schließlich erläuterte Benedikt seine Vorstellungen von der Führung der Fabrik.

„Neben der Gesamtleitung, der Verantwortung für die Wirtschaftlichkeit der Fabrik, der Planung und Bilanzierung, in die Herr Direktor Christoph Käppler mich schon ein wenig eingearbeitet hat, ist es für mich zweitens von höchster Bedeutung, den geregelten täglichen Arbeitsablauf aufrechtzuerhalten.

Ebenso wichtig sind mir die sozialen und politischen Stimmungen der Arbeiter, Angestellten und Ingenieure. Denn wenn sie sich in der Arbeit wohl fühlen, bringen sie sich mehr ein und erwirtschaften letztlich auch mehr.

… Und Max, wie du weißt, bin ich um technische Neuerungen bemüht. Wenn ich jetzt auch ein bisschen träume: Es könnte sein, dass wir eines Tages sogar Maschinen selbst bauen können, Maschinen, die sicherer und vielseitiger als unsere heutigen sind. Und mein größter Traum ist es, eines Tages ganze Lokomotiven, vielleicht gar selbst konstruierte, allein in unserer Fabrik herstellen zu können." Benedikts Augen leuchteten vor Begeisterung. Max und Sophie wussten seit langem, dass er nachts oft seine Konstruktionen aufzeichnete und darüber nachgrübelte, wie sie wohl in die Praxis umzusetzen waren.

Sophie strahlte Benedikt an. „Schön, Benedikt, dass in deinen Zukunftsträumen keine Waffen vorkommen."

Max zuckte kaum merklich zusammen. „In wessen Träumen kommen sie schon vor? In unserer Fabrik gehören sie nur leider zur Wirklichkeit“, schoss er zurück. Er räusperte sich. „Ich danke euch für die aufschlussreichen Ausführungen. Dann lasst uns die Sache jetzt mit einem guten Cognac besiegeln“, schloss er, immer noch in ganz sachlichem, emotionslosem Ton, den offiziellen Teil des Abends.

Lächelnd beugte er sich zu Sophie hinüber. „Nimmst du auch einen, Sophie?“ flüsterte er ihr ins Ohr, wobei er mit seinen Lippen ihre Wange streifte. „Lieber nicht“, beantwortete er sich die Frage gleich selbst und strich flüchtig über ihren Bauch.

Wie macht er das nur? dachte Sophie. Max hatte im Bruchteil einer Sekunde die Rolle gewechselt und war jetzt wieder der zärtliche, verliebte und manchmal etwas dickköpfige Junge, den Sophie so sehr liebte.

Das Gesinde schlief längst, als Max und Sophie ihre Gäste verabschiedeten. Als alle gegangen waren, griff Max nach Sophies Hand und flüsterte: „Komm! Komm mit, kleine Sophie, ich will dir was zeigen.“

Er zog sie in der Dunkelheit sanft hinter sich her zu dem Treppenaufgang der Gesindekammern.

„Ich kann dich nicht sehen. Was hast du vor?“ fragte Sophie leise. Sie konnte nicht einmal Max’ Umrisse erkennen, so finster war es. Sie spürte nur seine Hand, die ihre fest umschloss. Allein dieses Gefühl gab ihr alle Sicherheit und alles Vertrauen der Welt.

„Pssst!“ flüsterte Max. „Du wirst noch alle Angestellten aufwecken. Vertrau mir, vertrau mir einfach.“ Max zog Sophie weiter hinter sich her.

Plötzlich knallte es. Max geriet ins Straucheln und wäre beinahe vornüber gefallen. In der Dunkelheit war er mit dem Fuß am Treppenabsatz hängen geblieben. Mit der rechten Hand stützte er sich auf einer der Treppenstufen ab. Mit der Linken hielt er noch immer Sophie fest, die – wie er – stolperte und fast auf den Saum ihres Kleides getreten wäre. Sophie wusste nicht, was geschehen war. Sie konnte nichts, aber auch gar nichts sehen.

„Mein Gott, Max, was ist passiert, hast du dir wehgetan?“ wisperte sie. Sie tastete sich mit der rechten Hand auf seinem Rücken entlang, bis sie seinen Hals erreichte und ihre Finger in seine dunklen Locken tauchten. Max hatte sich noch nicht wieder aufgerichtet. Er lachte nun leise und flüsterte: „Ich Trottel bin nur gegen den Treppenabsatz gestoßen. Ich war mir sicher, ich könnte die Treppe blind hinauflaufen. Aber es ist wohl schon zu lange her, dass ich hier der Hausverwalter war. Ist bei dir alles in Ordnung?“

„Ja, mein Lieber, aber was hast du denn vor?“ wollte Sophie wissen.

Abermals antwortete Max: „Vertrau mir! Sei ganz still und konzentriere dich auf meine Hand. Spüre, was sie vorhat und folge ihr einfach. Dann kann dir nichts passieren.“

„Gut, ich vertraue dir. Mein ganzes Vertrauen liegt in deiner Hand.“

„So ist es gut“, flüsterte Max geheimnisvoll. „Schließ deine Augen.“

„Aber warum? Es ist doch sowieso stockfinster.“

„Um dahin zu kommen, wohin wir jetzt gehen, braucht man zwei Vorhänge vor den Augen. Den Vorhang der Nacht und den Vorhang des Schlafs. Sonst kommen wir nicht durch das Tor.“

Sophie verstand kein Wort.

„Du sprichst in Rätseln“, murmelte sie. Dennoch war sie fest entschlossen, sich blind in das Abenteuer fallen zu lassen.

„Das musst du auch nicht. Schließ die Augen und vertrau mir einfach“, erwiderte Max.

„Einverstanden, ich bin bereit.“

„Also los.“

Max zog Sophie ganz langsam die Treppe hinauf. Am oberen Treppenabsatz angekommen verharrte er kurz. Beide schwiegen. Sie verständigten sich nur durch die Berührung ihrer Hände. Max führte Sophie auf den langen Flur, von dem die Bedienstetenkammern abgingen, und geleitete sie sanft bis zu einer Tür am Ende des Flures. Dort blieb er stehen.

„Liebste. Gleich lasse ich deine Hand los. Behalte die Augen geschlossen und bleib bitte hier stehen, bis ich wieder bei dir bin.“

„Du willst mich verlassen? Das macht mir Angst“, spielte Sophie mit.

„Ich bin ganz nah bei dir und sofort wieder zurück.“

„Gut, ich vertraue dir."

Max öffnete lautlos die Kammertür und ging hinein. Es war die Kammer, in der er als Hausverwalter gewohnt hatte. Eilig zündete er eine Öllampe an und zog seine alten Dienstkleider an. Anschließend löschte er die Lampe wieder, verließ lautlos den Raum und ergriff Sophies Hand. Sophie erschrak nicht, obwohl sie Max nicht hatte kommen hören.

„Gleich ist es geschafft. Nur noch ein paar Schritte", flüsterte Max. Er stand jetzt so nah bei Sophie, dass sein Atem wie eine frische Brise durch ihr langes blondes Haar wehte und dass sie meinte, seinen Herzschlag zu hören.

Sanft zog er sie in die finstere Kammer. Er führte sie an sein altes Bett und setzte sich langsam darauf. Sophie, die nicht wusste, wo genau sie war, folgte einfach seinem Impuls und nahm ebenso auf dem Bett Platz.

Max löste seine Hand von ihrer und berührte mit seinen Händen ihren Kopf. Seine Daumen lagen behutsam auf ihren geschlossenen Augen.

„Ich küsse dir nun den Vorhang des Schlafs von den Augen", sagte er und küsste sie auf beide Augen. „Du musst das Gleiche mit mir tun."

Sophie, die selbst mit geöffneten Augen in der absoluten Finsternis des Raumes nichts sah, ertastete seinen Kopf und küsste ihn auf beide Augen. Eine ganze Weile saßen sie so da. Ihre Hände berührten sein Gesicht, und seine Hände berührten ihr Gesicht. Schließlich versanken Max und Sophie in einen zärtlichen Kuss.

„Und jetzt nehme ich den Vorhang der Nacht von unseren Augen“, sagte Max, als würde er einen großen Zaubertrick auf einer Bühne ankündigen. Er beugte sich zur Ablage neben dem Bett und zündete die Lampe an.

Sophie traute ihren Augen nicht. War sie nun wirklich durch ein Tor in der Zeit rückwärts gegangen, oder entsprang dieses Gefühl nur aus der langen Dunkelheit und Orientierungslosigkeit? Oder träumte sie gar? Das war Max, der Hausverwalter, der Geliebte, den sie sah. Lange saß sie schweigend auf dem Bett und nahm das Bild in sich auf.

Und Max, sein Lächeln, seine funkelnden blauen Augen, seine fröhlichen Locken – waren es nicht wirklich die aus jener Zeit, als ihre Liebe verboten und jedes ihrer Treffen hier absolut heimlich war?

Die beiden schauten sich lächelnd an und genossen den Schein, in der Zeit zurückversetzt worden zu sein, ehe Max leise zu sprechen begann.

„Das ist die Kammer, in der ich jede Nacht von dir geträumt habe. Nie will ich diese Kammer hergeben.“

„Erinnerst du dich? Von dieser Kammer aus wollte ich mit dir nach Amerika auswandern“, sagte Sophie. „Komm, legen wir uns in das Bett. Nie haben wir das gewagt.“ Eine kindliche Unternehmungslust überfiel Sophie. Ihre Augen blühten auf wie zwei blaue Blumen.

Dann lagen beide nebeneinander und blickten in den Himmel der Mansarde mit ihren rissigen Dachbalken.

Unvermittelt richtete Max sich auf und legte sein Ohr an Sophies Bauch. „Ich höre die Kleine, ich höre sie. Sie ist schon ganz neugierig auf unsere Welt.“

Sophie hob ihren Kopf und schaute tief in Max' leuchtende Augen. „Woher willst du wissen, dass es ein Mädchen wird?"

Nicht ganz ernst, aber wie aus der Pistole geschossen antwortete er: „Ich hab es dir gesagt: Ich kann die Zukunft hören! Weißt du was? Ich habe sogar noch einen Namen für sie. Was hältst du von Johanna Sophie?" fragte Max erwartungsvoll.

„Ach, dann reicht dir die Johanna wohl doch nicht aus."

Max zog seinen Kopf von Sophies Bauch zurück, kuschelte sich dicht an Sophie und biss ihr ganz zart ins Ohrläppchen.

„Gut", entgegnete Sophie lachend, „aber es wird ganz sicher ein Junge. Und weißt du, wie wir den nennen sollten?" wollte sie wissen.

„Das ist doch klar. Otto natürlich."

„Das wird nicht sein voller Name sein."

„Keine Ahnung. Es wird sowieso ein Mädchen", erwiderte Max gespielt bestimmend.

„Höre ich da wieder einen gewissen Sturkopf?" Sophie beugte sich über ihn und küsste ihn sanft auf den Mund, als wollte sie ihm das Wort abschneiden. „Na gut. Unser Sohn – und ich bin überzeugt davon, dass es einer wird – soll Otto Maximilian heißen."

Für einen kurzen Moment wurde Max ernst. Es war ein Moment der Rührung. Er lachte leise. „Der Name gefällt mir. Also gut, in dem Falle kann es auch ein Junge werden."

Jetzt beugte er sich über Sophie und küsste sie übermütig auf die Stirn.

Dann lagen sie schweigend nebeneinander und genossen einfach die Nähe des anderen. Sie waren so glücklich, dass es müßig war, sich ihr Glück auch noch mitzuteilen. Hin und wieder schauten sie sich in die Augen und streichelten einander.

Erst nach einiger Zeit fragte Max unvermittelt: „Sophie, glaubst du, dass wir uns verändert haben?“ Nachdenklich strich er über ihre Hand.

„Wie meinst du das?“ Beide starrten an die Decke und lauschten nur ihren Stimmen.

„Schwer zu sagen ... Aber die plötzliche Verantwortung für so viele Menschen auf dem Gut und in der Fabrik und der Schule, die wir jetzt tragen müssen? Da gerät man leicht zwischen die Stühle. So viele gegensätzliche Interessen prallen aufeinander. So viele Zwänge entstehen, verstehst du? ... Früher, da waren wir freier. Ich war nur für mich und meine Mutter verantwortlich. Ich habe meine Arbeit gemacht und konnte damit niemandem wehtun. Aber heute? ... Ich weiß nicht, wie ich es schaffen soll, uns selbst und den vielen Untergebenen gerecht zu werden. Also allen gleichermaßen gerecht zu werden ... Du kennst das vielleicht schon ein bisschen mehr. Du bist mit solchen Fragen aufgewachsen. Ich fühle mich jedoch wie einer, der plötzlich die Seiten gewechselt hat und als Verräter empfunden wird. Obwohl mir das egal ist ... Aber wer war ich? Wer bin ich jetzt? Und wer werde ich sein? ... Ich hab ein bisschen Angst vor mir selbst.

Mir ist, als strebt eine dunkle Seite in mir auf. Als könnte ich sehr hart sein und von Reichtum und Macht verführt werden ... als würde ich mein Gewissen verlieren, verstehst du? Ich glaube, ich verspüre sogar eine gewisse Lust, so zu werden, und das macht mir Angst ..."

Sophie strich Max über die dunklen Locken. Sie streichelte seine Wangen, ohne ihn anzusehen. Sie glaubte, eine Träne an ihrer Hand zu spüren. Und sie überlegte lange, ehe sie antwortete.

„Ach, Max ... Sicher verändern wir uns. Wir müssen damit leben, erwachsen zu werden. Die Ungezwungenheit unserer Jugend beginnt zu vergehen ... Das sind die Zwänge der Erwachsenenwelt, die jetzt auch zu unseren Zwängen werden. Was wir den einen Gutes tun, wird für andere schlecht sein ... Ich weiß nicht, ich habe in meiner Kindheit und Jugend von diesen Dingen wenig mitbekommen. Mein Vater war ein so guter Mensch und hat mich vor allem abgeschirmt. Doch musste auch er schwierige Entscheidungen treffen. Du weißt ja, selbst die kurzfristige Entlassung unseres Personals hatte er mit Würde und innerer Trauer vollzogen ... Mein schlimmstes Erlebnis war der Zwang, dich zu bestrafen ... Da wusste ich, jetzt fängt das Erwachsensein an ..."

Max lehnte seinen Kopf an ihre Schulter.

„Ich glaube, das Wichtigste ist, ein guter Mensch zu sein, der ein Gewissen hat und auch schwierige Entscheidungen damit vereinbaren kann. Ich glaube nicht, dass aus einem guten ein schlechter Mensch werden kann. Er kann Fehler machen, große Fehler machen. Aber immer wird er Reue zeigen und versuchen gutzumachen ... Ich bin sicher, dass es bei Reichen wie bei Armen gute und schlechte Menschen gibt. Irgendwie scheint mir das gottgegeben. Ich glaube einfach, dass es nichts auf der Welt gibt, was aus dir einen wie Friedrich Hartenstein machen könnte ..."

Max zuckte zusammen und saß plötzlich aufrecht im Bett.

„Hör auf!" sagte er leise. „Ich möchte aber nicht an ihn denken." Er war plötzlich ganz bleich im Gesicht. Sophie erschrak.

„Max. Mein Gott, was ist mit dir?" flüsterte sie.

Max schüttelte den Kopf. „Nichts", sagte er, „es ist nichts. Ich glaube, ich brauche nur etwas frische Luft." Er stand auf und ging zur Tür, ohne Sophie noch einmal anzusehen.

Sophie verstand nicht, was auf einmal in ihn gefahren war. Sie setzte sich auf die Bettkante. Für einen Moment fühlte sie sich vollkommen hilflos.

Großer Gott, was ist mit ihm? Und warum habe ich davon nichts bemerkt?

Vorsichtig schlich sie in die Halle hinunter, schlüpfte in ihren Mantel und verließ das Haus. Schon als sie ihre geliebten Birken, die genauso alt wie sie waren, erreichte, hörte sie das leise Schluchzen von Max. Sie wusste genau, wo er war.

Max saß in der Schlossruine und hielt das Medaillon mit Sophies Foto in der Hand.

Ich bin wie er. Ich werde wie er. Ich habe seinen Charakter geerbt, das hast du nicht verdient.

Schreckliche Schuldgefühle plagten ihn.

Er hatte Sophies Kommen gar nicht bemerkt. Leise setzte Sophie sich neben ihn und legte sanft ihren Arm um seine Schultern. Sie schaute zu Max, der ihre verhaltene Zärtlichkeit nicht abwehrte. Beide hatten keinen Blick für den Sternenhimmel über ihnen. So entgingen ihnen auch die zahllosen Sternschnuppen, die vom Himmel herabfielen.

Nachdem sie eine Weile schweigend nebeneinander gesessen hatten, ließ Max sich in ihren Schoß sinken. Sophie nahm seinen Kopf in ihre Hände und strich Max immer wieder liebevoll durchs Haar. Sein Körper entspannte sich fühlbar.

„Sophie, ich liebe dich. Ich will dich nicht verlieren", sagte er leise. Seine Stimme zitterte.

„Du wirst mich nicht verlieren", versprach Sophie. „Und komme, was da wolle. Egal, was auch immer geschehen ist. Du kannst über alles mit mir reden. Denn wo du hingehst, da will ich auch hingehen ..."

Sie schwiegen lange. Mit einem Mal richtete Max sich auf und sah Sophie an. Sie bemerkte, dass er geweint hatte, und beobachtete ihn verwundert.

„Wirst du mich immer lieben?"

Sophie wusste nicht, worauf Max hinauswollte. Er benahm sich manchmal recht seltsam. „Natürlich!" sagte sie leise. „Natürlich werde ich dich immer lieben!" Da glitt ein Lächeln über Max' Gesicht.

„Ach, Sophie, ich liebe dich so sehr ... Ich will den Max nicht kennen lernen, der ich ohne dich wäre. Aber was geschehen ist … ich kann noch nicht darüber reden. Lass mir noch etwas Zeit …“ Sophie lächelte ihn an.

„Max, komm jetzt mit rein. Sonst erfrierst du mir noch, und ich erfahre nie, was du mir sagen willst.“

Max drückte sie fest an sich. „Ja, lass uns gehen.“

Sophie hakte ihn unter und brachte ihn zum Haus zurück.

4. KAPITEL

Eine Woche später sollte Benedikt Bütow feierlich in das Amt des Fabrikdirektors eingeführt werden. An der Außenfassade der Ahlener Eisenbahnfabrik, die fast nur aus Fenstern zu bestehen schien, spiegelte sich kein Sonnenlicht wider. Müde – in tristem Grau und Schwarz – stand das Fabrikgebäude da. Weißer Dampf stieg aus dem riesigen Schornstein in den grauen Himmel. Aus der Entfernung wirkte das Bild betrüblich, als hätte ein ausgedientes Dampfschiff seinen letzten Ankerplatz in einem Meer aus Schnee gefunden.

In der Fabrik sah es etwas anders aus. Die Hitze, der wirbelnde Dreck und der ölige Dunst, die die riesige Fabrikhalle beherrschten, wurden von den Arbeitern kaum noch wahrgenommen. Ohrenbetäubendes Maschinengeratter, rasende Räder und sausende Riemen, zwischen denen die Arbeiter Stunde für Stunde, Tag für Tag und Woche für Woche umherhasteten, bestimmten den immer gleichen Ablauf, der nur vom Läuten zur Mittagspause unterbrochen wurde.

Und so wie jeden Tag rief auch heute der Vorarbeiter: „Maschinen aus!“ Doch es war nicht Benedikt Bütow. Und wie jeden Tag verstummte ein Instrument nach dem anderen aus dem Orchester der Maschinen.

Die Arbeiter begaben sich in die Kantine, wo ein kleiner feierlicher Akt der Verabschiedung des alten und der Einführung des neuen Fabrikdirektors vorbereitet war. Dazu hatten Max und Sophie ein kleines Büfett vorbereiten lassen. An der Längsfront des Speiseraumes war ein Rednerpult aufgebaut. Dahinter zog sich eine Reihe von Stühlen hin, auf denen Max und Sophie als Fabrikeigentümer, Christoph Käppler als scheidender und Benedikt Bütow als kommender Fabrikdirektor, Achim Holberg als dessen erster Assistent sowie weitere führende Angestellte der Fabrik Platz genommen hatten.

Als Erster ergriff Max das Wort.

„Liebe Kollegen, Arbeiter und Angestellte. Ich möchte heute unseren neuen Fabrikdirektor in sein Amt einführen, ohne zu vergessen dem scheidenden Direktor, Herrn Christoph Käppler, meinen ausdrücklichen Dank für seine Arbeit auszusprechen.“ Verhaltener Beifall der Arbeiter drang zum Rednerpult hoch.

„Ich freue mich, euch unseren neuen Direktor, den bisherigen Vorarbeiter Benedikt Bütow, vorzustellen. Wobei *vorzustellen* wohl kein gutes Wort ist, denn ihr kennt ihn alle, und er ist einer von euch.“

Plötzlich gellten einige Pfiffe durch den Saal. Von den Arbeitern wusste so gut wie jeder, dass Carl Müller und Christian Schmidt dafür verantwortlich waren. Aber sie hatten sich in den hinteren Reihen versteckt. Max erschrak für einen Moment, ohne es jedoch zu zeigen. Viel zu gut spielte er seine Rolle als Respektsperson und emotionsloser Geschäftsmann. Sophie spürte sofort, dass etwas in der Luft lag, ohne zu ahnen, woher es rührte.

Max ignorierte die Störer und sprach einfach weiter: „Ich

bitte jetzt zunächst Herrn Christoph Käppler um ein paar Worte des Abschieds."

Christoph Käppler erhob sich und ging ans Rednerpult. Ein seltsames Murmeln, das sich nicht als wohlwollend oder feindlich definieren ließ, lag über der Arbeiterkantine. Sophie hatte ein ungutes Gefühl. Irgendetwas braute sich zusammen, irgendetwas drohte in den nächsten Minuten zu passieren. Am liebsten wäre sie einfach aufgestanden und gegangen. Aber das wollte sie Max nicht antun. Auch Christoph Käppler spürte diese Stimmung genau, diese Ungeduld, diese letzten tickenden Sekunden vor einer vollen Stunde, an deren Beginn vielleicht ein Sturm stand.

Nervös hatte Christoph Käppler sich hinter das Pult begeben und bedankte sich kurz und allgemein bei allen Mitarbeitern. Er behauptete, Freude an dem Posten gehabt zu haben, und verlieh seiner Hoffnung Ausdruck, dass es – wie zuletzt ja schon – weiter aufwärts gehen möge für die Fabrik und das Wohl aller Beschäftigten. Er war sichtlich froh, ohne Zwischenrufe oder gar persönliche Angriffe über die Runden gekommen zu sein.

Und zu seiner grenzenlosen Überraschung erhielt Christoph Käppler donnernden Applaus. Die Arbeiter klopften mit den Fäusten auf die Tische und trampelten mit den Füßen auf den Boden. Der Applaus war allerdings so laut und so heftig, dass er Sophie Angst einflößte. Es war ein zynischer Applaus. Auch Max hatte inzwischen begriffen, dass eine knisternde Spannung in der Luft lag, die nur einer kleinen Provokation, eines kleinen Auslösers bedurfte, um sich zu entladen. Max zeigte keine Regung. Aber tief in seinem Inneren litt er, wusste nicht, was kommen würde. Er verstand die Situation nicht, und er hatte Angst. Doch seine Rolle spielte er blendend, so, als sei sie ihm angeboren.

Auch Benedikt fühlte sich in seiner Haut nicht wohl. Er spürte genau, dass er keine Chance haben würde: Gäbe er sich solidarisch mit den Arbeitern, würden sie ihm nicht glauben und ihn als Heuchler beschimpfen. Stellte er sich auf die Seite der Geschäftsführung, würden seine Kollegen ihn als Verräter und Feind bekämpfen. Versuchte er einen Kompromiss, würde er Prügel von oben *und* unten beziehen und als unfähiger, der Aufgabe nicht gewachsener Weichling hingestellt. Und was er gefühlsmäßig schon lange durchmachte, stellte sich nun auch körperlich dar: Er stand am Rednerpult zwischen den Stühlen – zwischen denen der Arbeiter vor ihm und denen der Geschäftsführung in seinem Rücken. Einen kurzen Moment glaubte er, dass es vielleicht klüger wäre, gar nicht ans Pult zu treten. Er sah Sophie an. Aber Sophie hatte nur einen hilflosen Blick für ihn übrig. Er sah zu Max herüber, doch der zeigte keine Regung. Also atmete Benedikt tief durch und ging nach vorn.

Plötzlich trat totale Stille ein. Nicht ein Hüsteln, nicht ein Räuspern, nicht ein Flüstern, nicht einmal das Knarren eines Stuhlbeins waren zu hören. Eine seltsame Anspannung lag in der Luft.

Doch Benedikt hatte keine Wahl.

„Liebe Freunde …“, Benedikt hatte es kaum ausgesprochen, als ein kurzes, missmutiges Raunen durch den Saal ging, „liebe Mitarbeiter, ich würde mir wünschen, dass es in euren Augen keinem Naturgesetz widerspricht, wenn auch ein Facharbeiter und späterer Vorarbeiter durch seine Leistung die Chance erhält, sich bis in so eine Tätigkeit wie die des Fabrikdirektors hochzuarbeiten …"

Ein wütender Zwischenrufer aus den hinteren Reihen der Arbeiterschaft unterbrach Benedikt: „Von wegen hochgearbeitet! Hochgebuhlt hast du dich!" brüllte Carl Müller.

Und ein anderer rief mit erhobener Faust: „Fabrikdirektor und Lohnarbeiter – das ist ein antagonistischer Widerspruch, sagt Karl Marx!"

In Sekundenbruchteilen stieg in Max eine hitzige Wut auf. Blitzschnell erhob er sich von seinem Stuhl, stellte sich neben Benedikt und schrie in den Saal zu den Arbeitern hinunter: „Ruhe gefälligst! Ich erwarte von meinen Arbeitern wenigstens so viel Respekt, einer Rede ihres Direktors ohne ungehobelte Unterbrechung zuzuhören. Wer immer ihr seid: Wenn ihr den Mumm dazu habt, könnt ihr mir gerne hinterher – und zwar von Angesicht zu Angesicht und nicht durch feige Störung – eure Argumente vortragen. Und wenn ihr nicht an euch halten könnt, dann verlasst bitte sofort den Saal und geht an eure Arbeitsplätze!"

Sophie traute ihren Ohren nicht. Ein Schauer fuhr über ihren Rücken. Was für einen starken, gerechten Mann ich doch habe, dachte sie voller Stolz.

Erneut breitete sich eine gefährliche Ruhe unter den Männern aus.

Die Ruhe vor dem Sturm.

Noch bevor Benedikt seine Rede fortsetzen konnte, setzte zunächst ein Raunen und Murmeln ein. Die Geräusche schwollen an wie eine warm laufende Maschine. Plötzlich kam auch Bewegung in die Menge. Sprachfetzen streitender Arbeiter wurden vernehmbar.

„Wir Proletarier sind doch nur ein bloßes Zubehör der Maschinen!“

„Los, wir gehen raus hier!“

„Ich will aber Benedikts Rede hören!“

„Halt's Maul, los, komm jetzt mit, sonst knallt's …“

Es entstanden Handgemenge zwischen den offenbar nur wenigen Anhängern von Carl Müller und Christian Schmidt und den vielen neutralen, besonnenen Arbeitern, die gezwungen werden sollten, den Saal zu verlassen. Die Emotionen kochten über. Aus Rangeleien wurden Prügeleien, die zum Teil völlig grundlos entstanden. Die Eskalation drohte in einer Panik zu enden.

Max beobachtete mit wachsendem Unbehagen die Situation. Er fackelte nicht lange und brachte zuerst die völlig verängstigte Sophie nach draußen in Sicherheit. Entschlossen kehrte er in den Saal zurück und ließ geistesgegenwärtig von Achim die Notfallsirene einschalten. Fast augenblicklich hielt die streitende und prügelnde Masse inne. Max war inzwischen ans Rednerpult getreten und ließ die Sirene wieder ausschalten. Die Arbeiter schauten entgeistert und über sich selbst entsetzt zu ihm hoch.

„Leute, geht jetzt an die Arbeit. Wir werden später darüber zu sprechen haben, was heute passiert ist.“ Und sie gehorchten ihm einhellig.

Zur selben Zeit wurden im Hause von der Fohl emsige Reisevorbereitungen getroffen. Der Hausdiener hatte bereits drei Reisekisten gepackt, als Wolfgang von der Fohl sich zu einem letzten Besuch bei Gräfin Magda von Ahlen aufmachte.

Er mochte die Gräfin, vor allem, seit es ihm gelungen war, ihre harte Schale zu durchbrechen. Hinter ihrer gestrengen und konservativen Fassade konnte sie ziemlich witzig und ironisch sein. Und wenn er ehrlich war, dann freute er sich schon auf sie.

Obwohl der Tag von tiefem Grau verhängt war, war Wolfgang dennoch bester Laune. Fröhlich schwang er seinen Gehstock, und sein kastanienbrauner Mantel flatterte im Wind.

Wolfgang von der Fohl hatte lange darüber nachgedacht, aber nun war er fest entschlossen. Er hatte die Information des Paters über den Vorfall mit der Dogge auf dem Münchner St. Peter-Kirchhof bewusst nicht an den Polizeipräsidenten weitergegeben, sondern beschlossen, die Nachforschungen selbst in die Hand zu nehmen. Wenn er diese entsprechend vorsichtig durchführen würde, könnte die Polizei später zur Dingfestmachung Hans Stallkamps immer noch rechtzeitig eingeschaltet werden. Aber dies war das Mindeste, was er zur Wiedergutmachung leisten konnte. Und wenn er aus München zurückgekehrt wäre, würde er endlich Gräfin Magda von Ahlen auch ein Geständnis machen können, Otto – wenn auch ungewollt – so sehr geschadet zu haben. Und er könnte besseren Gewissens viele Abende mit Magda beim Kartenspiel oder im Theater verbringen. Ja, so soll es sein, dachte Wolfgang, bevor er am Gutshaus der von Ahlens eintraf.

Theo bat ihn in die Halle und nahm ihm Mantel und Hut ab. „Die Gräfin lässt bitten, Herr Baron. Sie möchten doch so freundlich sein und im Salon auf sie warten."

„Danke, Theo." Wolfgang von der Fohl ging in den Salon und ließ sich in einem der Sessel nieder.

Kurz darauf kam Magda herein. Wolfgang von der Fohl war hingerissen. Er sprang auf und begrüßte die Gräfin mit Handkuss. Magda trug ein haselnussfarbenes Damastkleid, das mit dunkelbrauner Spitze besetzt war. Sie sah einfach bezaubernd aus. Und auch ihr Gesicht, das oft so streng wirkte, sah viel weicher, fröhlicher und gelassener aus.

„Hinreißend", schwärmte Wolfgang, „einfach zauberhaft. Und sehen Sie nur, wie harmonisch Ihr Haselnusskleid mit meinem Kastaniengehrock korrespondiert", fügte er ein wenig gewollt theatralisch an.

„Was kann ich für Sie tun?" fragte Magda ihn lächelnd. Sie mochte seine kleinen Wortspielereien.

„Nun", begann er, diesmal in einem ernsteren Ton. „Ich bin vor allem hier, um Sie davon in Kenntnis zu setzen, dass ich schon morgen zu meinem Cousin nach Königsberg reisen werde. Er hat mich um Hilfe in einer äußerst diffizilen Angelegenheit gebeten."

„Wie lange?“ fragte Magda trocken.

„Auf unbestimmte Zeit“, antwortete Wolfgang.

„Ach …“, murmelte Magda. Es fiel ihr sichtlich schwer, sich ihre Enttäuschung darüber, dass sie Wolfgang von der Fohl nun länger nicht sehen würde, nicht anmerken zu lassen.

„Bestimmt nicht länger als drei Wochen“, legte Wolfgang wie zur Rechtfertigung nach. „Und wenn ich zurückkomme, muss ich Ihnen ein Geständnis machen, liebe Magda.“

„Bleibt nur zu hoffen, dass es dann nicht zu spät ist, Herr Baron.“

Wolfgang von der Fohl sah sie fragend an.

Am nächsten Abend saßen Max, Benedikt und Achim in dem neuen Kontor zusammen, das Max und Sophie am Marktplatz gemietet hatten, und versuchten, den Eklat vom Vortag auszuwerten.

Sophie und Max hatten die ganze Nacht spekuliert, was bloß geschehen war. Was ging in den Arbeitern vor? Oder zumindest in einigen? Seit sie die Fabrik übernommen hatten, waren die Arbeiter nur entlastet worden. Die Sonntagsarbeit war wieder abgeschafft und der 10-Stunden-Tag bei gleichem Lohn festgeschrieben worden. Außerdem konnten die Kinder der Arbeiter die an die Fabrik angeschlossene Schule, die Sophie ins Leben gerufen hatte, kostenfrei besuchen. Die Arbeiter der Ahlener Eisenbahnfabrik hatten ohne eine einzige Arbeitskampfmaßnahme gleich mehrere Verbesserungen ihrer Arbeits- und Lebenssituation erzielt.

Und auch Benedikt und Rike waren ratlos gewesen. Benedikt hatte gezweifelt, ob er unter diesen Umständen die Stelle überhaupt antreten konnte. Aber Rike hatte ihm geraten, gerade in dieser Situation Stärke zu zeigen. Ganz sicher waren es nur einige Störer und Neider, die dieses Szenario heraufbeschworen hatten. Schließlich hatte Benedikt sich entschlossen, den Kampf aufzunehmen.

„Achim, hast du eine Erklärung für das, was gestern passiert ist?" wollte Max wissen.

„Ich habe darüber nachgedacht. Eigentlich ist es nichts Neues, diese Aufmüpfigkeiten existieren schon so lange, wie ich in der Fabrik bin. Mich wundert nur, dass die Leute die enormen Verbesserungen des letzten halben Jahres überhaupt nicht dankbar aufnehmen oder es nicht zeigen. Ich meine, vielleicht müssen wir ihnen noch erklären, was sie im Vergleich zu anderen Fabriken – selbst den Eisengießereien hier in Ahlen – für Vorteile haben ... Trotzdem glaube ich, dass wir es mit vereinzelten Störern zu tun haben, die nicht für die Mehrheit der Arbeiter stehen."

„Den Eindruck hatte ich aber nicht. Oder wenn, dann haben diese vereinzelten Störer einen gewaltigen Einfluss auf die anderen", erwiderte Max entschieden. „Benedikt, wie siehst du das?"

Benedikt wirkte niedergeschlagen und immer noch wie unter Schock. „Zwar habe ich mit Widerspruch gerechnet, aber nicht in diesen Ausmaßen. Ich fürchte, wir haben es mit einem ganz schwierigen Problem zu tun. Die proletarische Bewegung ist überall sehr stark geworden. Da geht es nicht um Versöhnung. Sie fordert den Umsturz. Am schlimmsten sind die kommunistischen Fanatiker. Manchen scheint sogar die eigene Existenz egal oder das Glück ihrer Familie ... Es stimmt schon, die Lohnarbeiter besitzen nichts als ihre Arbeitskraft. Ich verstehe ihr Problem. Aber ohne Arbeit nützt ihnen nicht einmal die etwas ... Es gibt zwei Leute, mit denen wir mal ernsthaft reden sollten, vor allem, weil sie alle anderen aufzuhetzen versuchen ...“

„Was heißt reden? Ich würde sie bestrafen oder entlassen!“ warf Achim aufgebracht ein.

„Die Namen, sagt mir die Namen“, forderte Max.

„Am meisten Einfluss auf die anderen hat Carl Müller. Er ist sehr geltungsbedürftig. Ich denke aber nicht, dass er ein echter Anhänger der kommunistischen Idee ist“, sagte Benedikt.

„Und der zweite ist Christian Schmidt, ein junger Mann. Er beschafft immer wieder Flugblätter und Hetzschriften. Oft kommen die Forderungen aus ganz artfremden Betrieben, die unter wirklich schlimmen Bedingungen wirtschaften. Mir scheint, er ist ein gefährlicher Mann“, ergänzte Achim.

„Er ist doch fast noch ein Kind. Er ist erst 23 und hat drei Kinder. Alle haben ihn gern, und er soll ein ganz sanftmütiger, eher weicher Familienvater sein. Denkst du tatsächlich, dass er daran glaubt?“ wollte Benedikt wissen.

„Ich sage dir, der ist gefährlich“, antwortete Achim und starrte auf seine Hände.

„Gut“, sagte Max. „Überlegen wir mal: Was würde passieren, wenn ich die beiden entlasse?“ wollte er von Achim und Benedikt wissen.

„Dann wären wir nach einer kurzen Zeit des Murrens das Problem los“, sagte Achim.

„Das glaube ich nicht“, entgegnete Benedikt. „Ich bin sicher, dass wir, wenn die beiden gefeuert würden, ein schlummerndes Potenzial wecken würden, über das wir später gar nicht mehr Herr werden können ...“

„Das heißt, wir sollten versuchen, die beiden irgendwie auf unsere Seite zu kriegen, sie in die Verantwortung für die Fabrik einzubinden ...“, dachte Max laut nach.

„Das ist ein kluger Plan“, murmelte Achim und nickte.

„Aber wie soll das funktionieren?“ wollte Benedikt wissen.

Max überlegte. „Was ist denn dieser Carl Müller für ein Arbeiter? Kennt er sich mit den Maschinen gut aus?“

„Fachlich ist an ihm nichts auszusetzen“, meinte Achim.

„Er kennt sich sehr gut mit den Maschinen aus. Ich glaube sogar, dass er sich auch privat dafür interessiert“, ergänzte Benedikt.

„Gut“, sagte Max. „Und nun zu dem Christian Schmidt, der ist noch sehr jung, sagtet ihr?“

„Das stimmt. Er ist kontaktfreudig und eigentlich ein guter Junge. Alle haben ihn gern. Er scheint eher schwach zu sein. Nur, wenn er seinen Kollegen mit seinen Ideen kommt, mögen sie ihn nicht – er wird dann so fanatisch und will jeden bekehren“, sagte Benedikt.

„Lasst uns überlegen“, schlug Max vor. „Vielleicht bei einem Bier. Wie früher. In Heinrichs Wirtshaus. Na los, lasst uns gehen!“

Einige Minuten später kehrten die drei im Wirtshaus ein.

„Oh, die Herren Direktoren beehren uns“, spöttelte Leo.

Lachend klopfte Max ihm auf die Schulter und sagte: „Kümmere dich lieber um Sophies Schnaps, den wir machen wollen.“

Achim, Benedikt und Max gingen zum Tresen und begrüßten Heinrich mit Handschlag.

„Na, das ist ja wirklich mal eine Überraschung. Ihr alle drei zusammen“, freute der Wirt sich aufrichtig. „Was trinkt ihr?“

„Drei Bier und drei Kurze von ‚Linas Bestem‘“, erwiderte Achim wie aus der Pistole geschossen. Zufrieden zogen die Männer sich an einen Tisch in der Ecke des Schankraums zurück.

Kurz darauf standen die Becher mit dem schäumenden Bier vor ihnen.

„Passt auf, ich habe eine Idee“, sagte Max, nachdem sie angestoßen hatten. „Also dieser junge Arbeiter ist kontaktfreudig und beliebt. Das heißt doch, er ist immer über die aktuellen Stimmungen unter den Arbeitern informiert. Oder?“

„Ja, ganz sicher“, sagte Achim.

„Wisst ihr, ich hab mir überlegt, dass wir so eine Art Rat einrichten, vielleicht mit drei Arbeitern: einem, der diesen aufrührerischen Ideen nahe steht, einem, der ihnen neutral gegenübersteht, und einem, der gegen diese Ideen ist. Und dieser Rat sollte euch wöchentlich über die Stimmung unter den Arbeitern berichten. Das heißt also auch über ihre Sorgen und Befürchtungen, einfach über alles. Wir erfahren, wo ihnen der Schuh drückt oder ob jemand in der Zwickmühle ist und Hilfe braucht oder ob die Arbeiter Vorschläge haben, irgendwas im betrieblichen Ablauf zu verbessern. Auf diese Weise können wir gemeinsam diese Probleme angehen. Zum Vorsitzenden dieses Rates machen wir diesen jungen Arbeiter. Und wir hören uns bei einem Bier auch ruhig mal seine Ideen an, sofern sie was mit unserer Fabrik zu tun haben könnten und sofern es wirklich Ideen und nicht nur Sprüche sind. Was sagt ihr dazu?"

„Also wenn er da mitmacht – toll!" sagte Achim.

„Er *muss* mitmachen. – Max, das ist eine großartige Idee. Dieser Rat bietet die Möglichkeit, immer dicht an den Arbeitern und ihren Interessen, ihren Sorgen und Nöten zu sein. Und sie auch an unseren. Damit zeigen wir ihnen außerdem, dass wir genauso von ihnen abhängen wie sie von uns." Benedikt war wirklich gerührt.

„Und nun zu Carl Müller. Ein geltungsbedürftiger Mann, der – wie wir gesehen haben – selbst Leute, die das gar nicht wollen, in seinen Bann ziehen kann. Aber ein sehr guter Fachmann. Wahrscheinlich ist er neidisch und eigentlich auf den eigenen Vorteil aus, wenn er euch beide, die ihr euch erfolgreich hochgearbeitet habt, als Verräter bezeichnet. Jetzt bekommt keinen Schreck: Den machen wir zum Vorarbeiter. Wenn er den Job annimmt, ist er in der Zwickmühle. Wir müssen ihn nicht entlassen, und er muss zusehen, wie er mit den Arbeitern klarkommt …", überlegte Max.

„Max, das ist nicht dein Ernst …", stieß Benedikt entsetzt hervor.

„Doch, das ist mein voller Ernst. Es wird funktionieren, und deshalb werden wir es so machen!" Max schlug Benedikt auf die Schulter und sah ihn eindringlich an.

„Was für ein listiger Plan, was für ein hinterlistiger Plan", wertete Achim beeindruckt den Vorschlag, „das hätte Friedrich Hartenstein nicht besser gekonnt!"

Max, der gerade einen Schluck von seinem Bier nehmen wollte, zuckte zusammen. Oh nein, das konnte nicht sein. Da war er wieder, sein Vater. Da war es wieder, dieses menschliche Ungeheuer. War es aus ihm selbst heraufgestiegen? … Er verschluckte sich und hustete. Achim und Benedikt klopften ihm auf den Rücken. Sie bemerkten die hitzige Wut, die in Max aufstieg, nicht. Achim legte seinen Arm auf Max' Schulter.

„Na, wieder gut?" wollte er wissen.

Plötzlich sprang Max vom Tisch auf, blieb mit dem Mantel darunter hängen, sodass er ihn hochriss und alle Krüge umkippten. „Entschuldigt mich bitte", murmelte er und verließ fluchtartig das Lokal.

Max irrte in der Dunkelheit ziellos durch die verschneiten Reihen der Weinstöcke. Als er strauchelte und hinfiel, blieb er einen Augenblick lang liegen, um in den Sternenhimmel zu starren. Er rieb sein Gesicht mit Schnee ab und entdeckte eine Sternschnuppe, die ungefähr auf der Höhe des Gutshauses erlosch.

Den Wunsch, seinen sehnlichsten Wunsch, den er tief in seinem Herzen bewahrte, hatte er längst formuliert.

Ich will nicht so werden wie er, ich darf nicht so werden wie er. Ach, lieber Gott, hilf mir, dass Hartenstein endlich und endgültig aus meinem und aus dem Leben meiner Familie verschwindet!

Achim und Benedikt hatten ihm besorgt nachgesehen. Gleich nachdem Max die Tür hinter sich zugezogen hatte, zahlten sie und verließen das Wirtshaus ebenfalls. Draußen am Brunnen beratschlagten sie, ob sie Max folgen sollten – doch sie wussten ja nicht einmal, wohin er gegangen war.

Die Frage, was bloß mit ihrem sonst so besonnenen Freund los sein mochte, beschäftigte sie mehr, als sie zugeben wollten. Gedankenverloren standen sie einander gegenüber. Schließlich brach Benedikt das Schweigen und räusperte sich.

„Wo kann er hin sein?"

„Er wird nach Hause gegangen sein", sagte Achim, doch auch er wirkte unruhig. Benedikt nickte. „Komm", sagte er plötzlich und dann überquerten sie, ohne ein weiteres Wort darüber zu verlieren, den Marktplatz und stapften zielstrebig durch den Schnee, bis sie das Gutshaus erreichten.

Theo öffnete ihnen die Tür und bemerkte ihre Aufregung sofort.

„Was ist mit euch? Ihr seid ja außer Atem.“ Neugierig sah der alte Kammerdiener zwischen den beiden Männern hin und her.

„Ist Max hier?“ wollte Benedikt wissen.

„Nein. Ich dachte, er sitzt noch mit euch zusammen im Kontor.“

„Da waren wir auch. Anschließend sind wir ins Wirtshaus gegangen. Und ganz plötzlich ist Max aufgesprungen und hat fluchtartig das Lokal verlassen.“

„Merkwürdig. Aber nehmt doch Platz, ich werde Sophie fragen, ob sie etwas weiß.“

Schon nach kurzer Zeit kam Sophie nach unten. Als sie die beiden Männer sah, ergriff eine gewisse Unruhe von ihr Besitz.

„Benedikt, Achim, was ist geschehen?“ wollte sie wissen.

„Wir haben keine Ahnung“, antwortete Achim.

„Er ist so mir nichts, dir nichts einfach aufgesprungen. Ich verstehe das nicht. – Ich habe ihn noch nie so gesehen“, sagte Benedikt leise und warf Sophie einen Hilfe suchenden Blick zu.

Sophie stand eine Weile schweigend da. Etwas ging ihr durch den Kopf. Sie musste an das Ende jener wunderbar begonnenen Nacht in Max’ alter Bedienstetenkammer denken. Denn was Achim und Benedikt hier beschrieben, ähnelte ihrem Erlebnis sehr. Es musste einen Zusammenhang geben. Irgendetwas war offenbar geschehen, das Max innerlich umtrieb und worüber er noch nicht sprechen wollte, nicht sprechen konnte.

Fieberhaft überlegte Sophie, wo Max sich wohl verkrochen haben könnte.

„Wartet einen Moment hier. Ich bin gleich wieder da“, sagte sie, schlüpfte in ihren Mantel und verschwand aus dem Haus. Sie hastete durch den kleinen Birkenhain zur alten Schlossruine. Wie sehr hatte sie gehofft, Max dort zu finden, wie sehr hatte sie gehofft, dass er auf ihrem alten Lieblingsplatz in der Ruine sitzen würde. Aber Max war nicht da.

Traurig kehrte sie zum Haus zurück. Wo konnte er nur stecken? Langsam zog sie ihren Mantel aus und reichte ihn Theo. Mit einem Mal kam ihr eine weitere Idee. Natürlich!

„Wartet noch einen Moment. Ich bin gleich wieder da.“ Voller Hoffnung rannte sie die Treppe zu den Bedienstetenkammern hinauf, stürmte über den Flur zur letzten Tür, bis an Max’ ehemalige Kammer. Sie hoffte, ihn dort zu finden, doch diese Hoffnung wurde enttäuscht – auch in seiner alten Kammer fand sie ihn nicht.

Sophie seufzte. Aber dann straffte sie die Schultern und kehrte zu Benedikt und Achim zurück. „Theo, bring mir bitte einen Stuhl“, rief sie entschlossen. Sie setzte sich zu den beiden jungen Männern. Eine ferne Ahnung, womit Max’ Reaktion zu tun gehabt haben könnte, beschlich sie. Angestrengt versuchte sie, sich an jene Nacht zu erinnern, als er ähnlich verstört reagiert hatte. Sie versuchte zu rekonstruieren, welches Stichwort ihn so erschrecken ließ. Besonnen begann sie, Benedikt und Achim zu befragen.

„Achim, Benedikt, bitte überlegt jetzt genau. Wisst ihr noch, worüber ihr zuletzt gesprochen habt, bevor Max verschwunden ist?"

„Ja, ja – ich erinnere mich, er hatte gerade den Vorschlag unterbreitet, ausgerechnet den schlimmsten Störenfried der Fabrik, Carl Müller, zum Vorarbeiter zu machen", erzählte Achim.

„Das stimmt", bestätigte Benedikt. „Ich weiß noch ganz genau, wie entsetzt ich war. Ich sagte zu ihm: Das ist nicht dein Ernst! Er warf mir einen kurzen Blick zu und schaute dann zu Achim herüber."

„Und, Achim, hast du anschließend irgendetwas gesagt?" unterbrach Sophie Benedikt.

„Ja, irgendwas ... ach ja, ich sagte, dass es ein listiger, ein hinterlistiger Plan sei ..."

„War das alles? Ist er dann aufgesprungen? Oder hast du noch was gesagt? Erinnert euch genau, es könnte wichtig sein."

Benedikt erschrak. Sophies Besorgnis jagte ihm Angst ein. „Na klar, Achim. Erinnerst du dich nicht mehr? Es ging noch weiter ..."

„Stimmt, ich sagte: ‚Das hätte Friedrich Hartenstein auch nicht besser gekonnt.' Und dann ist es passiert. Er zuckte zusammen, sprang auf und stürmte aus dem Wirtshaus."

Das war es also, dachte Sophie. Hartenstein. Ihre Ahnung hatte sich bestätigt. Sophie erinnerte sich plötzlich daran, dass Max beim Thema Friedrich immer seltsam reagierte. Aber warum?

Inzwischen hatte Max sich ein wenig beruhigt und war langsam wieder in der Lage, klar zu denken. Eines wusste er nun genau. Er wollte auf der Stelle alles erfahren, was er nur über seinen Vater erfahren konnte.

Der Schnee hatte sein erhitztes Gemüt abgekühlt, und Max hatte einen Plan geschmiedet. Er ging zurück ins Kontor, wo er einen Brief an seine Mutter Lotte verfasste.

Meine liebe Mutter,
ich lasse dir diesen Brief neutral überbringen, weil niemand erfahren darf, was darin steht. Es könnte sein, dass Sophie, Benedikt und Achim nach mir suchen werden, dann darfst du dir nichts anmerken lassen und weißt natürlich nicht, wo ich bin. Ich erwarte dich um zehn Uhr in der Schneiderstube. Bitte komme. Für mich ist es unsagbar wichtig. Mach dir keine Sorgen. Alles Weitere nachher.
Dein dich liebender Max

Eilig lief er zum Wirtshaus und drückte einem Jungen, der auf der Straße spielte, den Brief und einen halben Taler in die Hand.

„Bring den Brief ins Wirtshaus und sage, du musst ihn der Frau des Hauses persönlich übergeben. Verstehst du, *persönlich!* Dann komm wieder heraus. Ich warte hinter der Ecke dort. Wenn alles geklappt hat, hebst du einfach den Arm, wenn nicht, kommst du zu mir und gibst mir den Brief zurück. Alles klar? Na, dann los.“

Max musste nicht lange warten. Schon nach einer Minute kam der Junge heraus und hob den Arm.

Was Max nicht sehen konnte, war, dass sich von der anderen Seite des Marktplatzes Sophie und Rike bereits dem Wirtshaus näherten.

„Was wollte der Junge denn von dir?“ fragte Heinrich seine Frau Lotte gerade, als Sophie und Rike ins Wirtshaus traten und auf Heinrich zusteuerten. Unauffällig stieß Lotte Heinrich in die Seite und legte den Zeigefinger auf den Mund, um ihm zu bedeuten, nichts zu sagen. Stirnrunzelnd blickte er seine Frau an, zuckte die Schultern und fügte sich.

Völlig außer Atem kam Sophie an den Tresen und fragte: „Habt ihr Max gesehen? Ist er hier?“

„Nein“, sagte Heinrich mit einem kurzen Seitenblick auf Lotte und hob bedauernd die Hände. „Er war vor etwa einer Stunde mit Achim und Benedikt hier, hat dann das Wirtshaus aber fluchtartig verlassen. Und kurz darauf sind Achim und Benedikt ihm gefolgt.“

„Wieso fragst du, Sophie? Ist etwas passiert?“ wollte Lotte wissen.

„Ich weiß nicht … aber falls ihr etwas hört, ich bin drüben im Kontor.“

„Na klar, wir geben dir sofort Bescheid“, versprach Heinrich.

Als Sophie und Rike gegangen waren, wandte Heinrich sich an Lotte.

„Was ist los? Warum machst du mir seltsame Zeichen?“

Doch Lotte senkte den Blick und wollte offenbar nicht so recht mit der Sprache heraus.

„Du bist meine Frau. Mit mir kannst du über alles reden." Heinrich strich ihr zärtlich über die Wange.

Konnte sie das wirklich? Lotte atmete tief durch und sagte: „Max hat mir einen Brief geschickt. Er will mich um zehn Uhr in der Schneiderstube treffen – er hat irgendein Problem, das er eben nur mit seiner Mutter besprechen will. Sicher nichts Schlimmes. Auf jeden Fall wollte er bis dahin wohl einfach mal etwas allein sein."

„Na, wenn das so ist", brummte Heinrich und küsste sie flüchtig auf den Mund. Gerade wollte er wieder hinter seinem Tresen verschwinden, als er sich noch einmal zu Lotte umdrehte und ihr tief in die Augen sah. „Na, wenn das wirklich so ist …" Damit ging er hinter die Theke.

Um sich bis zehn Uhr die Zeit zu vertreiben, schlenderte Max durch einige weit entlegene Gassen der Stadt. Er wusste, dass Sophie bestimmt schon nach ihm suchte, aber er wollte erst mit seiner Mutter sprechen, bevor er wieder zum Gut zurückkehrte.

Der Gedanke, dass Friedrich sein Vater war, raubte ihm schier den Verstand. Er wusste einfach nicht, wie er damit umgehen sollte. Aus Max' Fantasie drängten sich ihm schreckliche Bilder auf, wie Friedrich seine Mutter vergewaltigte. Er versuchte, diese Bilder wieder ins Unterbewusste zurückzudrängen. Allein, es gelang ihm nicht. Die Sterne und die beleuchteten Fenster der kleinen Fachwerkhäuser, die Wärme und Geborgenheit ausstrahlten, konnten ihm nichts davon abgeben. Er nahm sie kaum wahr.

Plötzlich stieß er in der Finsternis der einsamen Gasse, in der er noch nie zuvor gewesen war, gegen etwas. Es war die ausgestreckte Hand eines Bettlers. Max erschrak und wich zurück. Er blickte in das zerfurchte Gesicht eines verwahrlosten zahnlosen Mannes, der vor Kälte zitterte. Max griff ein Geldstück aus seiner Hosentasche, legte es in die Hand des Mannes und eilte weiter. In was für eine Gegend hatte es ihn verschlagen? Max' Atem ging schwer, während er durch die kleinen Straßen lief.

Plötzlich tauchte aus einem versteckten Hauseingang eine ältere Hure vor ihm auf. Sie blickte ihn aufreizend an. Max schob die Hände in die Hosentasche und drängte sich schnell an ihr vorbei. Hinter seinem Rücken hörte er ihr schallendes Gelächter.

Als er aus der Ferne vernahm, wie der Nachwächter die neunte Stunde einsang, begab er sich auf den Rückweg ins Zentrum der Stadt.

Indes hatten Sophie, Rike, Benedikt und Achim die Suche nach Max aufgegeben. Alle hofften nun, dass er sich beruhigen und bald nach Hause kommen würde. Sophie und Rike saßen in Sophies Zimmer, während Theo, Gudrun und Lina in der Küche warteten.

Nur Gräfin Magda bekam von alldem nichts mit – sie hatte sich bereits zum Schlafen hingelegt. Seit sie sich mit Wolfgang von der Fohl angefreundet hatte, sah Magda, die immer auf sehr auf Etikette und Contenance geachtet hatte, viele Dinge in einem anderen Licht. Der Lebemann von der Fohl hatte ihr gezeigt, dass etwas weniger Strenge und etwas mehr Gelassenheit das Leben versüßen konnten. Und so verzichtete Gräfin Magda seit einiger Zeit auf ihre nächtliche Runde.

„Vielleicht ist das alles zu viel gewesen“, überlegte Rike gerade. „Benedikt schläft auch keine Nacht mehr ruhig. Er spricht sogar im Schlaf. Manchmal schimpft er mit irgendwelchen Arbeitern aus der Fabrik, und dann wieder fantasiert er: Ich kann das nicht, ich schaff das nicht ... Bis er plötzlich aufrecht im Bett sitzt, schweißnass, und gar nicht weiß, wo er ist. – Er habe Schüsse gehört und Tote gesehen, die durch die Kugeln der Fabrikgewehre zu Tode gekommen sind, erzählt er mir dann weinend.“

„Ich weiß“, sagte Sophie gedankenverloren. „Es ist alles so plötzlich – im Grunde von einem auf den anderen Tag – über uns gekommen. Die Toten haben uns ihr Vermächtnis der Verantwortung hinterlassen. Ich glaube manchmal, unsere Jugend war mit einem Schlag zu Ende.“

„Sag so was nicht, Sophie, das wäre ja schlimm. Ich weiß nicht, ob die Sache das wert ist ...“

„Selbst, wenn sie es nicht wäre. Haben wir eine Wahl? Es ist noch kein ganzes Jahr her, da wollte ich mit Max nach Amerika auswandern. Da war die Welt noch heil. Unsere Welt und die Welt da draußen auch, weil sie mit uns nichts zu tun hatte. Und nun sind wir mit einem Mal erwachsen geworden.“

„Ach, Sophie, wir werden unseren Männern schon helfen, das durchzustehen."

Lotte erschrak, als es draußen an die Tür der Schneiderstube klopfte. Der Nachtwächter besang die zehnte Stunde. Lotte hatte eine Ahnung davon, was ihr jetzt bevorstand. Zwar hatte sie Angst davor, doch sie wünschte sich auch, es endlich hinter sich zu bringen.

„Max, bist du das?"

„Ja, Mutter."

Lotte ließ ihn herein und schloss die Tür hinter ihm.

„Komm, Junge, trink einen Tee. Du bist ja total durchgefroren", versuchte Lotte, ein Gespräch anzufangen. Max wirkte abwesend und so, als müsste er sich an das Licht der Stube erst gewöhnen.

Schwerfällig ließ Max sich auf einen Stuhl fallen und schlürfte den heißen Tee. Lange sagte er kein Wort. Doch dann stellte er die Tasse ab.

„Mutter, was ist damals passiert? Wie ist es passiert? Wie hat dieses Ungeheuer dir das angetan?"

Lotte fuhr zusammen. Sie betrachtete ihren wunderbaren Sohn, wich seinen Blicken aber aus, bis sie schließlich tief Luft holte. Nun war der Augenblick der Wahrheit gekommen.

„Max, ich habe lange auf diese Frage gewartet, und ich habe sie befürchtet, aber ich will versuchen, sie dir, so gut es geht, zu beantworten."

Lotte starrte auf ihre Hände und seufzte.

„Also gut“, begann sie. Max spürte, wie schwer es ihr fiel. „Ich war knapp zwanzig Jahre alt, als ich in einem kleinen Dorf in der Nähe von Hildesheim eine Stelle als Magd in einer Wirtschaft annahm.

Ich war noch keine zwei Tage dort, als der Wirt mich in die Beletage des Gasthauses schickte, wo ein reicher Geschäftsmann sich mit einigen Freunden und ein paar leichten Mädchen amüsierte. Der junge Mann, der sich sonst im Wirtshaus um die Bedienung der Gäste kümmerte, schien zusammen mit der restlichen ausgelassenen Gesellschaft dort oben versackt zu sein. Und ich sollte nach dem Rechten sehen und fragen, ob alles zur Zufriedenheit der Gäste war.

Mir war schon etwas mulmig zumute, als ich an die Tür klopfte, und nachdem ich eingetreten war, sah ich, dass die Männer betrunken und wie von Sinnen waren und die Frauen ...“ Sie schluckte, bevor sie leise weitersprach. „Die Frauen erfüllten ihnen die unaussprechlichsten Wünsche.

Weil niemand Notiz von mir nahm, zog ich mich unauffällig zurück.

Und dann bemerkte ich, wie die Tür, die ich gerade hinter mir geschlossen hatte, erneut geöffnet wurde. Bevor ich mich versah, umklammerte mich jemand von hinten. Ich spürte den heißen Atem eines Mannes auf meiner Haut und roch den Schnaps, den er ausdünstete. Der Mann zerrte mich in eine kleine Kammer.“ Lotte ballte die Hände zu Fäusten, während sie sprach, und vermied es, Max ins Gesicht zu schauen. Dann fuhr sie fort: „Zu Tode erschrocken ließ ich es geschehen. Ich war wie gelähmt. Und dann sah ich sein Gesicht – es war der junge Mann, der dem Wirt im Ausschank half. Friedrich Hartenstein. Er sagte kein Wort, zerrte mich rücklings zu einer schmalen Pritsche, die in dem Zimmer stand, und warf mich auf den Rücken. Er sah mir in die Augen, und ich wusste, dass er in diesem Moment keinen Widerspruch dulden würde, dass er in diesem Moment wahnsinnig war.

Er warf sich auf mich und schob mein Kleid hoch ... dann drängte er seinen Leib gegen meinen und ...“ Hier machte Lotte eine Pause. „... verstehst du, ich war doch noch Jungfrau.“ In Lottes Augen schimmerten Tränen. Sie schlug die Hände vors Gesicht und schluchzte. Vorsichtig legte Max ihr eine Hand auf die Schulter.

„Ich schämte mich so sehr ...“, wisperte sie.

Lotte hob den Kopf und wischte sich mit dem Handrücken die Tränen von den Wangen.

Max hatte den Kopf in die Hände gestützt. Sein Herz pochte heftig. Er spürte, wie sein heißes Blut wie glühende Lava durch die Adern pumpte.

Hartenstein! dachte er, straffte die Schultern und ballte die Fäuste. Hätte er diese Geschichte schon früher gekannt, hätte er an jenem Tag keine Sekunde gezögert, seine Mutter zu rächen. Ganz gewiss nicht.

Lotte blickte ängstlich ihren Sohn an. Sie hätte ihn so gerne in den Arm genommen, um ihm verständlich zu machen, dass sie ihn trotz allem, was geschehen war, von ganzem Herzen liebte. Mehr als alles andere auf der Welt. Max saß einfach nur da und regte sich nicht. Lotte bemerkte, wie seine Kiefermuskeln sich bewegten, und fragte sich, was in ihm vorgehen möchte.

„So sag doch etwas!“ Lottes Stimme zitterte. Aber Max schwieg. Er hatte die Wahrheit unbedingt hören wollen, und nun wäre es ihm lieber gewesen, er hätte sie nicht erfahren. Nein. Es war gut, dass Lotte ihm die ganze Geschichte erzählt hatte. Auch wenn er nicht so recht wusste, wie er damit umgehen sollte.

„Ich bin also gegen deinen Willen gezeugt worden“, sagte er schließlich leise.

Lotte nickte langsam. Mit dieser Reaktion hatte sie nicht gerechnet.

Plötzlich sprang Max auf. Sein Stuhl kippte nach hinten zu Boden. Aufgebracht lief er in der kleinen Stube auf und ab.

„Dieses Schwein!“ knurrte er, und Tränen des Zorns rannen seine Wangen hinunter. „Wenn er nicht schon tot wäre, würde ich ihn eigenhändig umbringen! Warum nur muss ich von so einem Ungeheuer abstammen?“ Ohnmächtig vor Wut sackte er in sich zusammen und begann, hemmungslos zu weinen.

Lotte ging zu Max und setzte sich neben ihn auf den Fußboden. Sie zog ihn an sich und strich ihm zärtlich über den Kopf.

„Hör auf, Max. Er ist tot. Verstehst du, tot.“

Lange hatten die beiden so beieinander gesessen, bis Max sich ein wenig beruhigt hatte. Er löste sich sanft aus Lottes Umarmung, ging langsam zum Tisch, stellte seinen Stuhl wieder hin und setzte sich drauf.

„Und wann …“ Max schluckte. „Und wann habt ihr euch wiedergetroffen? Wieso wusste er, dass ich sein Sohn bin? Hast du es ihm gesagt?“

Lotte spürte, dass Max nicht nachlassen würde. Es fiel ihr schwer, darüber zu reden. Gleichzeitig spürte sie aber auch so etwas wie Erleichterung, nach all den Jahren endlich mit jemandem darüber sprechen zu können. Andererseits sah sie, wie sehr Max sich quälte. Sie hätte alles dafür gegeben, ihm nicht wehtun zu müssen.

„Friedrich ist noch gar nicht so lange in Ahlen. Er hat hier ein Stück Land gekauft und die Fabrik errichtet. Obwohl wir uns einige Male über den Weg gelaufen sind, hat er mich nicht wiedererkannt. Erst an dem Tag, als du mit Sophie geflohen bist und er in meine Nähstube kam, um sie zu suchen, habe ich ihm gesagt, dass du sein Sohn bist. Ich hoffte …“ Lotte fiel es sichtlich schwer weiterzusprechen. „Ich hoffte, er würde dir nichts tun, wenn er wüsste, dass du sein Sohn bist, aber …“

Max nahm die weinende Lotte in den Arm. „Schon gut!“ flüsterte er. „Schon gut, jetzt ist ja alles vorbei!“

„Ja! Gott sei Dank ist es das!“ rief Lotte mit zitternder Stimme. „Er hätte dich eiskalt erschossen und mir so das Allerliebste, was ich habe, genommen. Ohne mit der Wimper zu zucken.“ Lotte ballte die Fäuste. „Dieses Ungeheuer!“ schluchzte sie.

Max hielt sie fest in seinem Arm. „Wenn ich doch nur etwas geahnt hätte – ich hätte dich vor ihm beschützt ...“ Und auf einmal fühlte er sich wieder schuldig.

Lotte löste sich aus seiner Umarmung und sah ihn an. Liebevoll strich sie ihm übers Haar. „Bitte!“ flehte sie. „Du hättest mich nicht beschützen können. Vor Hartenstein hätte mich niemand beschützen können. Vor solchen Menschen kann man sich nicht schützen.“

„Aber ...“, begann Max, „aber was, wenn ich ihm ähnlich bin, wenn ich seinen Charakter geerbt habe, wenn ich ebenso bin wie er?“

In diesem Moment erschien ein Lächeln auf Lottes Gesicht. „Nein!“ entgegnete sie sanft. „Du darfst dich nicht damit quälen. Du bist *nicht* wie er! Bitte, denke so etwas nicht.“

Max schien nicht überzeugt. Und wie er so dastand und sie mit seinen großen Augen hilflos anblickte, erinnerte er sie wieder an den kleinen Jungen, der er einmal gewesen war. Und sie betrachtete ihn zärtlich.

„Glaubst du denn wirklich, das Böse und das Hassenswerte und das Gute und das Liebenswerte existiere nicht in jedem von uns?“ fragte sie ihn mit einem liebevollen Tonfall in der Stimme. „Und siehst du denn nicht, dass es auf den Einzelnen ankommt, ob er das Böse zulässt oder nicht?“

Max lehnte seinen Kopf gegen ihre Schulter. „Glaubst du?“ fragte er sie.

Lotte nickte. „Natürlich!“

Max’ Augen begannen zu leuchten. Er liebte seine Mutter. Er bewunderte sie für ihre Stärke und fühlte sich ihr so nah. Friedrich Hartenstein stand nicht länger zwischen ihnen.

„Leidest du denn immer noch sehr darunter, ohne Vater aufgewachsen zu sein, mein Junge?“ wollte Lotte von ihm wissen.

Max lächelte. „Wie soll ich etwas vermissen, das ich nie kennen gelernt habe ... Ich liebe dich, du bist die beste Mutter der Welt!“

Eine Weile saßen sie dort in der kleinen Nähstube, hielten einander fest und blickten sich schweigend an. Es war ein glückliches Schweigen. Von draußen hörte man den Nachtwächter: „Liebe Leute, lasst euch sagen ...“ Es war Mitternacht.

„Geh jetzt, geh jetzt nach Hause. Sophie macht sich große Sorgen“, flüsterte Lotte.

„Ja, Mutter“, erwiderte Max dankbar, küsste Lotte auf die Wange und ging.

„Geh jetzt, geh nach Hause. Benedikt braucht dich“, sagte Sophie indes zu Rike. Rike nahm Sophie in den Arm und verabschiedete sich.

Als Rike gegangen war, konnte Sophie keine Ruhe finden. Wo konnte Max nur stecken? Hoffentlich war ihm nichts zugestoßen. Sophie hatte Angst. Und diese Angst stieg in ihr auf, raubte ihr die Luft zum Atmen. Sie versuchte, sich abzulenken. Behutsam öffnete sie die Manuskriptmappe mit ihren eigenen Gedichten und las immer wieder das erste Gedicht.

Für Max
Ich bin deine Blüte –
Und mein Schmetterling du.
Ich bin deine Welle –
Meine Schaumkrone du.
Ich bin deine Güte –
Und mein Zorn bist du.
Dein Diesseits bin ich –
Und mein Jenseits bist du.

Aber das Gedicht konnte sie nicht beruhigen. Im Gegenteil – es wühlte sie auf. Wieder griff sie in ihr Arbeitsschränkchen und zog eine Mappe hervor, die handschriftlich *Literarisches Lesebuch unserer Zeit* betitelt war. Sie hatte sich die ehrgeizige Aufgabe gestellt, ein Lesebuch mit Gedichten und kurzen Geschichten zeitgenössischer Autoren für die Werksschule zusammenzustellen und herauszugeben. Sie blätterte es durch, überflog die Texte von Novalis und Eduard Möricke, von Wilhelm Raabe und Theodor Storm, von Gottfried Keller, Heinrich Heine und Adalbert Chamisso – doch umsonst, sie konnte ihre Gedanken von der Sorge um Max nicht ablenken. Immer wieder grübelte sie über sein seltsames Verhalten. Schließlich öffnete sie ihr Tagebuch und begann zu schreiben.

Was ist nur mit Max?
Wie kann ich ihm helfen? Und vor allem, wo steckt er? Hoffentlich ist ihm nichts passiert!

Sophie setzte sich auf die Bettkante. Hinlegen wollte sie sich nicht, denn sie würde ohnehin nicht schlafen können. Aber was nur konnte sie überhaupt noch tun, außer zu warten? Es war bereits nach ein Uhr in der Nacht. Sie fand keine Ruhe und beschloss – obwohl sie wusste, dass es sinnlos sein würde –, noch einmal in Max' alte Gesindekammer zu schauen.

Als sie einige Zeit später enttäuscht zurückkehrte, stand Max in ihrem Zimmer. Seine Haare waren zerzaust, und er wirkte müde. Dennoch lächelte er. Er strahlte, als er Sophie hereinkommen sah, und breitete seine Arme aus, um sie zu umarmen.

Sophie ging schweigend an ihm vorbei, setzte sich auf die Bettkante und begann zu weinen.

„Sophie, es ist vorbei!" sagte er freudestrahlend und bemerkte gar nicht, dass sie weinte.

Entsetzt starrte Sophie ihn an. Das hatte er schon einmal unten im Hof unter den Birken zu ihr gesagt!

„Es ist vorbei!" wiederholte er und drehte sich vor Freude im Kreis.

Für einen kurzen Moment glaubte Sophie, dass er verrückt geworden sei.

Lächelnd trat Max an das Bett, umarmte Sophie und hob sie hoch in die Luft. Er schloss sie in seine Arme und tanzte mit ihr durch das Zimmer. Nur widerwillig ließ Sophie es geschehen. Sie konnte sich noch immer nicht erklären, was plötzlich in ihren Max gefahren war.

Schließlich setzte er sie ab und wollte sie gerade küssen,

als sie ihren Kopf zurückzog und fragte: „Max, was ist los mit dir? Was ist *vorbei?* Und wo hast du gesteckt?"

Erst jetzt begriff Max, dass er ihr noch eine Erklärung schuldig war.

„Ich weiß endlich alles über Friedrich. Lotte hat mir die ganze traurige Geschichte erzählt, und es ist viel, viel schlimmer, als wir es uns vorstellen konnten. Aber jetzt bin ich frei, verstehst du? Und meine Mutter auch. Sein Name kann mich nicht mehr in Wut versetzen. Er kann mir keine Angst mehr machen. Adieu und auf Nimmerwiedersehen, Friedrich Hartenstein!"

Sophie konnte nicht ganz erfassen, was es für Max bedeutete, dass er die grausame Wahrheit kannte. Vor einigen Stunden noch war er unsagbar traurig gewesen, und nun tanzte er hier vor ihren Augen durch die kleine Kammer. Sie runzelte die Stirn.

„Max, weißt du, was ich für Ängste ausgestanden habe?" fragte sie ihn.

„Sophie, es tut mir so Leid, aber ich verspreche dir: In Sachen Friedrich Hartenstein waren es die letzten Ängste. Setz dich hin – ich werde dir alles erzählen."

5. KAPITEL

Baron Wolfgang von der Fohl hatte sich in München in einer kleinen luxuriösen Pension in der Kaufinger Straße unweit der Kirche St. Peter eingemietet. Während seines ersten Abendspazierganges durch die Münchner Innenstadt fiel ihm auf, dass der Himmel und die Sterne in München viel weiter vom Erdboden entfernt zu sein schienen als in Ahlen. Die gleichen Sternbilder, die er auch vom Nachthimmel zu Hause kannte, wirkten hier ungleich kleiner und waren zum Teil kaum zu erkennen. Und an Nebelkrähen, die fröhlich durch den Schnee hüpften, war hier gar nicht zu denken.

Als er St. Peter erreicht hatte, umrundete er einmal das Kirchengelände und begab sich zurück in seine Pension. Das sollte für den Anfang reichen.

Wieder in sein Zimmer zurückgekehrt las er in der Münchner Zeitung, dass König Ludwig II. von Bayern sich für den Kriegsfall den Österreichern anschließen wolle, für die es jetzt gegen Preußen gehen sollte. Was für eine Ironie des Schicksals, schmunzelte Wolfgang in sich hinein. Noch vor zwei Jahren hatten ausgerechnet Österreicher und Preußen gemeinsam gegen Dänemark um das Schicksal der Herzogtümer Schleswig und Holstein gekämpft und gesiegt. Und jetzt waren sie zu Erzfeinden geworden. Es würde sich also um einen handfesten deutsch-deutschen Krieg handeln. Es erheiterte ihn, wie schnell auch in der Politik Bündnispartner zu Feinden werden konnten. Ehemalige Freunde fielen einander in den Rücken. Er musste sich an die Zeit erinnern, in der er selbst seinen besten Freund Otto von Ahlen beinahe zerstört hätte. Offenbar war ein solch unehrenhaftes Verhalten auch im Großen möglich. Trotzdem war es bei ihm etwas anderes gewesen: Immerhin hatte er – durch seine Spielleidenschaft in finanzielle Not geraten – einen plausiblen Grund gehabt, die Seiten zu wechseln oder sogar für beide Seiten zu arbeiten. Aber das hatte er endgültig hinter sich gelassen und sein Gewissen entdeckt. Nie mehr wollte er in eine Not geraten, die dieses Gewissen je wieder erschüttern würde. Aber die Politik kennt kein Gewissen, Politik ist kein Mensch, philosophierte er. Es belustigte ihn, dass er sich zwar in einem deutschen, aber gleichzeitig in Feindesland befand.

Schon mehrere Tage hatte er die große Stadt mit ihren Märkten und Jahrmärkten, Museen, Theatern und Prunkbauten genossen, doch von Hans gab es bisher keine Spur. Am meisten liebte Wolfgang die abendlichen Soireen in der Pension, auf denen er als auswärtiger Adliger ein „bunter Vogel" war – hatte er es bei solchen Anlässen doch zumeist mit Kaufleuten und allerlei Handelsreisenden zu tun.

Eines Abends kam er mit einem durchreisenden Geschäftsmann ins Gespräch. Der kleine dicke Mann, der um die fünfzig sein mochte und einen auffällig gezwirbelten preußischen Schnurrbart zur Schau trug, schien einem gewaltigen Geltungsdrang Folge zu leisten, als er Wolfgang unvermittelt zum Cognac einlud.

„Na, mein Lieber, welches Geschäft hat Se denn nach

München verschlajen? Ich sehe Se doch an der Nasenspitze an, dass Se ein Preuße sind."

„Ach, wissen Sie", sagte Wolfgang ironisch, „ich habe es nicht nötig, Geschäfte zu machen."

„Oh", entgegnete der Dicke, „Verzeihung. Lassen Se mich raten: Se sind neureich oder, wat ick fast eher jlaube, ein staatsberenteter Freiherr." Bei diesen Worten nahm der kleine Mann Haltung an und schlug militärisch die Hacken zusammen, was Wolfgang sehr belustigte. „Ach, komm Se, Se verstehn doch Spaß, oder? – Klabunke, Fürchtegott Klabunke mein Name, seines Zeichens Kriechsjerätekaufmann aus Berlin-Charlottenburg."

„Sehr erfreut", erwiderte Wolfgang und blieb sitzen, „Baron Wolfgang von der Fohl, *seines Zeichens* Freiherr aus Ahlen", äffte er den Dicken liebenswürdig nach.

„Na wusst ick et doch, 'n echtet Exemplar ausm unterjehnden Adel, ha, ha, ha!" Der Dicke schlug sich vergnügt auf die Schenkel. „Det war natürlich bloß'n Spaß, wenn der Herr Baron vasteht", berlinerte der Dicke frei heraus und klopfte Wolfgang etwas derb auf die Schulter. „Et wär mir eene jroße Ehre, den Herrn Baron zu 'nem Cognac einladen zu dürfen."

Wolfgang fand den Mann ausgesprochen amüsant. Außerdem hatte er seit Tagen kaum mit einem Menschen gesprochen – und mit so einem wahrlich noch nie.

„Nur frei heraus, Herr Rittmeister."

„Na, Sie sind mir 'n Spaßvogel", gluckste Fürchtegott Klabunke. „Seh ick so aus, als ob ick wat von Pferden verstünde? Ha, ha, ha. Ne, ne, meine Sache is det technische Jerät, det Jerät der Zukunft, ick rüste sozusajen Jrenadiere aus." Er lachte. „Herr Kellner, 'ne Flasche Cognac und zwe Jläser, bitte!"

Wolfgang unterhielt sich köstlich.

„Wie laufen denn die Kriegsgeschäfte? Wir befinden uns doch kurz vor einem neuen Krieg", wollte Wolfgang wissen.

„Na, erst mal Prosit!" sagte Fürchtegott, hob sein Glas an und trank es auf einen Zug leer. „Wat heißt hier Kriechsjeschäfte, det hört sich ja an, als würde ick Leute totmachen. Ne, det is so: De Kriechspartein koofn de Waffn vorm Kriech. Im Kriech haben se ja keene Zeit dafür. Aber danach jehts wieder richtig los. Uff die Art haben Se als Händler jarnischt direkt mit 'm Kriech zu tun. Wenn Se mir verstehn. Prost!"

„Ja, ja, verstehe. Aber fühlen Sie sich denn wohl dabei, dass mit den Waffen, die Sie an die Kriegsparteien liefern, tausende Menschen umgebracht werden?"

„Och, nu verderben Se uns den Abend nich mit det moralische Jedusel. Kann ick dafür, det die Kriech machen? Ick muss nu ma Waffen verkoofen, det is meine Profession, wie man so schön sacht, meine Arbeet, mein Brot. Sehn Se ma, wenn et keene Krieje jeben würde, denn würde et ooch meine Profession nich jeben, und denn würd ick irjendwat andres machen. So einfach ist det. – Und ick saje Se sojar, ick hab jrad det Jeschäft meines Lebens jemacht – Prost! – Ick hab vor zwee Jahren Waffen an de Preußen und an de Österreicher verkooft, als Se zusammen jejen Dänemark losjejangen sind. Und bei dem Kriech, der jetzt kommt, ist det janz verrückt. De Preußen haben sowieso wieder bei mir jekooft. Aber de Österreicher, die heute ihr Feind sind, kennen mich ja ooch noch von damals. Also haben die ooch wieder bei mir jekooft, und denn haben se mir noch ihren Verbündeten Bayern empfohlen, und mit die hab ick jestern ooch noch mein Jeschäft jemacht." Wieder lachte er aus vollem Hals. „Da trinken wa erst ma eenen druff. Prost!"

„Prost!" erwiderte Wolfgang. „Aber haben Sie denn dabei gar keine Gewissensbisse?"

„Mein lieber Baron, sein Se ma nich böse, aber Jewissensbisse, so wat kann sich vielleicht 'n Adliger wie *Sie* leisten. Verstehn Se mir nich falsch, aber unsereener muss ja von Arbeet leben und vonne Welt, wie se is, nich wie se sein soll. – Aber nüscht für unjut, lieber Baron, und janz im Ernst, ick habe die Fraje schon öfters jehört, sojar von meene jeliebte Mutter – Jott hab se selig …" Er unterbrach sich und starrte mit unverhohlener Begierde eine junge Frau an. „Ei der Daus! Mensch, guck'n Se ma, die schnuckelije Biene da!" Mit seinen dicklichen Fingern winkte er der Dame zu. „Wo war'n wa? Ach ja. Also ick habe die Fraje schon öfter jehört und antworte mit ne Jejenfraje: Stelln Se sich vor, Se wärn een Bäckerladen jenau zwischen de Fronten. Uff de eene Seite is ihre Heimat und ihre Soldaten, von de andre Seite kommt der Feind mit seine Soldaten. Wenn se sich nu alle an Ihr'm Laden treffen und alle Hunger haben, jeben Se da nur die Soldaten von Ihre Seite Brot oder de andern ooch?

Und ick saje Se, mit det Brot verhält et sich letztendlich nich anders als mit de Waffen."

Wolfgang war wirklich verblüfft. Auch wenn das Brot Leben erhielt und die Waffen Leben vernichteten, so brachte ihn der Vergleich doch in eine Zwickmühle. So oder so, die einzige Lösung waren gar keine Waffen.

„Trotzdem", sagte Wolfgang, „ich könnte das mit meinem Gewissen nicht vereinbaren", obwohl er daran dachte, dass er die Sache mit seinem Gewissen bis vor kurzem, solange seine Spielleidenschaft ihn beherrschte, auch eher locker gesehen hatte.

„Ick beneide Se in jewisser Hinsicht", sagte der Dicke ernst. „Aber jlauben Se ma, Jewissen is een Luxus, den man sich leisten können muss. Stell'n Se sich nur vor, een kleener Schicksalsschlag, der Se alle Privilegien und allen Reichtum wegnehmen würde, sodass Se uff der Straße stünden – jlauben Se ma, et is wirklich die Fraje, ob Ihr Jewissen mit all diesen Dingen nicht ooch weg wäre, wenn Ihnen eener 'n unmoralischet Jeschäft anböte, durch det Se wieder würdig ufftreten könnten."

Wolfgang war beeindruckt. So ungehobelt dieser kleine dicke Mann nach außen auch auftrat – er hatte Recht. Was er Wolfgang prophezeit hatte, hatte der Baron ja schon einmal hinter sich. Aber was der Dicke nicht wissen konnte, so glaubte Wolfgang jedenfalls von sich, war, dass es ihm nie wieder passieren würde.

„Na, nu jrübeln Se nich, so jung komm wa nie wieder zusammen. Trinken wa noch eenen."

Wolfgang prostete Fürchtegott nochmals zu.

Plötzlich stand die Dirne, der der Geschäftsmann während des Gesprächs mit Wolfgang zugewinkt hatte, am Tisch.

„Na, Dickerchen, lädst du mich zu einem Drink ein?“ fragte sie frivol.

„Also vielleicht später“, antwortete Klabunke etwas konsterniert.

„Nein, nein, ist schon gut“, sagte Wolfgang. „Ich wollte sowieso gerade zu Bett gehen.“

„Na dann“, sagte der Dicke und knallte wieder die Hacken zusammen, „Jrenadier Klabunke, Fürchtegott wünscht dem Herrn Baron eine jute Nacht.“

„Habe die Ehre“, sagte Wolfgang und ging amüsiert.

„War das wirklich ein Baron, Dickerchen?“ hörte Wolfgang die Dirne noch flüstern.

Am späten Nachmittag des folgenden Tages, als die Abenddämmerung gerade eingesetzt hatte, stapfte Wolfgang wieder durch den Schnee zur Kirche St. Peter. Er drehte einige Runden auf dem Kirchhof, als er plötzlich seinen Augen nicht traute. Geistesgegenwärtig sprang er hinter ein großes Grabmal, um nicht gesehen werden zu können. Am Anfang des Hauptweges zur Kirche hin flanierte ein Mann in feinem Gehrock mit einer riesigen grauen Dogge. Sofort erkannte Wolfgang das im Dämmerlicht blitzende Silberhalsband und gleich darauf auch den Mann, der den Hund führte. Es war zweifelsfrei Hans Stallkamp höchstpersönlich!

Die beiden kamen immer näher. Wenn sie auf seiner Höhe wären, würde der Grabstein ihm keinen Schutz mehr bieten! Wolfgang musste irgendwie erst hinter das Gotteshaus und dann auf die andere Seite des Kirchhofs gelangen, damit er nicht entdeckt wurde.

Als Hans Stallkamp, der sich Alois Pangerl nannte, sich eine Zigarre anzündete, sah Wolfgang seine Chance gekommen und schlich sich geduckt hinter einer Eibenhecke zur Kirche herüber. Er konnte nicht ahnen, dass die Dogge Noah ihn gewittert hatte und heftig an der Leine zog. Durch das Gezerre fiel Stallkamps Zündholz zu Boden, noch ehe er die Zigarre in Brand gesteckt hatte. Hans befahl dem Hund, sich zu setzen, und zündete seine Zigarre an. Natürlich bemerkte auch er die Unruhe des Hundes. Wahrscheinlich, glaubte Hans, wird der Hund einen Hasen oder einen Marder aufgespürt haben. Er versuchte, sich nichts daraus zu machen, doch in solchen Momenten hatte er immer Angst, dass seine Tarnung auffliegen könnte.

Diese Gefahr hatte er nie außer Acht gelassen. Doch seit Noah beinahe den Pater der Kirche angegriffen hätte, war Hans noch ein bisschen vorsichtiger geworden. Unter gar keinen Umständen wollte er Aufsehen erregen. Nicht auszudenken, was geschehen würde, wenn er mit einer solchen Geschichte in den Gazetten der Stadt landen würde – man würde ihn ausfindig machen und vor Gericht stellen! Auch deshalb führte er selbst den Hund nur abends und nur hier, nicht etwa in der belebten Münchner Innenstadt aus. Das übernahm tagsüber Wilhelm für ihn.

Hans zog an seiner Zigarre und überlegte eine Weile.

Falls Noah doch kein Tier, sondern tatsächlich einen Menschen witterte, der ihn verfolgte, konnte es kein gewöhnlicher Spaziergänger sein, denn auf die reagierte Noah nicht derartig nervös. Es musste jemand sein, den Noah kannte und der ihn deswegen so aufregte. Wer konnte das sein?

Möglichst unbeteiligt stand Hans auf dem Kirchhof und paffte – doch in ihm arbeitete es. Fieberhaft überlegte er, was nun am ehesten zu tun war.

Und dann hatte er eine Idee. Er würde den Hund nicht einfach laufen lassen, damit der den Verfolger aufspürte, sondern mitsamt dem Hund umdrehen und so tun, als würde er den Heimweg antreten. Wenn ihn jemand verfolgte, wäre Hans im Vorteil. Er könnte ihn zu seinem Hause locken und von Wilhelm überwältigen lassen. Das war ein alter Sicherheitsplan, den Hans schon lange geschmiedet hatte. Er selbst hatte gar nicht mehr daran geglaubt, diesen Plan jemals in die Tat umsetzen zu müssen. Doch nun war es so weit ...

Als Hans sich mit dem Hund plötzlich auf den Rückweg machte, fasste Wolfgang in seinem Versteck einen Entschluss. Er würde ihn – wohin auch immer – verfolgen und beobachten, in welches Haus er ging. Später würde er dann die Polizei einschalten, und Hans Stallkamp wäre ein für alle Mal das Handwerk gelegt!

Wolfgang atmete durch. Im Augenblick fühlte er sich sicher, denn Hans ahnte offenbar nicht, dass ihm jemand auf den Fersen war.

Doch Wolfgang hatte nicht mit Noahs Rolle in diesem Versteckspiel gerechnet …

Hans schlenderte scheinbar unbefangen zum Rindermarkt. Dabei entging ihm nicht, dass der Hund oft stehen blieb und sich nach allen Richtungen umschaute. Die Nervosität des Tieres hatte nicht nachgelassen. Im Gegenteil, hin und wieder jaulte Noah auf – ein Verhalten, das Hunde an den Tag legten, wenn jemand in der Nähe war, den sie kannten.

Hans war nun davon überzeugt, dass hier etwas nicht stimmte. Ihm war aber auch klar, dass er sich nicht umschauen durfte. Denn wer immer ihm hinterherschlich, er musste ihn bis zu seinem Haus locken und von Wilhelm überwältigen und hineinbringen lassen, um dort zu erkunden, was der Verfolger vorhatte.

Und nun war Hans Stallkamp im Vorteil. Diesen Plan hatte er schon oft durchgespielt, und je näher der Unbekannte seinem Haus kommen würde, desto näher wäre er seinem möglichen Verderben.

Hans bog vom Rindermarkt nach links in die Sendlinger Straße ab und versteckte sich an der Fassade des ersten Hauses. Von hier aus konnte er bequem und unbemerkt hinter dem Häuserwinkel auf den Rindermarkt schauen, ohne dass der Verfolger ihn von dort aus sehen konnte. Es kostete Hans einige Mühe, den unruhigen Hund zum Sitzen zu zwingen.

Vorsichtig spähte er um die Hausecke. Und tatsächlich. Zunächst erkannte er Wolfgang am Gang. Doch Hans ließ sich genug Zeit, bis er auch das Gesicht erkennen konnte. Er ballte die Hände zu Fäusten.

Hans musste sich zusammenreißen, um seine Fassade aufrechtzuerhalten und betont gemütlich weiterzuschlendern – innerlich kochte er vor Wut.

Ausgerechnet von der Fohl, den er wie die Pest hasste, ausgerechnet dieser windige Kerl war ihm auf der Spur! Dieser Mensch, der weder Treue noch Ehre kannte ... Dieser Mensch, der keine Spur einer Ahnung hatte, was es hieß, einen anderen zu lieben ... Dieser Mensch, der für ein Pokerspiel nicht nur sich selbst, Haus und Hof, sondern die eigene Mutter verkauft hätte ... Ausgerechnet dieser Mensch war ihm auf der Spur! Hans war klar, dass Wolfgang mit keinen guten Absichten kam. Für Hans war dieser Mann schon jetzt tot.

Hans war das Szenario für das, was kommen würde, auch mit Wilhelm oft genug durchgegangen. Er würde eine Weile vor der Tür stehen bleiben, ein bestimmtes Klopfzeichen geben und so Wilhelm alarmieren. Wilhelm würde ihn einlassen und bei der Gelegenheit einen unauffälligen Blick auf den Verfolger werfen. Dann würde er warten, bis der Unbekannte nahe genug am Haus wäre. Und der Verfolger würde mindestens so nah herankommen – da er sich ja unbeobachtet glaubte –, bis er wenigstens die Hausnummer erkennen konnte. Und in diesem Moment würde Wilhelm zuschlagen, den Unbekannten mit einem kurzen Handgriff überwältigen und ins Haus zerren.

Und genau so geschah es. Hans hatte sich deutlich sichtbar vor dem Portal postiert, sodass Wolfgang sich nicht im Haus würde irren können, und war schließlich eingetreten.

„So, Wilhelm, es ist so weit. Eine Spinne ist ins Netz gegangen. Bring den Kerl ins Spielzimmer und fessele ihn an einen Stuhl. Er ist ein Spieler, und wir wollen ihm ein spannendes letztes Spiel bereiten. Wenn du so weit bist, rufst du mich."

„Jawohl, Herr, ist mir ein Vergnügen", antwortete Wilhelm voller Vorfreude und rieb sich die Hände.

Kurz darauf saß Wolfgang von der Fohl gefesselt auf einem Stuhl an dem prächtigen Mahagoniholztisch in Hans Stallkamps Spielkasino. Hans betrat das Zimmer.

„Oh, Baron von der Fohl, was für eine seltene Ehre, Sie hier begrüßen zu dürfen. Wir hatten hier noch nie ein solch buntes Vögelchen mit so beweglichem Wendehals zu Gast. Aber was verschafft mir die Ehre?" fragte Hans zynisch.

„Ich weiß überhaupt nicht, was Sie von mir wollen. Das ist Menschenraub, was Sie hier praktizieren!" Innerlich schlotterte Wolfgang vor Angst. Er war klug genug zu wissen, was ihn hier wahrscheinlich erwartete.

„Nein, nein. Da täuschen Sie sich, mein Lieber. Sie sind freiwillig hier, um ein Spielchen zu wagen ..."

„Was wollen Sie von mir?"

„Das wollte ich Sie auch gerade fragen, stellen Sie sich vor. Warum verfolgen Sie mich?"

„Ich verfolge Sie nicht. Ich bin hier bei einem Cousin zu Besuch. Alles andere dürfte wohl Zufall sein."

„Das sehen wir aber anders, nicht wahr, Noah?" Hans gab dem Hund ein kurzes Zeichen, indem er auf Wolfgang deutete. Der Hund sprang mit den Vorderpfoten auf Wolfgangs Brust und begann, dessen Gesicht abzulecken.

„Sehen Sie, wie er sich freut. Er hat Sie vorhin auf dem Kirchhof schon erkannt, aber Sie haben sich ja vor ihm versteckt." Grinsend pfiff Hans den Hund zurück.

„So glauben Sie mir doch, das ist alles ein Missverständnis!" versuchte Wolfgang abzuwiegeln.

„Ach so, ein Missverständnis, also wenn Sie meinen … – So, jetzt hör mir mal gut zu, mein Freundchen", knurrte Hans, und seine Augen funkelten gefährlich, „wenn dir dein Leben auch nur den Rest eines Pfennigs wert ist: Wer hat dich hierher geschickt? Wer weiß davon, dass du hier bist? Für wen arbeitest du?"

„Ich bin nur zu Besuch hier!" stieß Wolfgang hervor. „Niemand weiß davon. In Ahlen glaubt man sogar, ich sei bei meinem Cousin in Königsberg. Das können Sie überprüfen. In Wirklichkeit bin ich hier, um unbemerkt ein bisschen zu spielen."

„Und das soll ich glauben? Das soll ich einem glauben, der alles und jeden verkaufen würde?"

Wolfgang sah seine Felle davonschwimmen. Wahrscheinlich würde Hans ihm nicht einmal die Wahrheit abnehmen.

„Bist du allein in München?" fragte Hans barsch.

„Ja, ja – bei Gott – ich bin allein."

„Wo wohnst du?“

„In der Maximilian-Pension in der Kaufinger Straße.“

„Oho, gutes Pflaster. Mir bestens bekannt.“ Hans wandte sich Wilhelm zu. „Schick den Hausdiener in die Pension. Er soll Baron von der Fohls Sachen abholen und seine Miete und Auslagen bezahlen. Außerdem soll er seiner Begleitung bestellen, dass der Baron plötzlich abreisen musste. Hat er wirklich keine Begleitung, so wird der Portier das anmerken. – Los, los, es ist eilig. Wenn er wieder hier ist, soll er sofort berichten.“ Damit drehte er sich um und blickte Wolfgang an. „Und nun wieder zu Ihnen, Herr Baron. In einer halben Stunde wissen wir, ob Sie wenigstens in dieser Sache die Wahrheit gesagt haben. Ihre Situation verbessert sich, wenn es so ist.“

„Aber so glauben Sie mir doch, es ist alles ein Zufall!“ versuchte Wolfgang, sich zu verteidigen.

„Wir werden sehen. Machen wir ein Spielchen, bis der Hausdiener wieder da ist. – Wilhelm, die Karten!“

Wilhelm legte die Karten auf den Tisch, und Hans setzte sich auf den Stuhl, der Wolfgang gegenüberstand.

„Worum möchten Sie spielen?“ fragte Hans hinterlistig und strich über die Karten.

„Ich möchte nicht spielen.“ Wolfgang schloss gequält die Augen.

„Sie müssen. Sie haben zu viele Ehrenschulden.“

„Nein, nein. Bitte nicht.“

„Gut, wenn Sie keinen Vorschlag haben, mache ich einen. Als Erstes spielen wir um Ihre Apanage. Sind Sie damit einverstanden, Herr Baron?“

„Bitte hören Sie auf damit und lassen Sie mich gehen. Ich werde alles tun, was Sie von mir verlangen."

„Ja, ja. Wenn Sie gewonnen haben. Mischen Sie die Karten und geben Sie aus."

„Wenn Sie mir die Fesseln lösen würden ..."

„Wie bitte? Ich hab Sie nicht verstanden. Ach, Sie können nicht mischen. Gut, dann wird Wilhelm das für Sie erledigen", knurrte Hans und gab seinem Diener ein kurzes Zeichen. „Mach schon."

Der Diener begann, die Karten zu mischen. „Mischen" war vielleicht nicht das richtige Wort. Wilhelm ordnete die Karten so, dass nach dem Austeilen auf dem Platz von Hans bereits vier Asse liegen würden. Er bemühte sich nicht einmal, versteckt zu schummeln, sondern sortierte das Blatt direkt vor Wolfgangs Augen. Dabei lachte er in einem Anflug von Wahnsinn.

„Möchten Sie geben?" fragte Hans.

Wolfgang ahnte, dass er dieses Haus nicht mehr lebendig verlassen würde. Dennoch hatte er solche Angst um sein Leben, dass er alles getan hätte, was Hans von ihm verlangte.

„Ich kann nicht."

„Wie? Ach, tut mir Leid, ich vergaß – Ihnen sind ja die Hände gebunden. Gut, dann wird Wilhelm das eben für Sie erledigen."

Wilhelm teilte die Karten aus. Hans nahm auf und betrachtete grinsend die vier Asse in seiner Hand.

„Wollen Sie Ihre Karten nicht aufnehmen, Herr Baron?" fragte er unschuldig.

„Machen Sie verdammt noch mal meine Fesseln los."

„Bitte nicht solch groben Ton in diesem Haus. Also Sie können nicht. Dann macht Wilhelm das für Sie. Kein Problem. – Eröffnen Sie. Ach ja … – Wilhelm!"

Wilhelm fragte nun an Wolfgangs Stelle: „Möchten Sie tauschen?"

Hans antwortete: „Ja, eine Karte bitte."

Danach fragte Wilhelm Wolfgang: „Möchten Sie auch tauschen?"

Wolfgang war am Ende. Er winselte: „Lassen Sie mich doch gehen, ich kann bestimmt irgendetwas für Sie tun …"

„Nach dem Spiel, falls Sie gewinnen", befahl Hans. „Also, wollen Sie nun tauschen oder nicht?" fragte Hans.

„Ja, drei Karten."

„Also, ich setze nichts weiter, die Apanage reicht mir", sagte Hans. „Wollen Sie erhöhen?"

Seufzend erwiderte Wolfgang: „Nein." Er hatte verloren.

Im zweiten Spiel, das nach demselben Procedere ablief, bestimmte Hans als Wetteinsatz Wolfgangs Ehre. Auch wenn die, wie Hans sich abwertend ausdrückte, eigentlich viel weniger wert sei als die Apanage, denn „Ehre" besäße Wolfgang schließlich herzlich wenig.

Wolfgang litt Höllenqualen.

Endlich, nach einer halben Ewigkeit, wie es Wolfgang schien, meldete sich der Hausdiener zurück und erklärte, Wolfgang von der Fohl sei in der Pension ohne Begleitung erschienen und dort auch nie in Begleitung gesehen worden.

„Gut“, entgegnete Hans. „Dann wollen wir vor dem letzten Spiel um Ihren letzten Besitz noch ein wenig Konversation betreiben.“

Wolfgang wurde schwindelig. Er wusste nicht mehr, ob er sich in einem scheußlichen Albtraum befand oder ob er wach war. Aber die Todesangst, die vollständig von ihm Besitz ergriffen hatte, lähmte sogar seinen Mund. Er konnte die Lippen nicht mehr bewegen. Er konnte nicht mehr sprechen. Vor seinen Augen liefen Szenen seines Lebens ab. Am Ende sah er ein Bild, das ihn mit Magda vor dem Traualtar zeigte. Ein Bild, das ihm ein Gefühl von Geborgenheit und Zusammensein einflößte, ein Gefühl der Sehnsucht danach, jemanden wie sich selbst zu kennen und ihm zu vertrauen, ein Gefühl, wie er es so noch nie für eine Frau empfunden hatte. Mit einem Mal wurde Wolfgang ruhig, müde – und plötzlich wurde ihm schwarz vor Augen und er fiel in Ohnmacht.

Hans hatte nichts davon bemerkt. „Also, Herr Baron. Sie haben kein Gewissen. Sie kennen keine Worte wie Treue oder Ehre. Sie haben noch nie geliebt, weil Sie noch nie gedient haben. Ich weiß, was Liebe ist. Liebe für meinen Herrn. Und sie wird mich bis in mein Grab begleiten“, sagte er fast ein bisschen sentimental.

Doch Wolfgang reagierte nicht mehr. Sein Kopf war ihm auf die Brust gefallen.

„Verdammt“, schrie Hans, „los, Wilhelm, einen Eimer Wasser! Der Herr Baron soll schließlich bei vollem Bewusstsein seinen Untergang erleben. Beeilung, Beeilung!“

Nach kurzer Zeit kam Wilhelm mit einem Eimer Wasser an den Tisch und schüttete ihn über Wolfgangs Kopf aus. Tatsächlich kehrte Wolfgangs Bewusstsein zurück.

„So“, sagte Hans, „im letzten Spiel setze ich mein Leben, und Sie müssen das Ihre dagegen setzen.“

Wolfgang war zwar anwesend, aber dennoch wie in Trance. „Setzen Sie doch, was Sie wollen, mir ist es gleich“, murmelte er.

„Wie Sie wünschen“, erwiderte Hans. „Ich gebe Ihnen noch eine letzte Chance vor Ihrem letzten Spiel: Wären Sie bereit, in meine Dienste zu treten, Baron von der Fohl?“ fragte er fast provokant.

Die Frage drang in Wolfgangs Körper ein und ließ sein Blut in Wallung geraten. Wieder sah er das Bild mit Magda vor dem Traualtar, und es flößte ihm ein Gefühl wie Heimat, wie zu Hause, wie Abend, wie Liebe ein. Und mit einem Mal straffte er die Schultern. Noch einmal wollte er um sein Leben kämpfen – nicht nur für sich selbst, wie er glaubte. Ergeben antwortete er: „Ja, ja natürlich. Ich werde alles tun, was Sie verlangen.“ Er wollte leben!

„Wie Sie meinen“, heuchelte Hans in der vollen Absicht, Wolfgang der Lächerlichkeit und einer letzten, tödlich demütigenden Qual auszusetzen. „Würden Sie mir dann helfen, die gesamte von Ahlen'sche Sippe ein für alle Mal auszurotten?“ Begierig wartete Hans auf die Antwort – aber diese letzte Befriedigung sollte er nicht erfahren.

„Niemals!“ stieß Wolfgang mit letzter Kraft hervor. „Und nun tun Sie schon, was Sie tun müssen!“ Plötzlich fühlte Wolfgang sich ganz ruhig, ganz stark. Er hatte keine Angst mehr. Er tauchte in das Bild von Magda ein.

„Ach, wie schade“, entgegnete Hans enttäuscht. „Dann können wir uns das letzte Spiel ja auch ersparen, denn Sie haben es bereits verloren. Ich wünsche Ihnen eine gute Reise, Baron von der Fohl.“ Daraufhin warf er einen Blick zu Wilhelm, hob seinen rechten Arm und drehte den Daumen nach unten. „Ach noch was, Wilhelm: Ab heute darf der Hund bei Tageslicht nie mehr in der Stadt ausgeführt werden, nur hinten im Hof des Hauses. Hast du verstanden, nie mehr. Wir können ihn nur nachts durch die Straßen führen. Merk dir das.“ Dann verließen Hans und der Hund den Raum.

6. KAPITEL

Ende März hielt in Ahlen der Frühling Einzug. Der Schnee war abgetaut, und das fröhliche Vogelgezwitscher kündigte wie jedes Jahr die Zeit des Wachsens und Blühens an.

Die Bewohner der kleinen Stadt atmeten wie nach jedem Winter auf, war dieser Winter doch ein besonders harter gewesen und die Kälte und der Dauerschnee von Dezember bis März hatten das öffentliche Leben in einen langen Tiefschlaf gesenkt.

Aber der Frühling bedeutete für Menschen, Tiere und Pflanzen der Stadt eine Zeit des Aufstrebens, eine Zeit der Tatkraft, eine Zeit großer Lebenslust.

Sophie schlummerte noch friedlich in ihrem Bett, als Max längst unten in der Werkstatt arbeitete. Emsig sägte und feilte er Holzstücke zurecht, aus denen er eine prächtige Wiege für das sehnsüchtig erwartete Kind zimmern wollte. Jeden Morgen stand er in aller Herrgottsfrühe auf und stahl sich in die Werkstatt. Die Angestellten wussten, was Max dort tat, nur Sophie sollte es nicht erfahren.

Gudrun und Lina bereiteten gerade das Frühstück vor, als Magda durch die Fenster des Salons auf den kleinen Birkenhain blickte und einen kleinen Schrei ausstieß. Die schwache Vormittagssonne strahlte nicht nur die Stämme der Birken an, sondern schien vor allem auf den Erdboden.

„Theo, Gudrun, Lina, kommt schnell her!“ rief Magda.

Geschwind eilten die drei in den Salon. Sie erblickten die Gräfin, die lächelnd am Fenster stand. So emotional hätten die Bediensteten sie vor einiger Zeit noch nicht erlebt. Die Gräfin hatte sich in der Tat sehr verändert – sie genoss das Leben und scheute sich nicht mehr, ihren Gefühlen auch mal freien Lauf zu lassen. „Seht nur“, sagte Magda leise, „der Himmel hat uns einen Teppich ausgerollt.“

Und tatsächlich: Ein grün-violetter Krokusteppich zog sich von dem kleinen Birkenwäldchen bis zur Schlossruine hin. Er war so dicht gewebt, wie alle vier es noch nie gesehen hatten.

„Oh“, wisperte Gudrun. „Ich bin seit dreißig Jahren hier, aber so etwas, nein, das gab es noch nie.“

Lina, die immer noch mit offenem Mund dastand, weil dieses Bild ihr so gemalt, so unwirklich vorkam, sagte nur: „Wie sollen Max und Sophie jetzt bloß zur Ruine gelangen, ohne diese Blütenpracht zu zertreten?“

Und auch Theo traute seinen Augen nicht. „Das muss eine Fügung sein, das ist ein Omen für ein wunderbares Jahr auf Gut Ahlen“, prophezeite er und schien sich von dem Anblick gar nicht lösen zu können.

Doch schließlich räusperte er sich und wandte sich an die anderen: „Los, los, Abmarsch in die Küche, Sophie wird bald unten sein.“ Die Arbeit tat sich ja nicht von allein …

Rike nahm gerade das Kleid aus dem Schrank, das Sophie heute tragen würde, als Sophie sie zu sich rief. „Rike, sieh mal, das sind Gedichte von Johann Wolfgang von Goethe. Und hör mal dieses hier:

Vom Eise befreit sind Strom und Bäche
Durch des Frühlings holden belebenden Blick,
Im Tale grünet Hoffnungsglück,
Der alte Winter in seiner Schwäche,
Zog sich in rauhe Berge zurück.
Von dorther sendet er, fliehend, nur
Ohnmächtige Schauer körnigen Eises
In Streifen über die grünende Flur,
Aber die Sonne duldet kein Weißes,
Überall regt sich Bildung und Streben,
Alles will sie mit Farben beleben,
Doch an Blumen fehlt's im Revier,
Sie nimmt geputzte Menschen dafür …

Ist das nicht wunderbar?“ Ihre Augen leuchteten, und fast schien es, als würden Tränen darin schimmern. „Schafft das nicht Lust und Neugier auf jeden Tag, der uns noch geschenkt wird?“ fragte sie mehr sich selbst als Rike. „Was Gedichte nicht alles auszulösen vermögen: Wenn es kalt ist in mir, können sie wärmen wie ein Ofen; wenn es dunkel in mir ist, können sie leuchten wie eine Kerze“, sagte Sophie schwärmerisch.

Und auch Rike hatte sie verzaubert. „Ich glaube, du bist selbst eine Dichterin und kannst diese Wärme und dieses Licht in den Herzen anderer Menschen entfachen. Bei mir jedenfalls ist es schon geschehen“, entgegnete sie leise. „Jetzt müssen wir uns aber sputen. Sicher wartet das Frühstück schon.“ Sie beeilte sich, Sophie zum Ankleiden zu bewegen.

„Wart einen Moment“, unterbrach Sophie sie. „Hör nur noch den Schluss:

Sieh nur, sieh! wie behend sich die Menge
Durch die Gärten und Felder zerschlägt,
Wie der Fluß in Breit und Länge,
So manchen lustigen Nachen bewegt,
Und bis zum Sinken überladen
Entfernt sich dieser letzte Kahn.
Selbst von des Berges fernen Pfaden
Blinken uns farbige Kleider an.
Ich höre schon des Dorfs Getümmel,
Hier ist des Volkes wahrer Himmel,
Zufrieden jauchzet groß und klein:
Hier bin ich Mensch, hier darf ich's sein!

Traumhaft schön, nicht? – Weißt du, was ich mir überlegt habe, ich könnte doch in mein *Lesebuch unserer Zeit* für die Schulkinder nicht nur Liebesgedichte aufnehmen, sondern es in mehrere Themenabteilungen gliedern. Und die Jahreszeiten müssten unbedingt dabei sein. Es gibt ja auch Dichter, die den Winter besingen und ihm große Lebensfreude abgewinnen ... also wart mal kurz, das muss ich mir schnell notieren ... So. Jetzt aber hurtig angezogen und den Tag genießen, bevor er vorbei ist!“ sagte Sophie entschieden.

Als Max in die Küche trat, war er ganz aufgeregt. „Habt ihr das da draußen gesehen, das schlägt jedem Fass den Boden aus, das muss ein Geschenk des Himmels sein“, schwärmte er und strahlte. So etwas hatte er noch nie erlebt.

„Komisch, Theo hat fast die gleichen Worte benutzt wie du“, bemerkte Gudrun.

Linas erster Gedanke hatte die junge Magd immer noch nicht losgelassen: „Wie wollt ihr denn jetzt zur Ruine gelangen?“ fragte sie ernsthaft besorgt.

„Ach, Lina, da mach dir keine Sorgen, wir gehen außen herum“, antwortete Max fröhlich. „Aber kommt, wir wollen Sophie und Rike am Treppenabsatz abholen und ihnen die Überraschung zeigen.“

Als Sophie und Rike die Treppe betraten, waren sie von dem Empfang überrascht. Sophie sah in ihrem lindgrünen Seidenkleid wie eine Königin aus, eine Königin, die sichtbar ein Kind unter ihrem Herzen trug. Sie strahlte über das ganze Gesicht.

Max breitete die Arme aus und rief mit einem Schuss Theatralik aus: „Guten Morgen, meine Göttin!“

„Göttinnen können nicht schwanger werden“, stichelte Sophie schmunzelnd.

„Oh, das tut mir aber Leid für die Göttinnen“, konterte Max.

„Dafür sind Göttinnen unsterblich“, entgegnete Sophie so, als sollte Max sich zwischen ihr und einer Göttin entscheiden.

„Darauf kann ich gern verzichten!“ warf Max den Ball zurück, den Sophie ihm zugeworfen hatte. Dann nahm er sie in die Arme und küsste sie auf die Lippen. „Ich bleib lieber bei einer Königin. – Aber lass dich von diesem Morgen verzaubern“, flüsterte er ihr geheimnisvoll ins Ohr.

Max nahm Sophies Hand und führte seine hübsche Frau in den Salon. Alle Bediensteten liefen den beiden wie ein Hochzeitszug hinterher.

Gräfin Magda stand am Fenster und sagte: „Guten Morgen, Sophie. Der Himmel hat uns ein Geschenk geschickt. Komm nur her, und sieh es dir an!“

Gespannt schaute Sophie aus dem Fenster. Sie traute ihren Augen nicht. Mit offenem Mund stand sie da und konnte von dem Anblick gar nicht lassen. Tränen stiegen in ihr auf. Hatte sie nicht kurz zuvor ähnliche Bilder in den Zeilen von Goethes Gedicht gesehen? Aber keines jener Bilder kam an diesen zauberhaften Anblick heran. Konnte dies da draußen überhaupt wahr sein? So weit sie sich in ihre Kindheit zurückzuerinnern vermochte, hatte es auf Gut Ahlen im Frühling Krokusse gegeben, aber immer waren sie vereinzelt aufgetreten, niemals hatten sie sich als ein so dichter Teppich über den Erdboden gelegt. Und dieser Anblick erwärmte sie, als hätte jemand ihr im kalten einfarbigen Winter eine grün-violette Daunendecke umgelegt.

„Sophie, was ist denn? Warum weinst du?“ sorgte Max sich.

„Vor Rührung, Max, vor Rührung.“ Sophies Stimme zitterte, so sehr war die junge Gräfin von ihren Gefühlen überwältigt. Max tupfte ihr mit einem Taschentuch sanft die Tränen vom Gesicht. „Es ist nur, wisst ihr, ich habe Rike gerade beim Ankleiden ein Gedicht von Goethe vorgelesen, und dabei tauchten ähnliche Bilder wie dieses vor meinem inneren Auge auf. Aber das hier – ich kann es nicht glauben, dass es wirklich ist – ist noch tausendmal stärker als die Bilder des Gedichtes“, hauchte Sophie gerührt.

„Frühlingsgefühle!“ strahlte Max erleichtert. „Es sind Frühlingsgefühle“, sagte er an die Bediensteten gewandt und fuhr sich durchs Haar.

Sophie mochte sich von dem Anblick der Krokusse gar nicht lösen und wisperte: „Der Garten Eden kann nicht schöner gewesen sein.“

Max stand hinter ihr, legte seinen Kopf auf ihre Schulter und umfasste sie sanft. „Lass uns nach dem Frühstück rausgehen.“ Er führte sie zum gedeckten Tisch und sagte wieder mit einem Schuss Theatralik: „Stärken wir uns für die Aufgaben dieses Tages.“

Nach dem Frühstück schlüpften Max und Sophie in ihre Mäntel und gingen nach draußen. Vorsichtig tasteten sie sich am Rand der Krokuswiese entlang Richtung Schlossruine.

„Das müssen ja tausende sein“, staunte Max.

„Bestimmt“, erwiderte Sophie. „Ich kann mir nicht erklären, wie sie sich so vermehren konnten. Vielleicht sollen durch sie die vielen Untaten gesühnt werden, die geschehen sind, seit Friedrich hier war.“

„Das versteh ich nicht“, entgegnete Max und runzelte die Stirn.

„Ich erkläre es dir. Also, der Name ‚Krokus‘ kommt aus der griechischen Mythologie. Beim olympischen Diskuswerfen geschah es eines Tages, dass die beiden Götter Hermes und Apollon versehentlich zwei Zuschauer tödlich trafen. Das waren Krokos und Hyakinthos. Und um ihre Schuld zu sühnen, ließen sie die beiden unsterblich werden, indem sie sie in Blumen verwandelten, die dadurch alle Menschen jedes Jahr neu als erste Frühlingsboten erfreuen."

„Aber wenn sie Götter waren, warum haben sie sie dann nicht wieder lebendig gemacht?" fragte Max interessiert.

„Weil die Götter des Olymps auch nicht alles konnten. Die Fähigkeit, Tote wieder lebendig zu machen, war ihnen nicht gegeben. Sie konnten sie nur in Tiere, Pflanzen, Sterne oder Steine verwandeln. Allerdings konnten sie Menschen, die sie verwandelt hatten, nicht wieder zurückverwandeln. Also auch sie machten Fehler, die sie nicht ungeschehen, aber so gut es ging wieder gutmachen konnten."

„Dann unterscheiden sie sich von uns nur dadurch, dass sie verwandeln konnten und unsterblich waren", schlussfolgerte Max ironisch.

„Nein", sagte Sophie, „es gibt noch einen viel größeren Unterschied, für den die Götter uns Menschen immer beneidet haben."

„Ich wüsste nicht, was das sein sollte", erwiderte Max und zuckte mit den Schultern.

„Doch, du weißt es", entgegnete Sophie. „Du weißt nur nicht, dass du es weißt. Es ist die Liebe. Die Götter können nicht lieben, weil sie unsterblich sind. Der Reiz der Liebe und der Leidenschaft ist dadurch, dass wir sterben müssen, unendlich groß. Die Götter beneiden uns um die tiefe Leidenschaft und Bindung, die wir empfinden können, weil wir endlich sind. Deshalb haben sie sich auch oft mit Menschen körperlich vereint, um vielleicht ein bisschen zu ahnen, was Liebe ist."

„Ach, Sophie, woher weißt du das nur alles? Alles, was du weißt, muss ich auch wissen, damit unsere Welten eine Welt werden!"

„Schön hast du das gesagt, Max. Und das gilt für mich genauso."

„Wir haben längst damit begonnen, stimmt's?" fragte Max nachdenklich.

„Genau", antwortete Sophie. „Und wir haben nur *ein* Leben lang dafür Zeit."

Max blickte Sophie tief in die Augen. Er strich ihr mit beiden Händen zärtlich durchs Haar und legte seine Zeigefinger an ihre Schläfen. Ganz deutlich spürte er ihren Pulsschlag und küsste sie auf die Stirn.

„Ich bin froh, kein Gott zu sein", murmelte er und ergriff Sophies Hände. „Komm jetzt. Du musst dich hinsetzen." Rückwärts laufend, ihre Hände in den seinen, zog er sie sanft zur Ruine. „Ich will hören, wie es unserer Tochter geht", provozierte er Sophie spaßhaft.

„Du alter Trotzkopf weißt genau, dass es ein Junge wird", echauffierte Sophie sich künstlich.

„Na, gleich werden wir es wissen, und du wirst sehen, dass *ich* Recht habe."

Beide ließen sich an dem Platz ihres ersten heimlichen Zusammentreffens nieder. Max legte sein Ohr an Sophies

Bauch und lauschte eine Weile, ehe er plötzlich hochfuhr: „Siehst du, ich habe es dir doch gesagt. Sie hat gerade Mama gerufen. Und an der Stimme habe ich eindeutig erkannt, dass es eine kleine Johanna Sophie ist."

„Spinner!" hielt Sophie trocken entgegen.

„Was sagst du da? Sag das noch mal", spielte Max die beleidigte Leberwurst.

„Es ist ein kleiner Otto Maximilian. Ich merke doch, wie kräftig er gegen meinen Bauch boxt und gar nicht erwarten kann, herauszukommen. Er wird bestimmt noch stärker als du!"

„Das sagst du nur, um mich zu ärgern", brummelte Max. „Warte nur ab, du wirst schon sehen, was du davon hast."

Beide mussten lachen. Zärtlich nahmen sie sich in die Arme und schwiegen lange. Schließlich sagte Max: „Lass uns reingehen. Du musst dich ausruhen. Ich gehe ins Kontor und bin zum Termin mit Doktor Malz wieder da."

Die beiden hielten sich an den Händen und liefen vorsichtig am Rande der Krokuswiese entlang, um auch nicht eine einzige Pflanze zu zertreten.

Am Nachmittag stand für Sophie eine routinemäßige Untersuchung bei Dr. Malz an. Max saß auf einem Stuhl an Sophies Bett. Zuerst fühlte Dr. Malz ihren Puls und hörte ihren Körper mit dem Stethoskop ab.

„Na, meine liebe Sophie. Es scheint, Sie strotzen vor Gesundheit. Wie man sieht, sind Sie ja bei Ihrem Mann in besten Händen. Eines ist allerdings außergewöhnlich. – Nur keine Angst, es ist außergewöhnlich im guten Sinne. Ich spreche von der starken Schwellung Ihres Bauches. Wirklich ungewöhnlich für den sechsten Monat. Da kündigt sich offenbar ein sehr kräftiger Nachwuchs an“, erklärte Dr. Malz lächelnd.

„Siehst du? Glaubst du jetzt endlich, dass es ein Junge wird?“ fragte Sophie Max hämisch.

„Es gibt auch starke Frauen“, konterte Max und erntete von Dr. Malz ein bestätigendes Schmunzeln.

Schließlich packte der Arzt seine Instrumente ein und erhob sich von seinem Stuhl. „Ja, ich muss dann wieder. Ins städtische Hospital sind etliche Kriegsverwundete eingeliefert worden. Um die meisten steht es gar nicht gut“, sagte er besorgt.

Sophie hielt ihn zurück: „Erzählen Sie, woher kommen die Verletzten, und warum sind sie in unser Hospital eingeliefert worden?“

„Liebe Sophie, ich möchte Sie mit diesen Dingen lieber nicht belasten …“

„Nein, nein. Sie belasten mich nicht, ich *will* es wissen.“

Dr. Malz blickte fragend zu Max herüber. Doch der zuckte mit den Schultern. Er kannte seine Sophie und wusste, dass sie nicht eher Ruhe geben würde, bis der Arzt all ihre Fragen beantwortet hatte.

Seufzend ließ Dr. Malz sich auf seinen Stuhl sinken und nahm einen Schluck aus seiner Kaffeetasse. „Ach, wissen Sie, es sind preußische Soldaten, die in Bayern, das ja auf der Seite Österreichs kämpft, verwundet wurden. Irgendwelche Dummköpfe meinten, es sei nicht gut, wenn sie beim Feind versorgt würden. Dass der lange Transport mit der Eisenbahn für die Verletzten viel schlimmer ist, steht offenbar auf einem anderen Blatt. Jedenfalls werden die Verwundeten nach Preußen gebracht und so auch zu uns. Was man tagtäglich im Hospital erleben muss, nimmt einen wirklich sehr mit. Die meisten Verwundeten sterben nicht an ihren Schussverletzungen, sondern an den Entzündungen, die diese nach sich ziehen. Hohes Fieber bis zum Wahn ist die Folge. Befinden sich die Kugeln in Armen oder Beinen, können wir amputieren, befinden sie sich in Bauch, Brust oder Kopf können wir nichts machen und sie gehen jämmerlich zugrunde. Verzeihen Sie mir die Offenheit, aber es ist, als würden sie innerlich verfaulen ...“ Nachdenklich senkte er den Blick und schluckte. „Genug jetzt von diesem traurigen Thema, bewahren Sie sich Ihre frohe Erwartung. Danke für den Kaffee. Und dann bis zur nächsten Woche. Auf Wiedersehen.“

Max begleitete Dr. Malz nach draußen. Als er zurückkehrte, fand er Sophie in bedrückter Stimmung. „Denk jetzt nicht daran, kleine Sophie, nicht jetzt“, tröstete er sie und nahm sie zärtlich in den Arm.

Der junge Fabrikarbeiter Christian Schmidt lag neben seiner Frau im Bett und konnte nicht schlafen.

Seit dem Tode Friedrich Hartensteins war er sich sicher gewesen, dass er dessen Fängen ein für alle Mal entkommen sei. Doch er hatte sich geirrt ...

Am Abend war er auf dem Heimweg von der Fabrik vom Fuhrmann Friedemann Gerwien, der für Friedrich Hartenstein zu dessen Lebzeiten eine eigene Droschke unterhalten hatte, angesprochen worden. Gerwien hatte ihm ein Schreiben zugesteckt, zu dem er weiter nichts sagen wollte. Alles, was Christian wissen müsse, stünde darin. Sofort hatte Christian den Brief geöffnet und gelesen:

Guten Tag, Christian,
falls du geglaubt hast, deine Arbeit sei erledigt, so hast du dich getäuscht. Ich befehle dir, weiterhin Unfrieden in der Fabrik zu stiften und mit deinen revolutionären Theorien andere Arbeiter gegen die Fabrikleitung aufzuhetzen.

Des Weiteren wirst du alle Informationen, die du über die Familie Grebe und das Gut Ahlen beschaffen kannst, aufschreiben und an den Fuhrmann Gerwien übergeben. Nach der ersten Lieferung wirst du vom Fuhrmann eine Anzahlung erhalten. Spätere Befehle folgen dann.

Komm nicht auf die Idee, irgendjemanden einzuweihen oder zur Polizei zu gehen. Niemand wird dir glauben, denn ich bin tot. Denk daran: Nicht nur deine Existenz ist gefährdet, wenn herauskommt, dass du seit langem für mich gearbeitet hast, sondern auch dein Leben und das deiner Frau und deiner Kinder, falls du meinen Anweisungen nicht Folge leisten solltest. Wenn die Zeit reif ist, erhältst du weitere Befehle.

Der Brief war tatsächlich mit Hartensteins Schriftzug unterzeichnet. Aber Christian war klug genug zu wissen, wer dahintersteckte. Er wusste, dass ein verdammt schlauer, wahnsinniger, sehr wohlhabender und einflussreicher Hans Stallkamp von irgendwoher nun die Fäden zog. Ihm war klar, dass dieser Mann, wie ein treuer Hund ohne Verstand, sein ganzes Leben Friedrich Hartenstein opfern würde und schon geopfert hatte. Christian spürte, wie ernst er die Drohungen gegen seine Familie nehmen musste.

Nun sollte der Albtraum, von dem seine Frau nichts ahnte, also wieder Wirklichkeit werden. Das schmutzige Geld, das er von Hartenstein erhalten hatte, hatte er niemals angerührt, sondern unter einem Dielenbrett versteckt.

Schlimme Gewissensbisse quälten Christian. Wie sehr sehnte er sich in seine Heimat Sachsen zurück, wo er seinen Metallfacharbeiterbrief erhalten hatte …

Zwei Jahre war er fachlich hochgeschätzt in einer Dresdener Metallfabrik beschäftigt gewesen, bevor man ihm wegen seiner hitzköpfig vertretenen politischen Einstellung nahe gelegt hatte, die Fabrik zu verlassen. Man hatte ihm empfohlen und war ihm dabei behilflich gewesen, sich im Eisenwalzwerk Ahlen zu bewerben, wo man händeringend nach jungen Facharbeitern suchte. Seine Dresdener Kollegen hatten sein Fortgehen bedauert, denn sie schätzten ihn als kontaktfreudigen, ausgesprochen warmherzigen und hilfsbereiten jungen Mann, der bisweilen sogar zu nachgiebig und leicht zu verführen schien. So hatte er – da waren sich alle einig –

auch Anschluss an jene kommunistische Zelle gefunden, deren Thesen er geradezu fanatisch propagierte und verteidigte. In politischen Dingen konnte man sich mit ihm nicht auseinander setzen, denn da argumentierte er nicht, sondern bestimmte und duldete keinen Widerspruch – nein, er reagierte auf andere Meinungen intolerant, aufbrausend und sogar gewalttätig. Manche meinten gar, dass dies der Panzer sei, mit dem er seinen schwachen Charakter schütze. Das hatte den schmächtigen schwarzhaarigen Mann mit seinen dunkelbraunen kindlichen Augen noch rasender gemacht. Doch auch seine pol itischen Weggefährten aus Dresden hatten es nicht versäumt, die Ahlener Gesinnungsgenossen auf ihn aufmerksam zu machen. Und denen fiel es nicht schwer, Christian, dessen Seele noch weich und biegsam wie ein junger Zweig war, für sich zu gewinnen und ihn sogar als donnerndes hitziges Sprachrohr, hinter dem man sich im Notfalle gut verstecken konnte, wie einen Feldtrompeter vorneweg zu schicken.

So war Christian auch im Eisenwalzwerk in Ahlen bald als leidenschaftlicher Propagandist aufgefallen. Das hatte Friedrich Hartenstein damals neugierig gemacht. Friedrich war viel zu klug, als dass er einen so jungen, beliebten und zukunftsträchtigen Facharbeiter wie Christian entlassen oder hart bestraft hätte. Nein, er hatte eine viel bessere Idee. Er hatte sich von einem treuen Arbeiterspion Informationen über Christian beschafft. Und was für ihn am beeindruckendsten war, war Christians noch unfester, nach allen Seiten offener, kindlich-naiver Charakter. Diese besondere

Eigenschaft gepaart mit Klugheit wollte Friedrich sich zunutze machen.

Eines Tages hatte er ihn zu sich ins Kontor bestellt und ihn auf listige Weise weich geklopft: „Mein lieber Christian, du weißt, wie sehr ich und deine Kollegen dich schätzen – deine ausgezeichnete Arbeit, deine Hilfsbereitschaft und dein freundliches Wesen. Über deine politischen Anschauungen will ich mal hinwegsehen, obwohl du damit einige Unruhe unter den Arbeitern stiftest. Aber du weißt ja, schon der alte Preußen-Fritz hat gesagt, jeder soll nach seiner Façon leben. Ich bin da ziemlich tolerant und respektiere deine Ansichten, auch wenn ich sie natürlich nicht teilen kann …“

Christian hatte das Spiel nicht durchschauen können, das Friedrich Hartenstein mit ihm trieb.

„Also, so weit zu meiner Loyalität dir gegenüber. Aber ich habe hier etwas vor mir liegen, das sowohl meine Loyalität auf eine harte Probe stellt als auch deine Existenz und die deiner Familie ernsthaft gefährdet. Es handelt sich um einen Haftbefehl aus Dresden.“

Friedrich hatte das gefälschte Papier zu Christian geschoben, und Christian hatte fassungslos und völlig geschockt darauf gestarrt. Dort waren ihm Vergehen wie landesverräterische Hetze, Volksaufwiegelung und üble Propaganda vorgehalten worden – so genau konnte Christian sich an die Formulierungen nicht mehr erinnern.

„Aber das kann nicht sein! Es muss sich um einen Irrtum handeln. Ich bin ganz unbehelligt aus Dresden fortgegangen“, wehrte Christian empört ab.

„Nun ja", log Hartenstein, „es ist durchgesickert, dass du im Nachhinein verraten worden seiest. Von einem deiner eigenen Männer, den man kürzlich festgesetzt hat und im Falle, dass er singen würde, Strafmilderung in Aussicht gestellt hat ... Da siehst du es, Christian, so sind die Menschen, die vermeintlichen Freunde – natürlich nicht alle", erwiderte Hartenstein scheinheilig. „Nun gut, aber weiter: Wie du an dem Datum erkennen kannst, ist der Befehl schon mehr als zwei Wochen alt, und er ist bereits vor zehn Tagen auf meinem Schreibtisch gelandet. Da ich aber unbedingt an dir festhalten wollte, bat ich unseren Polizeipräsidenten, meinen folgenden, nach reiflicher Abwägung des Für und Wider gereiften Vorschlag an das Dresdener Polizeipräsidium zu übermitteln. Ich schlug also vor, für dich zu bürgen und die Verantwortung dafür zu übernehmen, dass dir solche die Öffentlichkeit verhetzenden und auch gewalttätigen Übergriffe wie in Dresden hier nicht mehr unterlaufen würden. Unser Polizeipräsident versicherte mir, mein schriftlich formuliertes Anliegen sofort nach Dresden weiterzuleiten, machte mir aber gleichzeitig wenig Hoffnung auf Erfolg. Und hier nun siehst du die Antwort des Dresdener Polizeipräsidenten, die er geschickt hat. Man ist unter der strengen Auflage, dass du nicht öffentlich Propaganda treibst, damit einverstanden. Schon bei der ersten bekannt werdenden Zuwiderhandlung würde die Vollstreckung des Haftbefehls eingeleitet. Wie du also siehst, hatte ich mit meinem Anliegen Erfolg. Und ich bin stolz darauf. – Stell dir vor, du würdest im Gefängnis sitzen: Deine Familie müsste ins Armenhaus, und du würdest vermutlich nach deiner Entlassung kaum mehr eine Arbeit auf deinem Fachgebiet bekommen."

Christian hatte mit offenem Mund sprachlos dagesessen und schließlich gestammelt: „Herr Hartenstein, ich bin Ihnen wirklich dankbar. Womit haben ich und meine Familie das nur verdient? Ich weiß nicht, wie ich das jemals wieder gutmachen kann ..."

„Aber ich weiß es", hatte Hartenstein sachlich erwidert. „Jetzt musst du mir auch deine Loyalität beweisen. Eine Hand wäscht die andere, versteht sich. Also, du wirst Folgendes für mich tun – und ich hoffe, wir können uns da ohne Bedingungen einigen, denn ein Wort von mir und ... also, Folgendes wirst du für mich tun, denn du bist ja ein weitsichtiger, vernünftig denkender Mensch, der seine Familie nicht gefährden will: Du wirst einfach so weitermachen wie bisher. Du wirst weiterhin die gleiche aufrührerische Rolle spielen und dir nichts anmerken lassen. Das Einzige, was du für mich tun musst, ist mir jegliche geplante Versammlungen, Aktionen, Streiks oder sonstige Maßnahmen gegen mich oder die Fabrik rechtzeitig mitzuteilen ... Ich hoffe, ich habe mich klar ausgedrückt, und denke, dass diese Gegenleistung im Vergleich zu meiner Vorleistung recht gering ist. Aber ich komme dir sogar noch weiter entgegen: Im Falle, dass geplanter Schaden an mir und der Fabrik abgewendet werden kann, will ich dir auch noch eine Erfolgsprämie zahlen." Und schließlich hatte er in einem barschen, drohenden Ton hinzugefügt: „Ich denke, du hast mich verstanden!"

Christian war mit einem Schlag klar geworden, dass er

sich in der Zwickmühle befand, dass Hartensteins Zange ihn unentrinnbar gepackt hatte, dass er in zwei Hälften zerrissen worden war und dass er vielleicht nie mehr im Leben ein freier Mann und vielleicht niemals mehr er selbst sein würde. Doch er hatte keine Wahl gehabt.

„Jawohl, Herr Hartenstein“, hatte er gemurmelt.

Und jetzt stiegen die Bilder in ihm wieder auf, die ihn töten würden. Nun sollten die schlaflosen Nächte erneut sein Leben bestimmen.

Christian schluckte. Er ekelte sich vor den etlichen heimlichen Spaziergängen, die er auf Befehl Hartensteins mit diesem hatte unternehmen müssen. Er verabscheute sich selbst und wäre noch in dieser Nacht bereit gewesen zu sterben, wenn er vorher seine geliebte Frau und die drei Kinder abgesichert gewusst hätte.

7. KAPITEL

Eine Woche später erblühte der Blumenteppich hinter dem Gutshaus von Ahlen noch dichter und farbenprächtiger als je zuvor. Die Krokusblüte befand sich auf ihrem Höhepunkt, und es schien, als wollte sie wirklich, wie Theo es formuliert hatte, ein friedliches, glückliches Jahr prophezeien. Doch schon bald würde die Blütezeit beendet sein …

Gräfin Magda von Ahlen zerbrach sich seit Wochen den Kopf darüber, was mit Wolfgang von der Fohl los sein mochte. Seit er nach Königsberg zu seinem Cousin aufgebrochen war, hatte er kein einziges Lebenszeichen nach Ahlen gesandt, und aus den veranschlagten drei Wochen waren inzwischen fast drei Monate geworden. Immer wieder hatten Max und Sophie, sobald Magda das Thema zur Sprache brachte, abgewiegelt. Wolfgang war ein Junggeselle im besten Alter, der endlich von seiner Spielsucht befreit war. Sicher wollte er – wie York es ja auch gerade wieder in Indien tat – nun sein Leben genießen und sich die Welt erobern. Dass Wolfgang es gewesen war, der sich in der schwierigen Zeit auf Ahlen besonders um Magda gekümmert hatte, war den beiden zwar nicht entgangen, aber es war ihnen auch nicht so bedeutsam erschienen.

Magda hingegen war sich inzwischen ganz sicher, dass etwas Unvorhergesehenes, etwas Schlimmes mit Wolfgang passiert sein musste. Mehrere Male hatte sie sich an seinen Hausdiener gewandt. Der hatte ihr zwar auch nicht mehr sagen können, als sie bereits wusste, doch seit letzter Woche war das anders. Da sich Wolfgang nicht einmal bei ihm gemeldet hatte, war er nach fast zwei Monaten des Wartens, ebenso wie Magda, skeptisch geworden. Zudem machte er sich langsam Sorgen darüber, dass irgendwann das Haushaltsgeld ausgehen würde, das Wolfgang ihm zurückgelassen hatte. Wenn dieses Problem auch noch nicht zwingend war, so würde es in zwei oder drei Monaten zwingend werden.

Magda saß gerade mit Pater Johannes beim Tee, als Wolfgangs Hausdiener ziemlich aufgeregt am Gutshaus um Einlass bat.

„Ich habe eine wichtige Nachricht für Gräfin von Ahlen, meinen Herren betreffend“, sagte er atemlos zu Theo.

Theo ließ ihn in die Halle und bat ihn zu warten. „Die Gräfin empfängt gerade Pater Johannes zum Tee“, erwiderte er. „Aber wenn es so dringend ist, werde ich sie natürlich informieren.“

Der alte Kammerdiener betrat den Salon: „Entschuldigen Sie bitte, Gnädige Frau, aber draußen wartet der Hausdiener von Baron von der Fohl. Er hat eine dringende Nachricht für Sie.“

„Eine gute?“ wollte die Gräfin wissen.

„So aufgewühlt wie er ist, fürchte ich, dass es sich um keine gute Nachricht handelt.“

„Lieber Pater, vielleicht haben Sie es ja auch schon bemerkt: Seit drei Monaten vermissen wir Baron von der Fohl“, erklärte die Gräfin.

„Soweit ich weiß, ist er auf unbestimmte Zeit nach Königsberg zu seinem Cousin Baron Friedrich von Ortenburg gereist. Sie erinnern sich, Gräfin, der Mann, der Ihren gestohlenen Wein in Königsberg entdeckt hatte“, entgegnete Pater Johannes.

„Ich weiß, ich weiß. Mir gegenüber hatte Wolfgang jedoch von höchstens drei Wochen Abwesenheit gesprochen. Außerdem hätte er, wie ich ihn kenne, sicher den einen oder anderen Brief geschrieben. Sein Hausdiener wusste bislang auch nichts. – Theo, er möchte eintreten.“

Theo verneigte sich kurz, ging hinaus und kehrte kurz darauf mit dem Hausdiener von Wolfgang in den Salon zurück. Er schloss die Tür und blieb im Hintergrund stehen.

Wolfgang von der Fohls Diener war vollkommen außer sich und schien aufgelöst, ja geradezu verängstigt.

„Gnädige Frau, lieber Pater Johannes, entschuldigen Sie mein Hereinplatzen, aber ich befürchte, ich habe schlimme Nachricht.“

„Mein Gott, so setzen Sie sich doch erst einmal! Wünschen Sie einen Tee?“ fragte Magda besorgt und wandte sich an Theo. „Bringen Sie doch bitte noch ein Teegeschirr.“ Beunruhigt musterte sie den Diener. „Was ist denn passiert?“

„Gnädige Frau, ich habe soeben Post von Baron Friedrich von Ortenburg aus Königsberg erhalten. Sie müssen verstehen, ich hatte mich in der Sorge um meinen Herrn vor zwei Wochen postalisch an ihn gewandt. Und hören Sie, was er schreibt:

Sehr geehrter Herr,
mein Cousin Baron von der Fohl hat sich in dem von Ihnen beschriebenen Zeitraum zu keiner Sekunde bei mir und meines Wissens auch nicht in Königsberg befunden. Er hatte mir allerdings angekündigt, im Laufe des Jahres eventuell auf der Durchreise nach einem fernen Lande mit einer von ihm verehrten Dame auf meinem Schloss für ein paar Tage Quartier nehmen zu wollen. Mit großer Freude – die ich ihm auch in einem Brief mitgeteilt habe – lud ich ihn ein, hier jederzeit, und solange er will, Gast zu sein.

Magda bemühte sich, ihre Betroffenheit und Rührung zu verbergen.

Seiher hörte ich nicht mehr von ihm. Gewiss hat die Sache, wenn Sie meinen Brief erhalten, bereits Aufklärung gefunden, denn der Baron reist ja ganz gerne mal in der Welt herum, ohne dass jemand Genaueres wissen soll. Ist diese Aufklärung aber nicht erfolgt, so bitte ich Sie, die Polizei einzuschalten und mich aufs Dringendste telegrafisch zu informieren.

„Keine gute Nachricht", murmelte Pater Johannes und schüttelte den Kopf.

Magda war blass geworden und saß steif auf ihrem Stuhl. Aber sie hatte von Kindesbeinen an gelernt, ihre Gefühle zu verbergen. Überrascht war sie nur von der starken Empfindung selbst, die sie jetzt beherrschte. Der Hausdiener hatte seinen Tee ausgetrunken und blickte Hilfe suchend in die Runde.

Magda straffte die Schultern und sagte: „Gehen Sie sofort zur Polizei und zeigen Sie dort an, dass Sie Ihren Herrn vermissen. Und dann telegrafieren Sie nach Königsberg. Ich befürchte, es ist etwas Schlimmes passiert."

Von der Fohls Hausdiener stand auf. „Ganz wie Sie meinen", entgegnete er und verneigte sich im Gehen vor Magda.

„Ach, und falls Sie etwas hören, informieren Sie mich bitte umgehend", fügte Magda noch hinzu.

„Sehr wohl. – Gnädige Frau, Pater Johannes, ich wünsche noch einen guten Tag", verabschiedete er sich, bevor Theo ihn nach draußen begleitete.

Magda und der Pater saßen eine Weile stumm da.

Pater Johannes brach schließlich das Schweigen. „Wann sagten Sie, Gräfin, ist er abgereist?"

„Ich weiß es genau. Es war am zwölften Januar, einem Dienstag. Ich erinnere mich so genau daran, weil er erst am elften Januar hier war und mir seinen Abschiedsbesuch machte. Die Sache schien mir sehr überstürzt und auch etwas geheimnisvoll. So richtig wollte er nicht sagen, was er vorhat. Er sprach nur von einer dringlichen Angelegenheit bei seinem Cousin in Königsberg."

Pater Johannes überlegte eine Weile. Mit einem Mal wurde er blass und schlug die Hände vors Gesicht. „Oh Herr, vergib mir", murmelte er.

„Pater Johannes, was haben Sie?“ fragte Magda besorgt.

Doch Pater Johannes rührte sich nicht und flüsterte Gebete in sich hinein. Schließlich stand er ohne ein Wort auf, ging zum Fenster und starrte hinaus. Langsam kehrte er zum Tisch zurück und setzte sich wieder. Er trank einen Schluck Tee, atmete einige Male tief durch und hatte sich wieder einigermaßen beruhigt. Fragend blickte Magda ihn an. Endlich hob der Pater sein Gesicht und schaute ihr in die Augen.

„Ich befürchte, dass ich eine gewisse Schuld an seinem Verschwinden trage.“

„Wie das?“ wollte Magda wissen.

„Liebe Gräfin, er war eine Woche vor seiner Abreise bei mir in der Beichte. Danach unterhielten wir uns noch ein wenig. Ich berichtete Wolfgang, dass ich auf einem theologischen Kongress, von dem ich erst einen Tag zuvor zurückgekehrt war, einen alten Kommilitonen, der heute Pater in St. Peter in München ist, getroffen hatte. Dieser Pater war eines Abends bei einem gemütlichen Zusammensein aus sich herausgegangen und hatte eine Geschichte zum Besten gegeben. Seit einiger Zeit war ihm des Öfteren abends auf seinem Kirchhof ein seltsamer Spaziergänger aufgefallen, der eine riesige Dogge, die ein ungewöhnlich auffallendes Silberhalsband trug, an der Leine führte. Eines Tages habe diese Dogge meinen Freund um ein Haar angefallen. Der seltsame Spaziergänger habe sie jedoch gerade noch davon abhalten können. Dass die Beschreibung des Mannes genau auf Hans Stallkamp passte, war mir erst später aufgefallen. Ich berichtete also, gegen die Gepflogenheiten, Wolfgang davon, denn er hatte mir schon vor längerer Zeit ein großes Interesse an der Ergreifung von Hans Stallkamp demonstriert. Ich hoffte natürlich darauf, dass er diese Information an Sie und die jungen Herrschaften weiterleiten würde. Denn mir waren in dieser Sache die Hände gebunden, da sie in einem gewissen Zusammenhang mit Wolfgangs Beichte stand. Ich bat ihn, falls er Sie oder die Polizei einschalten würde, meinen Namen nicht zu erwähnen. – Und jetzt habe ich eine ganz schlimme Befürchtung …", schloss der Pater voller Schuldgefühle.

„Ach, Sie meinen, er könnte selbst …"

„Genau das meine ich. Es passt leider alles zu gut zusammen. Er ist nur eine knappe Woche nach seiner Beichte abgereist, und Ihnen – der einzigen Person, bei der er sich verabschiedet hat – wollte er den Grund der Reise nicht nennen und hat vermutlich sogar ein falsches Reiseziel genannt …"

„Sie meinen, dass er nach München …" Magda hielt inne. Ihre Stimme zitterte.

„Ich bin mir – so wie ich den Baron kenne und so wie er sich zuletzt für Sie stark gemacht hat – leider ziemlich sicher, dass er auf eigene Faust Nachforschungen anstellen wollte … beten wir zu Gott, dass es nicht so ist", sagte Pater Johannes verzweifelt.

Beide schwiegen und tranken ihren Tee. Sie hatten sehr damit zu kämpfen, diese mögliche Erklärung zu verdauen, denn ihnen war klar, dass nach so langer Zeit nur etwas Schlimmes passiert sein konnte.

Schließlich brach Magda das Schweigen. „Ich werde

die Polizei einschalten und alles berichten. Ich lasse mir etwas einfallen, wie ich an Ihre Geschichte gekommen bin, und werde Ihren Namen nicht erwähnen, lieber Pater Johannes."

„Danke. Jetzt können wir nur noch beten", erwiderte er und sah Magda besorgt an.

Beim gemeinsamen Abendessen berichtete Magda Max und Sophie von ihrem Gespräch mit Pater Johannes und von dem Brief, den Wolfgangs Hausdiener aus Königsberg erhalten hatte.

„Ich wusste, dass etwas Schlimmes passiert ist. Ich habe es gespürt", sagte Magda schließlich.

Sophie und Max sahen sich an. Offenbar spürten sie in diesem Moment das Gleiche, nämlich dass Magda mit einer Besorgnis und gefühlvollen Fürsorge über Wolfgang sprach, wie sie sie – jedenfalls nach außen hin – bei ihr noch nie erlebt hatten.

„Aber vielleicht reist er ja doch einfach herum und will allein sein", versuchte Sophie, Magda zu trösten. Magda und Max schauten sie ernst an. Sophie begriff, dass das nichts weiter als gutgläubiges Wunschdenken war.

Max legte sein Besteck nieder. „Wir werden den Polizeipräsidenten bitten, dass er in München um Amtshilfe ersucht. Wir erklären der Polizei, dass es dringende Hinweise gibt, dass Hans Stallkamp sich in München aufhält. Dem soll man nachgehen. Dieser Pater von St. Peter muss befragt werden, ob er den Spaziergänger mit der Dogge öfter gesehen hat und vielleicht auch heute noch sieht. Denn wenn es wirklich Hans ist …“, er hielt kurz inne und holte Luft, „… dieser Mann ist gefährlich, er ist ein gesuchter Mörder. Er hat Valerie ohne zu zögern erwürgt, weil sie auf Friedrich geschossen hatte, und es steht zu befürchten, dass auch er es war, der Otto in Friedrichs Auftrag getötet hat … Er ist wahnsinnig, kennt kein Gewissen und agiert deshalb ohne jede Rücksicht … Hartenstein war sein Ein und Alles, wie ein Vater oder eine Mutter oder ein Partner. Ich kann mir gut vorstellen, dass er versuchen wird, Hartensteins Vermächtnis zu erfüllen. Und ich befürchte, dass Hartensteins Vermächtnis ausgesprochen viel mit unserem Schicksal zu tun hat. Ich werde gleich morgen früh beim Polizeipräsidenten vorsprechen“, schloss Max entschieden.

„Dass er sich so für uns eingesetzt hat … Warum nur hat er uns nicht ins Vertrauen gezogen? Ach, Sie sind so ein dummer Junge“, flüsterte Magda mit zitternder Stimme. Auch Sophie spürte, wie Tränen in ihr aufstiegen. In ihrem ganzen Leben hatte sie ihre Tante, die sie wie eine Mutter aufgezogen hatte, noch nie so gesehen.

Max begriff die Situation sofort. „Tante Magda“, sagte er. „Mehr können wir jetzt nicht tun. Aber vielleicht gibt es wirklich noch die Hoffnung, dass alles ganz anders und harmlos ist. Wir können nur abwarten.“

„Ach, Max, es ist gut. Immerhin war der Baron ein sehr enger Freund unseres Hauses“, sagte Magda, die sich nach außen wieder gefangen hatte.

Schweigend setzten die drei ihre Mahlzeit fort.

Max und Sophie besichtigten das kleine, bislang ungenutzte Zimmer neben ihrem Schlafgemach. Sie hatten vor, es als Kinderzimmer einzurichten, und berieten nun, wie sie es gestalten wollten.

„Schau, Sophie, an dieser Stelle schlage ich einen Durchbruch zu unserem Zimmer vor. Siehst du, hier fast an der Fensterwand. Und kein einfacher Durchbruch, sondern so breit, dass wir eine Tür mit zwei Klappflügeln einbauen können."

„Ja, das ist gut", entgegnete Sophie. „Und dort an dieser Wand, hinter der unser Bett steht, stellen wir sein Bett auf, sodass wir Kopf an Kopf, nur durch eine Wand getrennt, schlafen können", schlug Sophie vor.

„Ich bin vollkommen damit einverstanden", erwiderte Max und lachte leise, „nur einen ganz kleinen Fehler hast du gemacht: Wir stellen nicht *sein,* sondern *ihr* Bett dort auf", flachste er.

„Also, Max, ich bin die Mutter, und was Babys betrifft, haben Mütter nun mal immer Recht. Ist das klar?" schlug Sophie zurück.

Max hielt kurz inne und lächelte sie an. Er dachte über eine Antwort nach.

„Meine kleine Sophie, ich glaube, jetzt hast du einen *großen* Fehler gemacht. Denn wenn ich Recht haben sollte, nehme ich mir auch in Zukunft als Vater das Recht heraus, in Sachen Babys immer Recht zu haben", sagte er.

Sophie liebte solche Wortspielereien und spann weiter: „Also *das* Recht, das Recht des Staates wird immer *mir*

Recht geben, wenn es darum geht, ob Vater oder Mutter in Sachen Babys Recht haben."

„Du hast Recht", gab Max sich geschlagen, „die Sache ist recht schlecht für mich gelaufen", brummte er gespielt resigniert und wandte sich wieder dem Zimmer zu, um weitere Ideen zu finden.

Sophie verharrte eine Weile und sah ihm hinterher.

Wenn er nur wüsste, wenn er nur ahnen könnte, wie sehr ich ihn liebe ... dachte sie.

Max, der zur gegenüberliegenden Zimmerwand herübergegangen war, drehte sich um und erblickte Sophie, die noch immer verträumt an der anderen Wand stand.

„Sophie, was ist denn?" fragte er.

„Ach nichts, ich war nur ein bisschen in Gedanken versunken", antwortete sie und folgte ihm.

Max platzte mit seiner nächsten Idee heraus. „Sieh mal, hier an der Mitte von dieser Wand, dachte ich, sollten wir den Wickeltisch aufstellen. Das ist der Platz, der am weitesten von den Fenstern und Türen entfernt ist, sodass – selbst wenn mal eine Tür oder ein Fenster offen steht – die Kleine keinen Zug abbekommen kann. Sogar bei starkem Luftzug ist es hier immer schön warm und geschützt. Das habe ich selbst ausprobiert."

Sophie lächelte. Dieses Mal hatte er *die Kleine* wirklich nicht gesagt, um sie herauszufordern. Er hatte wahrscheinlich gar nicht bemerkt, dass er es gesagt hatte. Er muss tatsächlich fest daran glauben, dass es ein Mädchen wird, dachte Sophie.

„Dass du daran gedacht hast … ich bin sprachlos“, staunte sie.

„Hier neben den Tisch kommt die Konsole für die nötigen Sachen rund um das Wickeln. In die Ecke kommen ein Schränkchen mit Waschschüssel und Waschkrug darauf und alles, was zum Reinigen nötig ist, darin. Und über Eck“, Max ging zur Eingangstür des Zimmers, „also fast von der Tür angefangen bis kurz vor das Schränkchen stellen wir einen Wandschrank auf für die Wäsche und die Schühchen und frische Windeln – na, für alles eben, was mit Anziehen zu tun hat. Was sagst du?“ fragte Max, der von seiner eigenen Vorstellung ganz überwältigt war.

„Großartig“, sagte Sophie. „Wer wäre ich bloß ohne deinen Sinn fürs Praktische?“

„Na, vielen Dank auch“, brummelte Max. „Aber ich hoffe, das ist nicht das Einzige, was du an mir schätzt.“

Sophie musste lachen. Sie ging zu ihm hin und umfasste ihn von hinten. „Dass du immer das letzte Wort haben musst“, hauchte sie und lächelte. Er drehte ihr sein Gesicht zu. Sophie schnappte nach seinem Ohrläppchen und hielt ihre Beute, zu der auch eine von Max’ glänzenden Haarlocken gehörte, zwischen ihren Lippen fest. Max täuschte große Schmerzen vor und stöhnte auf. „So, du Tigerin“, sagte er schließlich. „Ich habe meine Reifeprüfung in Sachen Kinderzimmer bestanden. Kommen wir nun zu dir …“ Sophie ließ ihre Beute wieder frei.

„Gut“, erwiderte sie. „Beginnen wir mit den Wänden: Ich dachte an helle Wände. Also nicht weiß, sondern eine helle Erdfarbe, so wie lichter Ocker oder die Farbe von Elfenbein oder die Farbe des Meeresstrandes. Es muss aber ein Schuss warmer Farbe darin sein. Ein Schuss gelblicher, rötlicher Farbe wie Sonnen- oder Kerzenlicht ... Das Bett stelle ich mir als Himmelbett vor. Nach oben hin aber soll das Bett offen sein, denn die Decke – ach, Max, ich hoffe, dir gefällt das –, die Decke stelle ich mir in einem tiefen, aber nicht zu dunklen Blau vor. Und an der Decke sollen überall gelbe Sterne leuchten. Und Sternschnuppen sollen da sein mit ihrem Schweif. Genau über dem Wickeltisch soll der Mond scheinen, und genau über dem Bett soll die Sonne lachen ... Verstehst du? Der Himmel des Zimmers soll dem Kleinen von Anfang an das Weltall zeigen ...“ Sophie schaute Max fragend an.

Max lächelte und bemühte sich nicht, sie zu korrigieren. Dieses Mal hatte sie *der Kleine* wirklich nicht gesagt, um ihn herauszufordern. Sie hatte wahrscheinlich gar nicht bemerkt, dass sie es gesagt hatte. Sie muss tatsächlich fest daran glauben, dass es ein Junge wird, dachte Max. Und er war fasziniert.

„Was für eine schöne Idee ... ich bin sprachlos“, sagte er und sah sie liebevoll an.

„Ja, und bei den Gardinen und auch den Türen dachte ich mir, dass sie genauso wie die Decke aussehen sollten und auch auf ihnen überall kleine Sterne leuchten sollten. Und die kleinen Vorhänge um das Bett herum stelle ich mir aus blauer durchsichtiger Seide mit goldenen und silbernen Sternen besetzt vor. So wölbt sich das kleine Weltall sozusagen von Horizont zu Horizont …“ Sophie hob ihre Hand und malte ein riesiges Gewölbe von Zimmerwand zu Zimmerwand in die Luft.

Max schaute ihr voller Hochachtung zu und dachte: Wenn sie nur wüsste, wenn sie nur ahnen könnte, wie sehr ich sie liebe …

Indes stürmte der kleine Fritz ins Gutshaus und fiel Theo heulend und außer Atem in die Arme.

„Junge, was ist denn passiert?“ fragte Theo und schloss den Knirps in seine Arme.

Gudrun kam besorgt aus der Küche gelaufen und kniete sich neben die beiden. „Fritzchen, nun beruhige dich erst mal. Willst du eine Limonade?“ fragte sie fürsorglich.

Doch Fritzchen schüttelte den Kopf.

„Nun erzähl doch schon, was ist los?“ wollte Theo beunruhigt wissen.

„Sonst können wir dir nicht helfen“, ergänzte Gudrun.

„Ich muss zu Onkel Max. Es ist was ganz Schlimmes passiert.“

„Gut, gut“, sagte Gudrun. „Theo, bring ihn hoch.“

Theo nahm den Jungen an die Hand und ging mit ihm die Treppe hinauf. Oben klopfte er gegen die halb offene Tür des künftigen Kinderzimmers und trat ein.

„Fritzchen muss Ihnen etwas sagen. Etwas Schlimmes ist passiert.“

„Danke, Theo“, entgegnete Max. Fritzchen schluchzte.

Sophie beugte zu ihm herunter und wischte ihm die Tränen aus dem Gesicht. „Erzähl, erzähl", flüsterte sie. „Wir sind bei dir."

Und schließlich begann Fritzchen stockend zu berichten: „Unser Cousin Dietrich ist erschossen worden", schniefte er, und Tränen kullerten über seine Wangen.

Sophie hatte diesen Dietrich zwar nicht gekannt, aber sie erschrak und wusste nicht, was sie tun sollte. Doch Max reagierte sofort. Er kniete sich auf Augenhöhe vor den Jungen, nahm sanft seinen Kopf in die Hände und schaute ihm tief in die Augen. „Fritzchen, du musst jetzt stark sein, verstehst du, ganz stark." Fritzchen blickte Max aus rot geweinten Augen an und fuhr sich mit dem Handrücken über die Nase. „Hör mir zu. Wo ist Benedikt?" Max sah den Jungen eindringlich an. Er ahnte, dass Benedikt der Tod seines Cousins sehr nahe ging.

„Im Büro. Er weint die ganze Zeit", brachte Fritzchen schluchzend hervor.

„Ist Achim bei ihm?" wollte Max wissen.

„Ja", erwiderte Fritzchen.

„Pass auf, du kommst mit mir zu Gudrun in die Küche und wartest dort, bis wir wieder da sind."

Fritzchen schniefte und schien gar nicht gehört zu haben, was Max gesagt hatte.

„Hast du mich verstanden?" fragte Max entschieden.

Schweigend nickte der Junge.

Dann wandte Max sich an Theo: „Wo ist Lina?"

„Sie ist zum Einkaufen in der Stadt."

„Sophie", entschied Max, „du wartest hier auf Rike. Sie

muss gleich mit deinen Umstandskleidern aus der Nähstube zurück sein. Ihr nehmt Lina in Empfang und erklärt ihr, was geschehen ist. Sie soll bei Gudrun und Fritzchen bleiben. Anschließend kommst du mit Rike zusammen in die Fabrik. Ich warte dort auf euch." Sophie hatte sich wieder gefangen und verstand Max' Eile. Sosehr sie mit Benedikt, Lina und Fritzchen litt, so sehr bewunderte sie doch auch, wie entschlossen Max in dieser schwierigen Situation einen klaren Kopf behielt und genau wusste, was zu tun war. Sie nickte wortlos. Max nahm Fritzchen an die Hand und sagte: „Los, komm, Fritzchen." Damit verließen die beiden das Zimmer.

Max, der Fritzchen in Gudruns Obhut gelassen hatte, stürmte in die Fabrik und hielt vorm Büro des Direktors kurz inne. Behutsam klopfte er an die Tür. Achim rief ihn herein.

Benedikt saß am Schreibtisch. Er hatte die Hände vors Gesicht geschlagen. Max nahm seinen Hut ab und trat langsam an ihn heran.

„Was ist geschehen?" fragte er Achim, der neben Benedikt saß und einen Arm um dessen Schultern gelegt hatte. Wortlos schob Achim ihm ein Schreiben, das mitten auf dem Schreibtisch lag, herüber.

„Darf ich?" fragte Max Benedikt.

„Klar", murmelte er, ohne aufzusehen. Dem Tonfall des Freundes konnte Max entnehmen, dass Benedikt sich zum Glück etwas gefangen hatte. Max setzte sich auf den freien Stuhl, der auf der anderen Seite des Schreibtisches stand, und begann zu lesen.

Lieber Benedikt, liebe Lina, lieber Fritz,
leider habe ich eine sehr schlechte Nachricht für euch. Euer Cousin, mein über alles geliebter Sohn Dietrich ist vor etwa zehn Tagen gefallen. Ihr werdet verstehen, dass ich euch in meiner Trauer nicht schneller informieren konnte – ich selbst erfuhr es auch erst vor drei Tagen und erhielt neben der Nachricht einen erschütternden Brief eines Kameraden von Dietrich, der miterleben musste, wie mein Sohn erschossen wurde. Er hat den Mörder Dietrichs getötet, aber Dietrich konnte er nicht mehr helfen. Er berichtete in herzzerreißender Weise, wie stolz Dietrich war, ein preußisches Gewehr aus der Fabrik seines Cousins zu tragen. Als dieser Kamerad später dem toten Feinde die Augen zudrückte und dessen Waffe an sich nahm, erschrak er – auch diese Waffe trug das Zeichen der Ahlener Fabrik.

Wie grausam das Schicksal doch manchmal ist.

Ich konnte leider nicht verhindern, dass Dietrich in diesen Krieg zog, und mache mir Vorwürfe deswegen. Er war erst neunzehn Jahre alt. Aber der Lauf der Welt lässt sich von einer Mutter wohl kaum aufhalten.

Gott schütze euch, und ich hoffe, wir sehen uns bald alle wohlbehalten wieder.
Eure Tante Johanna

Max legte den Brief wortlos auf den Schreibtisch und starrte mit verschleiertem Blick aus dem Fenster. Doch er sah gar nicht, was sich dahinter befand. Stattdessen begann es, in ihm zu brodeln. Wut stieg in ihm auf.

Dieser verdammte Krieg – all diese verdammten Kriege, dachte er.

Was ist das für eine Welt, die Kriege nötig hat und ihre Probleme nicht anders lösen kann? Und was sind das für Leute, die das in ihren geschützten Parlamenten beschließen und sich dann selbst schön heraushalten?

Nein, beschloss Max, nein, nie mehr werde ich etwas tun, das dem Krieg hilft ... Er wusste genau, welche gewaltigen Probleme seine Entscheidung aufwerfen würde. Aber er wollte im Augenblick nicht darüber nachdenken, weil ihm klar war, dass er seine Entscheidung damit nur wieder in Zweifel stellen würde. Benedikt verbarg das Gesicht in den Händen und brütete dumpf vor sich hin.

„Es tut mir Leid, Benedikt", sagte er und fügte nach einer Weile hinzu: „Mach dir keine Vorwürfe. Du hast keine Schuld."

Benedikt nickte – doch Max merkte, dass er ihm nicht glauben konnte.

Lange starrten die drei Männer vor sich hin, ohne auch nur ein Wort zu sagen.

Schließlich brach Benedikt das Schweigen. „Max, du verstehst, dass ich unter diesen Umständen nicht länger ..."

„Warte", unterbrach Max ihn.

Inzwischen waren Sophie und Rike im Büro angekommen, blieben aber draußen vor der angelehnten Tür stehen. Sie wollten aus Respekt vor der besonderen Situation nicht mitten in das Gespräch zwischen Max und Benedikt platzen.

„Nein, warte“, wiederholte Max, während er vor Benedikts Schreibtisch auf und ab ging. Achim sah verwirrt zu Max herüber. Er spürte genau, dass etwas Entscheidendes mit seinem Freund passierte.

„Wie viele Leute verlieren ihre Arbeit, wenn wir die Maschinen stoppen?“ fragte Max, während er seinen Blick auf Achim heftete. „Und wie sieht das gegenwärtige Auftragsvolumen aus? Könnten wir die Maschinen dieser Produktionsstrecke abmontieren, verpacken und verkaufen?“ Verdutzt sah Achim Max an. Er wusste genau, was Max im Schilde führte, und war überzeugt, dass dieser Schritt zu weit ging. Allein die gewaltigen finanziellen Einbußen! „Ich weiß, was du denkst“, wandte Max sich an Achim. „Doch wir müssen herausfinden, ob und vor allem *wie* wir es verkraften könnten, wenn wir die Produktion der Kriegswaffen sofort stoppen wollten. Natürlich, ohne dass die Arbeiter ihre Arbeit verlieren. – Bitte, denkt darüber nach. Gleich morgen wollen wir darüber reden und gemeinsam nach einer Lösung suchen.“

Max setzte sich an den Schreibtisch und atmete tief durch. Ihm war, als wäre eine schwere Last von ihm gefallen. Und obwohl diese Entscheidung Benedikt nicht von seiner Trauer befreien konnte, so war doch ein kleines erstauntes Leuchten in seinen Augen zu bemerken.

Schließlich betraten auch Sophie und Rike das Büro. Rike ging zu Benedikt und umarmte ihn. Max erhob sich vom

Stuhl und legte seinen Arm um Sophies Schultern. Er sah Tränen in ihren Augen und drückte Sophie wie zum Schutz fest an sich. Dass sie alles mit angehört hatte und dass ihre Tränen auch ihm galten, wusste Max nicht. Er konnte nicht ahnen, dass Sophie in diesem Moment von seiner unnachgiebigen Menschlichkeit und von seiner Entschlossenheit überwältigt war.

„Lass uns gehen", flüsterte Max Sophie ins Ohr. „Benedikt, nimm dir für heute frei. Ich glaube, wir haben morgen sehr, sehr wichtige Dinge zu besprechen." Und an Rike gewandt fügte er hinzu: „Bring ihn nach Hause." Dann verließ er mit Sophie an seiner Hand das Büro.

Am nächsten Morgen saßen Max, Benedikt und Achim wieder zusammen im Direktorenbüro der Ahlener Eisenbahnfabrik.

„Wie geht es dir heute?" fragte Max Benedikt als Erstes.

„Ich bin in Ordnung", antwortete Benedikt. „Ich habe ein Telegramm nach Münster an meine Tante geschickt und ihr versprochen, dass ich sie mit Lina und Fritzchen bald einmal besuchen werde", fügte er hinzu.

„Das ist gut", murmelte Max und wandte sich an Achim. „In der nächsten Zeit wird einiges auf uns zukommen – besonders auf dich, mein Lieber", sagte er.

Achim nickte, bevor er begann, die Fragen zu beantworten, die Max am Tag vorher gestellt hatte.

„Würden wir die Produktion einstellen, dann verlören einundzwanzig Arbeiter ihren Posten. – Was die Auftragslage betrifft, haben wir Glück im Unglück. Die Heere haben ihre Arsenale vor dem Krieg gefüllt. Jetzt, da der Krieg tobt, sind die meisten Verträge erfüllt. Allerdings laufen bereits neue Verhandlungen, um die Arsenale nach dem Krieg wieder aufzufüllen. Aber darüber kann Benedikt mehr sagen. Verpflichtungen bestehen im Moment fast nur gegenüber städtischen und ländlichen Polizeistationen. Diese Aufträge sind vergleichsweise von geringem Ausmaß. Die Vertragsstrafen wären erträglich. Außerdem haben wir zurzeit genügend Gewehre auf Lager, sodass wir einen Teil der laufenden Verträge sogar noch erfüllen können. – Der Abbau und die Verpackung der Maschinen würden vermutlich sechs bis acht Wochen dauern. Und die moderne Produktionsstrecke zu verkaufen, darin sehe ich gar kein Problem", erläuterte Achim.

„Gut", erwiderte Max. „Jetzt müssen wir darüber nachdenken, wie wir die einundzwanzig Arbeiter auffangen können."

Benedikt hatte sich ebenfalls Gedanken gemacht und empfand mittlerweile eine große Erleichterung – endlich würde er keine Gewissenskonflikte mehr ertragen müssen. In seinen Augen erstrahlte wieder das alte Funkeln, und in ihm drehte sich das Ideenkarussell: „Wie Achim schon sagte, der Abbau, das Zerlegen und Verpacken der Maschinen wird sechs bis acht Wochen in Anspruch nehmen. Diese Arbeit lassen wir von den Arbeitern ausführen, die vorher an den Maschinen gearbeitet haben. In der Zeit haben wir sozusagen einen Puffer. Was wir anschließend mit ihnen machen, müssen wir sehen", sagte Benedikt zuversichtlich.

„Bis dahin haben wir noch etwas Zeit. Auf jeden Fall müssen wir versuchen, möglichst keinen zu entlassen“, entgegnete Max. „Wie sieht es denn mit deinem Projekt der Treibradproduktion für Lokomotiven jetzt aus?“ fragte er Benedikt.

„Meine Pläne sind fertig. Wir müssten nur die entsprechenden Maschinen anschaffen. Die Abnehmer würden Schlange stehen“, antwortete Benedikt begeistert.

„Dann werden wir diese Produktionsstrecke sofort aufbauen“, entschied Max und schlug Benedikt anerkennend auf die Schulter. „Wie lange würde es dauern, bis wir die Produktion beginnen könnten?“

„Drei bis vier Monate.“

„Dann lass uns sofort mit der Vorbereitung beginnen. Und so werden wir auch unserem Namen einer Eisenbahnfabrik vollständig gerecht“, sagte Max und lächelte seine Freunde zufrieden an.

Achim und Benedikt bewunderten Max einmal mehr für seine Entschlossenheit.

8. KAPITEL

Inzwischen waren drei weitere Monate ins Land gegangen, und das Leben auf Gut Ahlen war von der frohen Erwartung Sophies bestimmt. Ob es nun eine Johanna Sophie oder ein Otto Maximilian würde, war hier jedem herzlich egal, wenngleich Max und Sophie ihre spaßhaften Streitereien darüber bis zum letzten Tag nicht beigelegt hatten.

Sophies Bauch war noch weiter gewachsen, und Max hatte spaßeshalber gegenüber den Angestellten geäußert, dass seine mit liebevoll geschnitzten Verzierungen und Ornamenten versehene Wiege gar zu klein geraten sein könnte. Das Kinderzimmer war ganz nach Max' und Sophies Vorstellungen hergerichtet worden. Es glich einem lichtdurchfluteten, Geborgenheit ausstrahlenden Himmelsgewölbe, das aber gleichzeitig seinem praktischen Zweck glänzend entsprach.

Dr. Malz genoss es bei jedem Besuch, so viel Gesundheit zu sehen und ein kommendes Leben zu begrüßen, bevor er sich wieder im Hospital um die Kriegsverwundeten kümmern musste, deren Schicksale ihn traurig machten.

Sophie, die in den letzten Wochen viel gelegen hatte und rührend umsorgt worden war, hatte das Konzept ihrer Gedichtsammlung *Lesebuch unserer Zeit* verfeinert und viele neue Texte gesammelt. Oft hatte sie Max an den Abenden stundenlang die schönsten Gedichte vorgelesen, bis er an ihrer Schulter eingeschlafen war. Außerdem beschäftigte sie ein neues Projekt. Auf einem ihrer von Friedrich geerbten Grundstücke, das ganz im Norden an der Mecklenburgischen Seenplatte lag, befand sich ein altes leer stehendes Gesindehaus. Das dazugehörige Gutshaus war bei einem Brand völlig zerstört worden. Dieses Gesindehaus nun wollte sie zu einem Quartier umbauen, in dem die Kinder der Werksschule ihre Ferien verbringen konnten. Im Winter wie im Frühling. Das würde den Kindern einen Heidenspaß bereiten und ihre Eltern ein wenig entlasten.

Lotte indes hatte lange damit zu tun gehabt, allerhand Hemdchen und Söckchen, Strampelanzüge und Mützchen, Sabberlätzchen und Windeln für ihr Enkelkind zu schneidern, zu stricken oder zu häkeln; und auch die Küche des Hauses Ahlen war auf den Neuankömmling bestens vorbereitet.

Fast täglich durchschritt Max die Reben des Ahlen'schen Weingutes, das eine so lange und so erfolgreiche Tradition hatte. Er war der Meinung, dass die Pflanzen in diesem Jahr gut standen. Und sooft er konnte, streichelte er einzelne Weinstöcke und sprach sogar zu ihnen, als wollte er ihnen durch seine Fürsprache zu einer besonders edlen Reife verhelfen.

In der Fabrik hatten unterdessen gewaltige Veränderungen stattgefunden. Benedikt und Achim war es tatsächlich gelungen, die gesamte Produktionsstrecke der Waffenherstellung an eine Münsteraner Fabrik zu verkaufen. Gleichzeitig war der neue Produktionszweig zur Herstellung von Lokomotiventreibrädern und Kuppelstangen vorangetrieben worden. Schon zweieinhalb Monate nach dem Stopp der Waffenproduktion lief das erste Eisenbahntreibrad vom Band. Alle einundzwanzig Arbeiter waren in der Fabrik gehalten und umgeschult worden. Es konnten sogar weitere sieben Facharbeiter eingestellt werden.

Was Carl Müller als Vorarbeiter betraf, so war Max' Plan zum Teil aufgegangen und zum Teil nicht. Carl hatte sich in der Tat vom aufmüpfigen Revolutionär zu einem Vertreter der Interessen der Betriebsleitung hin gewandelt. Es hatte sich bewahrheitet, dass er in erster Linie an sich und seine Karriere gedacht hatte. Dennoch war er ein hervorragender Vorarbeiter, auch wenn sein Kontakt zu den Arbeitern schlecht war. Sie nannten ihn *Verräter* und belächelten ihn eher mitleidig, als dass sie ihn sonderlich ernst nahmen.

In dem Maße, wie Carl Müller an Respekt bei seinen Kollegen verloren hatte, war der Respekt Christian Schmidt gegenüber gewachsen. Er vertrat weiterhin seine theoretischen Positionen, stieß aber damit auf wenig Resonanz unter den Arbeitern, weil sie erkannt hatten, dass es ihnen im Vergleich zu anderen Fabriken in der Stadt, etwa den beiden Eisengießereien, in der Ahlener Eisenbahnfabrik deutlich besser ging. Arbeitszeit, Lohn und Sicherheitsvorkehrungen waren wesentlich besser als in anderen Fabriken, und die Kinder der Beschäftigten konnten in die Werksschule gehen. Die Fabrikdirektion suchte einen ehrlichen Dialog zu den Arbeitern – und das verschaffte ihr Respekt. Benedikt und Achim genossen das Vertrauen beinahe ausnahmslos aller Arbeiter der Fabrik. Außerdem hetzte Carl Müller seine Kollegen nicht mehr gegen die Betriebsleitung auf, sondern versuchte ganz im Gegenteil, sich bei den beiden einzuschmeicheln. Benedikt und Achim nahmen das mit einer gewissen Genugtuung hin und amüsierten sich darüber, wie klug Max dem einstigen Heißsporn mit dieser klugen Personalentscheidung den Wind aus den Segeln genommen hatte.

Von Wolfgang von der Fohl hatte es nach wie vor kein Lebenszeichen gegeben. Alle waren sich einig, dass ihm etwas Schlimmes zugestoßen sein musste. Die Polizei in München hatte gründliche Amtshilfe geleistet. Der Pater von St. Peter hatte ausgesagt, dass er den mysteriösen Spaziergänger mit der Dogge drei- oder viermal beobachtet hatte. Danach sei er nie mehr aufgetaucht. Der Pater hatte gemutmaßt, dass es sich um einen Touristen oder Handelsreisenden gehandelt haben musste. Auch hatte die Polizei Münchner Pensionen nach Eintragungen unter den Namen Hans Stallkamp, Friedrich Hartenstein – als den er sich gelegentlich ausgegeben hatte – und Wolfgang von der Fohl überprüft. Zwar hatten sie die Pension ausfindig gemacht, in der Wolfgang von der Fohl abgestiegen war, doch der Baron war mit unbekanntem Ziel abgereist, und seine Spur verlor sich. Weitere Hinweise auf den Aufenthaltsort von Hans Stallkamp oder Baron von der Fohl lieferten die Nachforschungen nicht.

Besonders Pater Johannes machte sich schwere Vorwürfe. Täglich schloss er Wolfgang von der Fohl in seine Gebete ein und bat den Herrn um Verzeihung.

Und Magda hatte den Verlust der Konversation und der angenehmen Gesellschaft Wolfgang von der Fohls noch immer nicht verwunden. Schließlich herrschte im Gutshaus jetzt ein eher jugendlicher, bürgerlicher Wind, der ein bisschen an ihr vorbeiwehte, wie sie meinte, und sie dachte wehmütig an Wolfgang.

Aber in diesen Tagen, da der Geburtstermin des ersten Kindes von Max und Sophie unmittelbar bevorstand, hatten alle anderen Dinge an Gewicht verloren.

„Es ist so weit!" rief Max und stürmte die Treppe herunter. Es war fünf Uhr am Morgen, und die ganze Nacht hindurch hatte er mit Magda an Sophies Bett gewacht. „Es geht los!" Vollkommen außer sich trommelte er das ganze Gutshaus zusammen. Während Magda bei Sophie geblieben war, stürzte Gudrun im Nachthemd in die Küche und begann, mehrere Schüsseln mit frischem Wasser zu füllen. Max rannte aus dem Haus, um Dr. Malz und die Hebamme zu holen, die beide vorbereitet waren. Die Geburt hatte ziemlich genau nach ihren Berechnungen begonnen.

Als die alte erfahrene Hebamme, die schon Sophie zur Welt gebracht hatte, und Dr. Malz bei Sophie eintrafen, hatte die Geburt bereits begonnen. Dr. Malz schickte in strengem Ton alle Anwesenden auf den Flur und schloss die Tür hinter sich.

Max konnte es kaum aushalten. Ihm taten Sophies Seufzer, die durch die geschlossene Tür an sein Ohr drangen, beinahe körperlich weh. Er hörte, wie Dr. Malz und die Hebamme Sophie Mut machten. Gudrun und Theo standen auf dem Flur und drückten ihre Daumen, bis sie schmerzten.

Wie sehr wünschte Max sich, Sophie bei der Geburt behilflich sein zu können, ihr die Schmerzen abnehmen zu können. Er fühlte sich so ohnmächtig, so überflüssig und nutzlos, weil er nichts, aber auch gar nichts tun konnte, um Sophie das Leiden zu ersparen. Die Zeit schien überhaupt nicht vergehen zu wollen. Rastlos lief Max vor der Tür auf und ab. Es schien ihm, als ob die Geburt schon ewig dauerte.

Endlich vernahm er einen erschöpften Seufzer, der so klang, als hätte ein Ertrinkender in letzter Not das rettende Ufer erreicht. Und nur wenige Sekunden später hörte er ein kurzes Klatschen, und dann den Schrei eines Neugeborenen.

Da konnte Max nicht länger an sich halten und riss freudestrahlend die Tür zum Schlafzimmer auf, um gleich darauf von Dr. Malz verscheucht zu werden.

„Raus!" rief der Doktor. „Wir sind hier noch nicht fertig. Da kommt noch jemand."

Max glaubte, sich verhört zu haben. Was meinte Doktor Malz? Wie in Trance schlich er aus dem Zimmer und schloss die Tür hinter sich. Für einen Moment glaubte er, ihm schwänden die Sinne. Ihm wurde schwarz vor Augen, und er fürchtete, im nächsten Augenblick in Ohnmacht zu fallen.

„Was ist denn los?" holte Gudruns Frage ihn zurück. Doch Max schien die Sprache verloren zu haben. Er holte tief Luft und musste sich erst einmal sammeln.

„Da kommt noch jemand", antwortete er stockend. Gudrun blickte ihn fragend an. Was redete Max denn da? Sie dachte schon, er sei nicht ganz bei Sinnen, als plötzlich erneut Schreie aus Sophies Zimmer drangen.

Auch wenn diesmal alles viel schneller ging, kam es Max so vor, als dauerte das alles eine Ewigkeit. Wieder begann er, hilflos hin und her zu laufen, bis er ein zweites Baby weinen hörte.

Max schluckte. Gleichzeitig schossen ihm Freudentränen in die Augen. Ihm wurde ganz flau. Doch bevor seine Beine ihm den Dienst versagen konnten, lehnte er sich rasch gegen die Wand und versuchte zu begreifen, was hinter der Schlafzimmertür geschehen war. Gudrun und Theo lagen sich in den Armen. Auch sie konnten ihre Tränen nicht zurückhalten. Und endlich trat Doktor Malz aus dem Zimmer und sprach die erlösenden Worte: „Sie können jetzt hereinkommen."

„Ich hoffe, Sie sind darauf vorbereitet", flüsterte Dr. Malz Max zu, als der den Raum betrat. Aber Max hatte weder Ohren noch Augen für den Arzt. Er trat zu Sophie ans Bett und sah das schönste Bild, das er je in seinem Leben gesehen hatte. Sophie – offensichtlich wohlauf – lag in dem breiten Himmelbett, strahlte Max entgegen und hielt in jedem ihrer Arme ein Neugeborenes.

Vorsichtig beugte Max sich über sie. Er küsste sie ganz zart, ganz behutsam, so als sei sie aus Glas. Und dann begrüßte er seine Kinder. Er wagte kaum, sie zu berühren, so zerbrechlich kamen sie ihm vor. Er legte nur seine Zeigefinger in ihre kleinen Händchen, und ihm war, als schauten sie ihn ernst an, um ihm zu sagen: Dass du ja immer gut unsere Mama beschützt!

Sophie war erschöpft, doch überglücklich. Max blickte seine kleine Familie gerührt an. Er konnte sein Glück noch gar nicht fassen, fühlte sich aber wunderbar.

Sophie war sogar schon zum Scherzen aufgelegt: „Du hast Recht gehabt“, sagte sie leise. „Wir haben ein Mädchen, Johanna Sophie.“

„Nein, nein“, erwiderte Max lächelnd und mit zittriger Stimme, „du hattest Recht. Wir haben einen Jungen, Otto Maximilian.“

„Ja“, Sophie lächelte triumphierend, „aber unsere Tochter war zuerst da.“

Beide strahlten über das ganze Gesicht. Und auch Gudrun, Lina und Magda, die das Zimmer inzwischen betreten hatten, waren außer sich vor Freude.

Erst nach einigen Minuten fiel Max die Wiege ein. Theo brachte das prächtig gearbeitete Stück herein. Sophie musste lachen.

„Tja“, erklärte Max, der sich wieder gefangen hatte, „da muss ich wohl noch eine bauen.“

Mit Hilfe der Hebamme legte Sophie die Kinder zum Stillen an. Danach schliefen alle drei erschöpft ein.

Max rannte durch den Birkenhain hinter dem Gutshaus und lachte. Er machte Luftsprünge vor Freude. Auf die Krokusse musste er keine Rücksicht mehr nehmen. Sie waren längst verblüht. Hätte ihn jemand so gesehen, hätte er glauben können, Max sei verrückt geworden. Aber Max war nur auf dem Weg in die Werkstatt, um sofort mit der Arbeit an der zweiten Wiege zu beginnen.

Doch zwischendurch unterbrach er seine Arbeit immer wieder, um nach seiner kleinen Familie zu schauen.

Er konnte sich nicht daran erinnern, jemals so glücklich gewesen zu sein.

Am nächsten Morgen saß Max an Sophies Bett und hielt ihre Hand. Glücklich betrachtete er seine geliebte Frau, die erschöpft die Augen geschlossen hatte. Doch irgendwie spürte Max, dass Sophie unruhig wurde. Auf ihrer blassen Stirn hatten sich Schweißperlen gebildet.

„Stimmt etwas nicht?“ fragte er sie besorgt.

„Ich weiß nicht, mir wird auf einmal so heiß“, antwortete Sophie matt.

Er wischte ihr den Schweiß von der Stirn und bemerkte erschrocken, dass sie Fieber hatte. „Du hast Temperatur“, sagte er leise. „Soll ich den Doktor rufen?“

„Nein, nein“, erwiderte Sophie. „Das kommt bestimmt nur von der Anstrengung“, beruhigte sie ihn. Max war zwar skeptisch, blieb aber zunächst bei ihr sitzen.

Nach einer Weile jedoch begann Sophie, leise zu wimmern.

„Sophie, was ist los mit dir? Tut dir etwas weh?“ Erst jetzt bemerkte er, dass sie immer stärker schwitzte. Er legte seine Hand auf ihre Stirn und spürte, dass das Fieber weiter gestiegen war.

„Ja“, flüsterte Sophie mit fast unhörbar leiser Stimme, und Tränen rannen über ihre erhitzten Wangen. Plötzlich krümmte sie sich.

„Wo, Sophie, wo hast du Schmerzen?“ Max sprang auf.

„Im Unterleib … Max, es tut so weh“, wisperte sie. Die Schmerzen schienen ihr beinahe die Sinne zu rauben.

„Bleib ganz ruhig, Sophie. Ich laufe zu Dr. Malz. Ich bin gleich wieder da.“

Max stürzte, wie am frühen Morgen vor der Geburt, die Treppe herunter.

„Gudrun, Rike, Theo!“ rief er durchs ganze Haus. „Schnell, Sophie hat Fieber und starke Schmerzen. Geht zu ihr. Helft ihr. Ich hole Dr. Malz!“ Magda fing ihn am Treppenabsatz ab. Als sie ihn fragend ansah, sagte er: „Tante Magda, Sophie hat Fieber.“ Völlig aufgelöst rannte er aus dem Haus, um Hilfe zu holen.

Magda begab sich eiligst zu Sophie und wusste, nachdem sie einen Blick auf die junge Mutter geworfen hatte, was mit ihr passierte. Sie trat an das Bett ihrer Nichte und strich mit der flachen Hand über Sophies Stirn.

Oh mein Gott, dachte sie und spürte, wie Tränen in ihr aufstiegen, so hat es bei Sophies Mutter auch angefangen. Das Schicksal wird doch nicht schon wieder …? Sie traute sich nicht, diesen Gedanken zu Ende zu denken.

Furchtbare Bilder tauchten vor ihrem inneren Auge auf. Hilflos hatte sie mit ansehen müssen, wie ihre Schwägerin Christine in demselben Zimmer drei Tage nach Sophies Geburt verstorben war. Die Symptome glichen einander. Das war ja das Schlimme. Contenance, Magda! ermahnte sie sich selbst.

Es wäre niemandem gedient, wenn sie die Nerven verlor. Sie musste stark sein – für Sophie. Gut, dass Otto das nicht miterlebte. Beim Gedanken an ihren Bruder spürte sie erneut, wie Tränen in ihr aufstiegen. Sie schloss für einen Augenblick die Augen. Otto, dachte sie, du fehlst mir so.

Tapfer lächelte sie ihre Nichte an, obwohl es ihr unsagbar schwer fiel, ihre Angst um Sophies Leben zu verbergen, schließlich hatte sie Sophie vom dritten Tag ihres Lebens an wie eine eigene Tochter großgezogen. Und ihre Sorge um Sophies Leben war die Sorge einer Mutter um das Leben ihres Kindes. Sophie lächelte zurück. Und es war das Lächeln, das eine Tochter ihrer Mutter schenkte.

Magda lief aus dem Zimmer, eilte an den Treppenabsatz und rief Theo und Gudrun zu: „Bringt frisches Wasser, viel Wasser! Rasch!“

Max rannte wie um sein Leben. Als er atemlos bei Dr. Malz zu Hause ankam, war der Arzt nicht da. Ohne lange zu zögern, nahm Max eine Droschke und ließ sich zum Hospital bringen.

Und dort fand er den Arzt. Dr. Malz traute seinen Ohren nicht, als Max ihm völlig aufgelöst die Symptome vorgetragen hatte.

„Schnell“, sagte er. „Es kommt auf jede Sekunde an.“ Beide rannten die Treppen des Hospitals hinunter.

„Mein Gott“, murmelte Gudrun, als sie mit Theo zusammen Schüsseln mit frischem Wasser zu Sophies Schlafzimmer hinaufbrachte. „Erinnerst du dich? Genauso hat es mit der Gnädigen Frau begonnen, als Sophie zur Welt gekommen war. Und drei Tage später war die Gräfin tot.“

„Gebe Gott, dass es nicht dieses verdammte Kindbettfieber ist. Womit hat dieses Haus das nur verdient?“ erwiderte Theo und starrte düster in die Wasserschüssel in seinen Händen.

Vorsichtig betraten sie Sophies Schlafgemach und fanden die junge Gräfin bereits in einem kritischen Zustand vor.

„Ihr wisst, was zu tun ist“, sagte Magda knapp. „Ich kümmere mich um die Kinder.“

Sophie wälzte sich schweißnass in ihrem Bett, und Schübe von Leibschmerzen überfielen sie krampfartig. Sie stöhnte, und Tränen liefen über ihr erschöpftes Gesicht.

„Wir müssen das Fieber senken und ihre Stirn und den Bauch kühlen“, sagte Gudrun zu Theo, der bereits dabei war, Handtücher in den Schüsseln einzuweichen.

„Sophie, kannst du mich hören?“ fragte Gudrun besorgt. Aber Sophie schien sie kaum wahrzunehmen. „Das Fieber ist schon sehr hoch“, stellte Gudrun fest.

Plötzlich begann Sophie zu murmeln: „Mama … Warte noch … Ich muss mich doch um Max und die Kinder kümmern … Lass mich noch ein wenig hier bleiben … bitte!“

„Sie fantasiert“, wisperte Gudrun entsetzt. „Schnell, Theo, die Umschläge auf die Stirn.“

Als Gudrun Sophie ein großes, eingeweichtes Handtuch

um den Leib wickelte, zuckte Sophie kurz zusammen. Sie seufzte und wurde ruhiger.

„Was ist das? Was ist mit ihr?“ wollte Max, dessen Herz vor Angst wild pochte, wissen.

„Soll ich Ihnen die Wahrheit sagen?“ fragte Dr. Malz.

Max wurde schwarz vor Augen. „Ja, machen Sie schon!“

Die Droschke raste durch die von der herrlichen Morgensonne erleuchteten Gassen und schüttelte Max, die Hebamme, die der Arzt zur Hilfe gerufen hatte, und Dr. Malz heftig durch.

„Ich befürchte, es ist das Kindbettfieber. Ich denke, Sie wissen, was das bedeutet.“

„Nein, nein, nein!“ stöhnte Max gequält auf. „Nein, lieber Gott! Bitte, wenn du mich hörst, dann lass das nicht geschehen!“ Hilflos fuhr er sich mit beiden Händen über die Augen.

Dr. Malz bereitete die Hebamme eiligst auf die nächsten Schritte vor. Es kam auf jede Sekunde an. Je eher das Fieber gesenkt werden konnte, desto größer war die Chance, Sophie zu retten. Alles würde davon abhängen, wie hoch das Fieber bereits war. Die Hebamme sollte sofort nach der Ankunft ein Sitzbad für Sophie vorbereiten.

Der Doktor wandte sich an Max: „Hören Sie mir genau zu. Wenn wir gleich bei Sophie sind, sorgen Sie dafür, dass sie so wenig wie möglich weint. Wenn sie weint, versuchen Sie, sie unbedingt davon abzubringen. Das Weinen schwächt den Körper und befördert das Fieber, und ihre innere Hitze ist jetzt unser einziger tödlicher Feind. Verstehen Sie?“ Max nickte schwach. „Sie müssen uns helfen und stark sein – für Ihre Frau!“ Max begriff, was auf dem Spiel stand, und riss sich zusammen. Ja, er würde stark sein – für Sophie und ihre Kinder!

Dr. Malz, die Hebamme und Max rannten ins Gutshaus. Am Treppenabsatz verharrte der Arzt kurz und wies die Hebamme an, das Reibesitzbad vorzubereiten.

„Wo bekommen wir Wasser?“ fragte er Max knapp. Max deutete in Richtung Küche. Dr. Malz rief der Hebamme hinterher: „Falls das Wasser zu kalt ist, gießen Sie ein wenig heißes Wasser dazu.“ Damit hasteten die beiden Männer die Treppe hoch.

Als Dr. Malz und Max Sophies Zimmer betraten, fanden sie Gudrun, Theo und Magda vor, die alles versuchten, den Körper von Sophie gegen die innere Hitze zu kühlen.

„Fantasiert sie?“ fragte Dr. Malz Gudrun.

„Ich fürchte ja, aber im Moment ist sie ruhig“, erwiderte die Köchin.

Magda war froh, dass der Doktor endlich eingetroffen war. Besorgt blickte sie ihre Nichte an, die erschöpft in die Kissen gesunken war. Die Gräfin schluckte. Sie würde diesem Tod nicht ein zweites Mal zuschauen können. Leise verließ sie das Zimmer und begab sich zu den beiden Babys, die schlafend in ihren Wiegen lagen.

„Gute Arbeit, sehr gute Arbeit“, sagte Dr. Malz zu Gudrun und Theo. Er beugte sich über Sophie, deren Augen halb geöffnet waren, und sprach sie an. Sie reagierte kaum, bewegte aber den Kopf ein wenig. „Sophie, können Sie mich hören?“ fragte er laut. Für einen kurzen Moment öffnete Sophie die Augen und blickte den Doktor an. Seufzend schloss sie sie wieder.

„Wir habe sie noch nicht verloren“, stellte Dr. Malz fest.

Max strich Sophie übers Haar. Plötzlich fing sie an, sich unruhig hin- und herzuwälzen und zu fantasieren. Sie stammelte unverständliche Worte.

Dr. Malz trat ans Bett und fasste an ihre Stirn. „Das Fieber steigt wieder“, rief er zu Gudrun herüber. „Schnell, kühlen, immer wieder kühlen!“

Max, der eigentlich stets eine praktische Lösung für jedes Problem fand, stand dieser Situation vollkommen hilflos gegenüber. Er war wie gelähmt und betrachtete voller Angst seine geliebte Sophie.

Die sprach mit einem Mal in klar verständlichen, aber scheinbar wirren Sätzen: „Mama, noch nicht! ... Ich muss mich um die Kinder kümmern ... Ach, ob ich sie wohl gut versorgen kann? ... Wo ist Max? ... Ich muss zu Max ... Wie ein Vogel, der aus seinem Nest weicht, also ist, wer von seiner Stätte weicht ...“

„Moment mal“, flüsterte Dr. Malz. „Das sind keine Fantasien. Das sind die *Sprüche Salomons.* Sie zitiert aus der Bibel. – Immer neu kühlen, so schnell es geht“, wies er Gudrun an.

„Was hat das zu bedeuten?“ fragte Max.

„Im besten Falle bedeutet es, dass sie kämpft, dass sie

noch nicht fort ist, dass sie unerbittlich um ihr Leben ringt“, sagte der Doktor.

Sophie verstummte. Plötzlich liefen ihr Tränen über die Wangen, und sie schluchzte.

„Kommen Sie her!“ wandte der Arzt sich nun an Max. „Versuchen Sie, sie vom Weinen abzuhalten.“

Max redete leise und beruhigend auf Sophie ein: „Nicht weinen, ich bin bei dir. Du brauchst keine Angst zu haben. Du weißt doch: Wo immer du hingehst, da gehe ich auch hin …“

Sophie schien ihn gehört zu haben. Für einen Moment öffnete sie die Augen und sah Max an. Sie lächelte sogar und weinte nicht mehr. Dann fielen ihr die Augen wieder zu.

„Gut gemacht, sehr gut!“ sagte Dr. Malz. „Kommen Sie. Wir müssen sie aus dem Bett heben. Fassen Sie ihr von hinten unter die Arme. Wir müssen sie auf die Beine stellen. Geben Sie Acht, dass sie nicht auf ihr Nachthemd tritt. Ja, gut so. Und jetzt muss sie sich hinhocken. Gut so. – Wie weit ist das Sitzbad?“ erkundigte der Doktor sich.

„Fertig“, entgegnete die Hebamme, die soeben ins Zimmer gekommen war, um Bescheid zu geben.

„Weiter so“, ermunterte Dr. Malz Max. „Nicht aufhören. Und jetzt unten bleiben.“ Der Doktor kniete sich vor Sophie und sprach sie an. Sophie öffnete die Augen. „Husten Sie, versuchen Sie zu husten!“ beschwor er sie. Und tatsächlich hüstelte Sophie einige Male. „Sehr gut“, sagte der Doktor und streichelte ihre Wange. „Und jetzt nehmen Sie sie auf den Arm und bringen Sie sie zu dem Bad.“

Max gehorchte sofort. Dr. Malz, Gudrun und Theo folgten ihm.

„Setzen Sie sie hinein." Max tat wie ihm geheißen.

„Und nun schauen Sie genau zu, was ich und die Hebamme machen. Sehen Sie, das müssen Sie täglich viermal wiederholen. Und immer schön, am besten sogar mit einer Bürste, den Leib abreiben. Mindestens eine halbe Stunde lang. Auf diese Art wollen wir versuchen, die Fremdstoffe, die sie von innen zu zerstören drohen, herauszuspülen. Wenn uns das gelingt, wird das Fieber binnen Stunden nachlassen, und sie ist gerettet." Dr. Matz musterte alle Anwesenden mit ernstem Blick.

Über eine halbe Stunde lang hatten die Hebamme und Dr. Malz Sophie in dem Sitzbad behandelt. Sophie war bei Bewusstsein, aber kaum ansprechbar gewesen. Schließlich hatte Max Sophie wieder in ihr Zimmer gebracht und ins Bett gelegt. Dr. Malz, die Hebamme, Max, Magda, Gudrun und Theo saßen bei ihr. Der Doktor prüfte die Temperatur an ihrer Stirn und fühlte ihren Puls.

„Ich möchte ja nicht vorschnell sein, aber es könnte sein, dass ein Wunder auf Gut Ahlen geschehen ist. Sie schläft. Der Puls ist nur wenig erhöht, die Temperatur ebenso. Ich kann es nicht glauben …"

Er wandte sich an Magda. „Hören Sie, Gräfin, es ist jetzt dringend erforderlich, dass trotz ihrer Schwäche die Kinder so oft wie möglich zum Stillen angelegt werden. Es ist erwiesen, dass das Stillen die Heilung unterstützt. Die Chancen stehen gut, dass die Krankheitserreger vollständig aus

Sophies Körper verschwinden … Aber zunächst lassen Sie sie schlafen."

Schließlich blickte er Gudrun an und reichte ihr ein kleines Säckchen. „Frau Murger, aus diesen getrockneten Blüten des Sonnenhuts kochen Sie Sophie dreimal täglich einen Tee. Das ist ein altes Mittel gegen fiebrige Entzündungen. Wir benutzen es im Hospital gegen die fiebrigen Entzündungen durch Schusswunden."

Damit erhob er sich. „Für den Moment kann ich nichts mehr tun. Morgen schaue ich wieder vorbei. Falls das Fieber noch einmal steigen sollte, versorgen Sie Sophie mit kühlen Umschlägen. Nicht *zu* kalt … Und führen Sie die Reibesitzbäder durch, auch wenn sie kein Fieber hat … Ich wünsche Sophie und Ihnen allen viel Glück."

„Keine Medikamente?" fragte Magda.

„Es gibt keine, liebe Gräfin. Es gibt kein Mittel dagegen", sagte Dr. Malz und wollte gehen.

„Warten Sie", rief Max ihm fast ein wenig verlegen hinterher. „Ich weiß nicht, wie ich Ihnen danken kann …"

„Ich wüsste da schon was. – Aber darüber reden wir, wenn Ihre Frau vollständig genesen ist. Fürs Erste sollten Sie vor allem Ihrer Frau selbst, die offenbar wie eine Löwin kämpft, Ihrer Tante und Ihren Bediensteten danken. Ohne das, was sie, während wir unterwegs waren, geleistet haben, wäre Ihre Frau wahrscheinlich nicht mehr zu retten gewesen."

Vier Tage nach der Geburt verkündete Dr. Malz, dass Sophie völlig genesen sei. Das Fieber war nicht mehr zurückgekehrt.

Auch ihre alte Lebensfreude schien vollständig zu Sophie zurückgekehrt zu sein. Wenn sie auch körperlich noch etwas geschwächt war, so bestand doch keine Gefahr für ihr Leben mehr.

Am vierten Juli tranken zwei gesunde und fröhliche Babys fast im Zwei-Stunden-Rhythmus an Sophies Brust.

Und alle deutschen und europäischen Zeitungen meldeten, dass der deutsch-deutsche Krieg, der Krieg zwischen Preußen und seinen Gegnern Österreich und Bayern, endlich zu Ende sei.

9. KAPITEL

Im September wehrte sich der Sommer in Ahlen ebenso hartnäckig gegen sein Ende, wie es auch der Winter schon getan hatte. Die Birken hinter dem Gutshaus dachten überhaupt nicht daran, ihr Laub gelb zu färben oder gar abzuwerfen. Das Johanniskraut am Wegesrand stand ebenso wie der Rainfarn in schönster gelber Blütenpracht und schickte sich an, immer neue Blüten zu treiben. Und selbst der Löwenzahn hatte – was nur sehr selten vorkam – in diesem September ein zweites Mal zu blühen begonnen.

Den Kindern Johanna und Otto ging es blendend. Sie brabbelten vergnügt vor sich hin und erfanden allerhand Lautbildungen, die zwischenzeitlich auch in die Sprache ihrer Eltern, der Gräfin und der Angestellten Eingang fanden, bis sie wieder vergessen waren.

Max hatte die zweite Wiege in einer Nacht-und-Nebel-Aktion gefertigt, und die Kinder liebten es, in den rundfüßigen kleinen Bettchen hin- und hergeschaukelt zu werden.

Sophie war gesund und blühte regelrecht auf. Sie und Rike hatten viel zu tun. Das Wickeln und Baden, das Essen und das Spielen mit den Kindern beschäftigten sie rund um die Uhr.

Aber auch die Großtante Magda hatte ihre Erfahrungen aus der Zeit, da sie Sophie großgezogen hatte, wiederentdeckt und widmete sich mit Leidenschaft, wo sie nur konnte, den Kindern.

Max krabbelte jeden Tag auf dem Fußboden herum, begab sich mit seinen Kindern auf Augenhöhe und versuchte, ihnen das Sitzen und Krabbeln beizubringen. Täglich mit mehr Erfolg. Außerdem redete er ständig mit ihnen und war sich sicher, dass sie alles verstehen würden – wenn auch die Antworten noch auf sich warten ließen. Mindestens einmal pro Tag fuhr er sie gemeinsam mit Sophie spazieren und empfand großen Stolz, so gesehen und dauernd angesprochen zu werden.

Eine weitere frohe Botschaft bereitete Max und Sophie die Nachricht, dass Rike schwanger war, und zwar bereits im vierten Monat, wie Dr. Malz definitiv bestätigt hatte.

Zudem hatten die beiden erst vor wenigen Tagen einen Brief von York aus Indien erhalten, in welchem er sich nach dem Befinden des Kindes – dass es zwei waren, konnte er ja nicht wissen – erkundigt hatte und außerdem nicht umhingekommen war, wieder eine Schauergeschichte mit glücklichem Ausgang zu erzählen …

Er schrieb, dass er wenige Tage zuvor allein im Wald plötzlich einer riesigen Tigerin mit ihren Jungtieren gegenübergestanden habe. Die Tigerin, die sich anschickte, ihre Jungen zu säugen, sei sehr wütend darüber gewesen und habe ihn zähnefletschend so ohrenbetäubend angebrüllt, dass er glaubte, seine Trommelfelle wären geplatzt. Kurz bevor sie zum tödlichen Sprung auf ihn angesetzt habe, hätte er auf sie eingeredet und ihr deutlich gemacht, dass, wenn sie ihn verzehren würde, sein zorniges Fleisch ihre Muttermilch so vergiften würde, dass zwar nicht sie selbst, aber ihre Jungen daran sterben müssten. Daraufhin habe sie ihn ganz ruhig angeschaut und kurz nachgedacht. Schließlich habe sie sich ihren Jungen zugewandt und ihm damit wohl sagen wollen, dass er nun die Chance bekam, sich zu entfernen. Was er auch schleunigst getan habe …

Zum Schluss ließ York Magda und die Bediensteten grüßen und fabulierte darüber, dass das Schicksal offenbar doch immer dazu bereit sei, sich zum Guten hin bestechen oder überlisten zu lassen.

Max und Sophie hatten sich angesehen und geschmunzelt – typisch York. Magda hingegen hatte wie immer Yorks ganz speziellem Humor skeptisch gegenübergestanden.

Doch etwas trübte das Glück auf Gut Ahlen. Das Schicksal von Wolfgang schien endgültig besiegelt, denn nach wie vor gab es keinerlei Lebenszeichen von ihm. Und niemand in Ahlen rechnete damit, dass es je wieder eines geben würde …

In der Fabrik lief es so gut wie seit langem nicht mehr. Der schmerzliche Einschnitt, den die Beendigung der Waffenherstellung hätte bedeuten können und vor dem Benedikt große Angst gehabt hatte, war nicht so einschneidend verlaufen wie befürchtet. Außerdem hatte Benedikt die Treibradproduktion für Lokomotiven unglaublich geschickt und schnell etabliert und fast gleichzeitig einen deutschlandweiten Absatz organisiert. Und es war tatsächlich so, wie Benedikt gemutmaßt hatte: Die Auftragsbücher quollen über, und etliche Aufträge konnten gar nicht erst angenommen werden.

Auf der anderen Seite hatte die politische und soziale Tätigkeit der „revolutionären Arbeiter“ um Christian Schmidt herum an Schärfe gewonnen. Dabei handelte es sich aber eher um eine theoretische Mobilmachung. Es ging um den Status und die Stellung des Lohnarbeiters in der Gesellschaft an sich, die als ungerecht empfunden und mit dem Begriff „Ausbeutung“ umschrieben wurden. Es war also eine allgemeine philosophische Frage, die jedoch von Tag zu Tag immer mehr zu einer tagespolitischen heranreifte. Die konkreten Bedingungen in *dieser* Fabrik boten zwar keinen Anlass zur Klage – aber natürlich ging der Einfluss der Unzufriedenen aus den benachbarten Eisengießereien, die wirklich unter viel schlimmeren Bedingungen arbeiten mussten, an der Eisenbahnfabrik Ahlen nicht spurlos vorüber. Dies war schon allein deshalb so, weil sich die Arbeiter aller Fabriken abends beim Bier im Wirtshaus gegenseitig anstachelten und hochschaukelten. So war es im August in der Eisengießerei Merkmann sogar zu einem Streik gekommen, der später von den Behörden als illegal eingestuft worden und in dessen Folge es zu Verhaftungen und Entlassungen gekommen war. Und die so arbeitslos gewordenen Arbeiter hetzten nun, wo sie konnten, gegen Unternehmer und deren Sympathisanten. So herrschte in der Stadt an sich – vor allem Wirt Heinrich konnte ein Lied davon singen – eine wesentlich gespanntere Stimmung als innerhalb der Ahlener Eisenbahnfabrik.

Der Krieg war beendet. Und endlich hatte sich auch das städtische Hospital von den Kriegsfolgen erholt. Fast alle Verwundeten, die ihre Verletzungen überlebt hatten, waren inzwischen genesen und in ihre jeweilige Heimat verlegt worden.

Dr. Malz kam auf die längst ausgesprochene Einladung von Max und Sophie zurück, mit ihnen und Tante Magda gemeinsam zu dinieren.

Nach dem Essen nahmen Dr. Malz, Max und Sophie sowie Magda in der Sitzecke des Salons Platz. Sophie hatte das Kindbettfieber ein für alle Mal überstanden und wollte von Dr. Malz genau wissen, was es mit dieser Krankheit auf sich hatte, wie häufig sie auftrat und warum sie beinahe immer tödlich endete. Mit ihrem Wissensdurst hatte sie Dr. Malz an einem wunden, traurigen Punkt getroffen.

„Wollen Sie das wirklich wissen?“ fragte er leise.

„Ja“, antwortete Sophie eifrig und nickte. „Ja, ich will es unbedingt wissen. Wir wollen alles wissen. Vielleicht können wir irgendwie behilflich sein, etwas gegen die Krankheit zu tun.“

„Da wäre ich Ihnen sehr dankbar“, erwiderte Dr. Malz. „Und man *kann* etwas tun. Aber wenn Sie es wirklich so genau wissen wollen, lassen Sie mich ein wenig ausholen.“ Er trank noch einen Schluck Wein von dem ausgezeichneten 59er Jahrgang.

„Das Kindbettfieber ist eine Entzündungs-, also eine Infektionskrankheit im Wochenbett. Wollen Sie tatsächlich alle grausamen Einzelheiten hören?“ fragte Dr. Malz noch einmal.

„Ja, ja, unbedingt. Schließlich hat diese Bestie von Krankheit meine Mutter dahingerafft und mich um ein Haar ebenso! Nun will ich auch genau wissen, wen wir da besiegt haben“, entgegnete Sophie ungeduldig.

Dr. Malz warf Max einen verstohlenen Blick zu. Doch wieder einmal zuckte Max die Schultern – Sophie wollte alles über die Krankheit erfahren und würde sich durch nichts und niemanden davon abbringen lassen.

„Sie müssen sich das so vorstellen“, fuhr Dr. Malz fort, „wenn das Kind geboren ist, entsteht im Inneren des Leibes eine sehr große Wundfläche. Nun können Fremdstoffe und Bakterien diese Wundfläche angreifen. Normalerweise werden sie durch die Nachwehen herausgespült. Sind diese jedoch zu schwach, so vermehren sich die Bakterien und rufen schmerzhafte Entzündungen und hohes Fieber hervor ...“

„Entschuldigen Sie, Dr. Malz“, unterbrach Sophie ihn. „Was sind Bakterien?“ fragte sie.

„Bakterien sind einzellige Kleinstlebewesen. Sie sind mit dem bloßen Auge und auch mit der besten Lupe nicht sichtbar: Nur spezielle, unerschwinglich teure Mikroskope mit hundert- und tausendfacher Vergrößerung können sie sichtbar machen. – Also diese Bakterien lösen Entzündungen aus, gegen die wir völlig hilflos sind, weil es keinerlei Medikamente gegen sie gibt. Deshalb ist es wichtig, durch größtmögliche Sauberkeit die besten hygienischen Voraussetzungen bei der Geburt einzuhalten und alles zu vermeiden, was zum Eindringen der Bakterien führen könnte. Darum sollten nur die nötigsten Personen bei der Entbindung dabei sein. Aber wie wir immer wieder erfahren, selbst in Ihrem Falle, ist Sauberkeit allein oftmals nicht ausreichend.

Das Eindringen von Bakterien kann man nie hundertprozentig ausschließen."

Sophies Augen leuchteten. Der Bericht von Dr. Malz hatte sie neugierig gemacht, und sie konnte nicht anders, als weiterzubohren.

„Ja, aber wenn man *nachher* nicht mehr viel tun kann, so sollten doch die Mütter und Hebammen wissen, was *vorsorglich* zu tun ist, oder?" fragte Sophie aufgeregt.

„Da fassen Sie, liebe Sophie, ein heißes Eisen an. Die Schulmedizin streitet sich noch immer darüber, woher die Bakterien kommen. Offiziell gilt die Meinung, dass das Kindbettfieber in der Mutter selbst ausgelöst wird, dass die Bakterien bereits im Mutterleibe sind. Ich glaube nicht daran."

„Warum? Wie wollen Sie das wissen?" war Sophie in ihrem Wissensdurst nun nicht mehr zu bremsen.

„Ihre Neugier in allen Ehren, liebe Sophie, doch ich weiß nicht, ob wir die Gräfin und Ihren Mann damit nicht langweilen", gab Dr. Malz zu bedenken.

„Nein, nein", murmelte Max – nicht allzu überzeugend.

„*Ich* will es unbedingt wissen", meldete Magda sich plötzlich zu Wort. „Schließlich musste ich mit ansehen, wie deine Mutter Christine an dieser Krankheit zugrunde gegangen ist", sagte sie an Sophie gewandt.

„Also gut. Dazu muss ich Ihnen eine etwas ausführlichere Geschichte erzählen. Ein langjähriger Freund von mir, Dr. Ignaz Semmelweis – Gott hab ihn selig, er ist vor zwei Jahren in einer Wiener Irrenanstalt verstorben –, war vor etwa fünfzehn Jahren Assistenzarzt an der Klinik für Geburtshilfe in Wien. Dort gab es zwei Abteilungen, in denen ausgebildet wurde. Die erste Abteilung betreuten Ärzte und Medizinstudenten, für die zweite waren ausschließlich Hebammen verantwortlich. Damals wie heute war das Kindbettfieber sehr gefürchtet und sorgte für die hohe Sterblichkeit junger Mütter. Semmelweis war eines Tages aufgefallen, dass in der von Ärzten betreuten Abteilung etwa jede zehnte, auf der von Hebammen betreuten Station hingegen nur etwa jede dreißigste Mutter verstarb. Nachdem er zahlreiche andere Faktoren ausschließen konnte, befand er schließlich, dass die Ursache darauf zurückzuführen sein musste, dass die Ärzte und Studenten neben der Arbeit im Kreißsaal im benachbarten Obduktionssaal Leichen öffneten. Zudem war genau in dieser Zeit ein enger Freund von ihm, der ebenfalls Gerichtsmediziner war, an einer Infektion verstorben, nachdem er sich während einer Leichenöffnung an einem Messer verletzt hatte. Die Ähnlichkeit der Krankheitsbilder schockierte Semmelweis und brachte ihn zu der Überzeugung, dass nicht die Wunde, sondern die Vergiftung der Wunde mit Leichenmaterial zum Tode geführt hatte. Er ordnete deshalb an, dass jeder Student nach der Arbeit an den Leichen seine Hände mit Chlorkalk desinfizieren sollte. Die Sterblichkeitsrate der Mütter sank innerhalb eines Jahres in dieser Abteilung von achtzehn Todesfällen pro einhundert Mütter auf nur noch einen. Damit hatte Semmelweis nachgewiesen, dass das Kindbettfieber eine übertragbare Ursache hatte. Er leitete Vorsorgemaßnahmen gegen die Übertragungskette der Krankheit ein und ließ überall im Krankenhaus Handwaschbecken anbringen. Doch mit seiner Entdeckung erlangte er keineswegs Ruhm. Im Gegenteil – er wurde von seinen Kollegen diskreditiert, weil sie nicht wahrhaben wollten, dass Ärzte und ihr Verhalten eine Ursache für die tödliche Erkrankung sein sollten. Sie ließen die Waschbecken wieder abmontieren. Schließlich ist der Erreger bis heute nicht bekannt. Statt gefeiert zu werden, schied Semmelweis zutiefst gedemütigt aus dem Dienst aus und ist darüber bis zu seinem Tode nicht hinweggekommen …“

„Aber das kann doch nicht sein!“ fuhr Sophie regelrecht auf. „Wenn er Recht hat, wie viele Mütter könnten dann heute noch leben?“ fragte sie leidenschaftlich.

Max bewunderte Sophie. Er liebte diese Begeisterung an ihr, die immer auf das Wohl der Menschen und gegen Leid und Tod gerichtet war.

„Das weiß Gott allein“, entgegnete Dr. Malz nachdenklich. Doch angesteckt von Sophies Forscherdrang fuhr er fort: „Meine Theorie ist, dass alle fiebrigen Krankheiten wie auch Husten und Schnupfen durch solche – wenn bestimmt auch andere – Bakterien erregt werden. Stellen Sie sich nur einmal vor, wenn wir die besiegen könnten. Sehen Sie, ich hatte es Ihnen ja bei einem meiner Besuche vor der Entbindung erzählt, auch die Entzündungen durch Gewehrkugeln, die wir so gut wie gar nicht behandeln können, rühren von solchen Bakterien her. Wie beim Kindbettfieber können wir in solchen Fällen nur das Fieber senken – aber das ist nur eine Auswirkung und nicht die Ursache der Erkrankung.

Ich meine vielmehr, dass durch die Gleitmittel an den Kugeln und in den Gewehrläufen, die meist aus altem pflanzlichen oder tierischen Fett bestehen, diese Bakterien in die Körper der Verwundeten gelangen. Die Indianer hatten, als sie von den Hinterladern der Weißen massenhaft hingerafft und verletzt wurden, erstaunlicherweise schnell ein natürliches Heilmittel gefunden, das uns jedoch bis heute ein Geheimnis bleibt. Aber der Sonnenhut zum Beispiel, mit dem wir auch Sie, verehrte Sophie, behandelt haben, gehörte dazu ... Doch vielleicht beginnen Sie sich nun wirklich langsam zu langweilen."

„Nein, nein. Überhaupt nicht", begeisterte Sophie sich. Und auch Max war von den Äußerungen des Doktors sehr berührt.

„Lieber Dr. Malz", sagte er, „erinnern Sie sich noch, was ich Ihnen damals an diesem schrecklichen Tag, der zuletzt doch glücklich endete, weil Sie Sophie retten konnten, gesagt habe?"

„Nur zu gut, lieber Herr Grebe, nur zu gut."

„Dann eröffne ich Ihnen jetzt, was Sophie und ich uns schon vorher gedacht hatten: Wir wollen mit allen Mitteln, die uns zur Verfügung stehen, dabei helfen, diese fürchterliche Krankheit zu besiegen, sie für zukünftige Mütter zu besiegen."

„Und nicht nur das Kindbettfieber, nein, all diese furchtbaren Infektionskrankheiten, die durch Bakterien ausgelöst werden", fiel Sophie ihm begeistert ins Wort.

Dr. Malz war gerührt. Auch wenn er noch nicht wusste,

was das konkret bedeuten konnte, hatte er damit nicht gerechnet. Doch schon nach wenigen Sekunden hatte er eine Idee.

„Dann schlage ich Ihnen Folgendes vor: An der Universität in Göttingen hat bei Professor Jakob Henle, der auch mein Lehrer war und der schon seit den vierziger Jahren die Anerkennung der Infektionskeime als lebendige Erreger fordert, gerade ein junger Mann sein Staatsexamen abgelegt, der mit unbändigem Ehrgeiz die Forschung nach diesen Bakterien betreibt. Er hat im Januar promoviert und hat sich als Assistenzarzt in Hamburg niedergelassen. Sein Name ist Robert Koch. Schon jetzt scheint die fortschrittliche Fachwelt sich einig, dass er Bahnbrechendes bei der Bekämpfung der leidigen Infektionskrankheiten leisten kann. Ich hatte bereits einmal die Gelegenheit, ihn in Göttingen kurz kennen zu lernen. Was er am dringlichsten für seine Forschungen benötigt, ist ein hochauflösendes Mikroskop, mit welchem er sein ehrgeiziges Ziel, die Bakterien sichtbar zu machen und so ihre Existenz zu beweisen, erreichen will. Wenn er sie tatsächlich finden sollte, könnte man sie isolieren, ihre Lebensgrundlage studieren und sie irgendwann einmal medikamentös abtöten. Und das hätte zur Folge, dass man Müttern, die am Kindbettfieber leiden, ebenso wie den Infektionsopfern durch Schusswunden und den Opfern all der vielen anderen Infektionskrankheiten schon bald während ihrer Krankheit helfen und ihnen das Leben retten könnte. Sicher könnten wir auch im Krankenhaus von Ahlen einige Zuwendungen gebrauchen, aber wenn Sie etwas für diese

Forschungen tun würden, wäre vielleicht in absehbarer Zeit überall auf der Welt große Hilfe möglich. Ich könnte, wenn Sie damit einverstanden wären, den Kontakt zu Herrn Koch herstellen."

„Das wäre wunderbar", stieß Sophie hervor. Und sie begann, eine Vision zu entwerfen. „Max, wir werden meine Stiftung diesem Zweck widmen. Ja, wir werden sie *Stiftung für die Opfer von Infektionskrankheiten* nennen oder nein, es geht ja auch um die Vorsorge ... Ach, einen Namen finden wir später noch. Was sagst du dazu?"

Max kam aus dem Staunen nicht heraus. Er fand die Idee großartig. „So soll es sein", entgegnete er lächelnd.

Doch Sophie hatte ihm nur halb zugehört und war mit ihren Gedanken schon wieder bei ihrer Idee.

„Wir werden eine Kampagne, nein, wir werden einen groß angelegten Feldzug gegen die Infektionskrankheiten und für die Vorsorge gegen sie starten. Wir werden in den Zeitungen und in persönlichen Briefen an Adlige, Industrielle und andere Unternehmer um Spenden für diesen edlen Zweck bitten, wir werden mit Hilfe von Dr. Malz und diesem jungen Arzt ein Blättchen für werdende Mütter herausgeben, das ihnen helfen soll, sich rechtzeitig gegen Kindbettfieber zu schützen ... oh ja, jetzt werden wir unserer Stiftung neues Leben einhauchen ..." Sophie konnte sich gar nicht beruhigen. Dr. Malz und Magda blickten sich lächelnd an. Max sah Sophie tief in die Augen. Er bewunderte seine hübsche Frau über alles.

Ohne Luft zu holen, spann Sophie ihren Einfall weiter.

„Und du, Tante Magda, bekommst als Kuratorin der Stiftung ein eigenes Kontor und sehr viel Arbeit, wenn du das willst."

Magdas Augen leuchteten auf. „Und ob ich das will. Glaubt ja nicht, dass ich mich auf mein Altenteil zurückziehe", sagte sie. „Und außerdem komme ich auf diese Weise mal hier raus, wo ich ohnehin meist nur hilflos dem Niedergang unserer gepflegten Konventionen beiwohnen muss", fügte sie augenzwinkernd hinzu.

ZWEITER TEIL

10. KAPITEL

Vier Jahre waren inzwischen ins Land gegangen, und Alois Pangerl alias Hans Stallkamp konnte mit sich zufrieden sein. Man hatte ihn nach seiner Flucht aus Ahlen noch immer nicht aufgespürt und auch sonst schien Gras über die ganze Angelegenheit gewachsen zu sein.

Natürlich wusste er über die neuesten Entwicklungen – vor allem jene, welche die Familie Grebe, das Gut und die Fabrik betrafen – bestens Bescheid. Der Fuhrmann Friedemann Gerwien hatte sehr gute Arbeit geleistet und war von Hans reichlich dafür entlohnt worden. Schon allein durch das Droschkengeschäft war es einfach für Gerwin, an alle möglichen Informationen zu gelangen. Außerdem waren die Veränderungen auf dem Gut, wie etwa die Geburt der Zwillinge, Stadtgespräch in Ahlen gewesen. Hans war sich der Loyalität von Gerwien ganz sicher, denn der Fuhrmann war geldgierig und würde gewiss nicht auf diese Einnahmequelle, die ja auf Dauer angelegt war und der seines Fuhrgeschäftes in nichts nachstand, verzichten wollen.

Wie es in der Fabrik lief und wie die Stimmung unter den Arbeitern war, hatte Gerwien immer wieder bei Christian Schmidt erfahren, der ihm – wenn auch widerwillig – alles hatte berichten müssen, was Hans von ihm wissen wollte. Zwar gab die Situation in der Fabrik im Moment keinen Anlass, dort etwas zu unternehmen, weil die Arbeiter offenbar zufrieden waren, aber bestimmt würde auch hier die Zeit noch kommen. Hans hatte Geduld, was er als seine Stärke empfand.

Es beruhigte ihn auch, dass selbst das Schicksal von Wolfgang von der Fohl inzwischen in Vergessenheit zu geraten schien.

Doch aus dessen plötzlichem Auftauchen in München hatte Hans auch schmerzliche Konsequenzen ziehen müssen. So war ihm klar geworden, dass er sorgsamer darauf achten musste, nicht entdeckt zu werden. Die Dogge Noah war einfach zu auffällig gewesen und hatte ein großes Risiko dargestellt. Obwohl er den Hund mochte, hatte er schweren Herzens den Entschluss gefasst, das Tier an einen Kölner Hundezüchter abzugeben. Das lag inzwischen mehr als zwei Jahre zurück. Auch äußerlich hatte er sich verändert. Durch seinen buschigen und schon ein wenig ergrauten Vollbart sowie die kurz geschorenen Haare war er kaum wiederzuerkennen.

Mittlerweile musste Hans die Mädchen, die bei ihm arbeiteten und wohnten, nicht mehr gewaltsam rekrutieren. Sie kamen fast ausnahmslos freiwillig und mit Empfehlung zu ihm. Er hatte sich inzwischen sogar leisten können, dem Bordell tatsächlich eine Mädchenschule für höhere Dienste anzuschließen. Die Mädchen konnten hier tagsüber feinste höfische und gutbürgerliche Manieren von ausgebildeten Lehrern erlernen, sodass sie nach ihrer Tätigkeit oft als Kurtisanen oder Mätressen nach ganz Deutschland verkauft werden konnten. Und die Mädchen, die es so weit nicht brachten, hatten immer noch die Möglichkeit, in den beiden

Tanzlokalen Friedrichshöhe und Friedrichstal, die Hans inzwischen eröffnet hatte, der freien Dirnentätigkeit bei Ablieferung eines Anteils ihres Einkommens nachzugehen.

Im Grunde wusste die gesamte Oberschicht der Stadt, was in den Etablissements von Hans vor sich ging. Doch das störte sie nicht, weil eben jene Oberschicht selbst gerne in diesen Etablissements verkehrte.

Selbst der Magistrat der Stadt schien Hans zu Füßen zu liegen, da der ihn immer wieder mit Spenden bedachte. Ob es sich um Zuwendungen für Arme, für den Baubeginn des neuen Rathauses, für städtische Museen und Theater, für die Ausrüstung der Polizei oder die gerade eröffnete technische Hochschule gehandelt hatte – immer war Hans vorne mit dabei gewesen, wenn es darum gegangen war, seinen Ruf als edler Spender zu stärken.

Nur eines hatte sich nicht geändert: Immer noch saß er Nacht für Nacht vor dem Kerzenaltar mit dem Foto von Friedrich. Inzwischen hatte er einen kleinen Raum, eine Art Kapelle für Friedrich eingerichtet, die noch nie jemand, nicht einmal seine Gefährtin Gertrud Ostermaier zu Gesicht bekommen hatte. Und bis zum heutigen Tage schwor er seinem Herrn jede Nacht unter Tränen, sein Vermächtnis erfüllen zu wollen. Und noch immer verwandelte Hans sich jede Nacht in den vor Treue blinden Diener, der er mehr als sein halbes Leben lang gewesen war. Er steigerte sich so weit in diese Vorstellung, dass er glaubte, weiterhin Befehle von Friedrich zu empfangen. Er war davon überzeugt, dass ihn eines Tages der finale Befehl erreichen würde.

Tief in seinem Inneren hasste Hans es, als Gastgeber seiner Soireen präsent sein zu müssen. Wo er nur konnte, vermied er es, anwesend zu sein. Aber immer konnte er sich dem nicht entziehen.

So stellte ihm eines späten Abends Dr. Bayrhammer, ein Gast der ersten Stunde, der in Hans fast körperlichen Ekel hervorrief, jedoch inzwischen mehrmals die Woche zu den Soireen erschien, einen Advokatenkollegen aus Heidelberg namens Dr. Lobinger vor. Der kleine dicke Mann, der schon reichlich angetrunken war, brüstete sich damit, vor allem durch Erbschaftsangelegenheiten zu beträchtlichem Reichtum gelangt zu sein. Immer wieder musste Hans nach unten schauen, wenn dieser Kerl sprach und ihm sein fauliger Atem in die Nase stieg. Und immer wieder musste er leicht nach oben blicken, wenn Dr. Bayrhammer, der gute zwei Meter maß, die Worte Lobingers erläuterte oder kommentierte und Hans dabei seine Alkoholfahne ins Gesicht blies.

„Seine Spezialität ist es, Erben aufleben zu lassen, die nie existiert haben“, erklärte Dr. Bayrhammer und lachte meckernd. „Wenn dadurch etwas zu holen ist, präsentiert er sie samt Papieren eines Tages wie aus heiterem Himmel“, prahlte er stellvertretend für den kleinen Mann, der das lächelnd bestätigte.

Mit einem Schlag kam Hans eine Idee. Oft genug hatte er von Friedrich, wenn dieser darüber sprach, als einziges Mitglied seiner Familie der Armut entronnen zu sein, gehört, dass Friedrich einen jüngeren Bruder gehabt hatte, der wahrscheinlich von niemandem registriert als Bettler ums Leben gekommen war. Und in den hinterlassenen Dokumenten und Aufzeichnungen Friedrichs war dieser Bruder auch namentlich erwähnt worden.

„Ich hätte da mal eine Frage“, wandte Hans sich an Dr. Lobinger. „Stellen Sie sich vor, ein sehr guter und wohlhabender Freund von mir kam vor einigen Jahren tragisch ums Leben. Sein Bruder galt als nicht auffindbar, und so ging das gesamte Erbe meines Freundes an seine von ihm verhasste Ehefrau über. Würde dieser Bruder nun wieder auftauchen, könnte er im Nachhinein noch Anspruch auf das Erbe anmelden?“

„Ach, wissen Sie, der Anspruch des Bruders gegenüber dem Anspruch der Ehefrau ist so geringfügig, dass eine Anfechtung des Erbes nur Sinn machen würde, wenn es in der Höhe dem eines Herzogs oder Königs entsprechen würde“, sagte Dr. Lobinger und fügte lachend hinzu, „das sind in der Regel zu kleine Fische für mich.“

„Verstehe“, entgegnete Hans. „Aber vielleicht können Sie beide mir in dieser Angelegenheit doch insofern helfen, als dass ich einen Mann suche, der für mich Briefe von der Hand eines anderen schreiben kann“, wandte Hans sich an beide Advokaten.

„Ach, Sie meinen einen Urkundenfälscher“, platzte Dr. Lobinger heraus und lachte.

„Das ist überhaupt kein Problem. Kommen Sie einfach morgen Nachmittag in meine Kanzlei und bringen Sie genügend Schriftproben der originalen Handschrift sowie den Text, den Sie geschrieben haben möchten, mit. Dann lasse ich die Sache ganz schnell erledigen. Sie wissen ja, eine Hand wäscht die andere", sagte Dr. Bayrhammer und machte eine Handbewegung zu den Mädchen hinüber.

„Aber keine Ursache", erwiderte Hans mit Blick auf die Mädchen an der Bar und zu Dr. Bayrhammer gewandt: „Ich schaue dann morgen bei Ihnen vorbei."

Schließlich wollte Hans von diesen beiden unangenehmen Menschen und dieser ganzen verhassten Gesellschaft weg und entschuldigte sich unter dem Vorwand, einen anderen wichtigen Gast begrüßen zu müssen. Er kam jedoch nicht weit. Auf halbem Wege zum Ausgang legte ihm ein Offizier mit gezwirbeltem Schnurrbart aus dem Polizeipräsidium die Hand auf die Schulter.

„Ach, Herr Pangerl, Ihre Soireen sind doch immer wieder zu schön. Und die junge Dame, die sich mit Hilfe von Frau Ostermaier mir zugewendet hat – süperb … Ach übrigens, kennen Sie den schon: Trifft ein kleiner Stadtpolizist eine Straßendirne und sagt zu ihr: ‚Ich wette fünf Kreuzer, dass ich es mit dir treiben kann, ohne dass du es bemerkst.' Sagt sie: ‚Das will ich sehen.' Sie gehen hinter die nächste Hausecke und tun es. Sagt sie: ‚Aber ich habe alles gemerkt.' Sagt er: ‚Na, das war mir die fünf Kreuzer auch wert!'" Der Polizeioffizier lachte schallend und schlug Hans auf die Schulter. Anstandshalber lachte Hans mit.

Hans nickte dem Polizisten zu und wollte weiter, wollte nur noch raus hier. Doch er hatte keine drei Schritte geschafft, als ihn ein hoher Magistratsbeamter am Arm festhielt. „Herr Pangerl, kennen Sie schon den neusten Witz?

Nein? Also, passen Sie auf: Kommt ein mittlerer Stadtbeamter in ein mittelklassiges Bordell, setzt sich an die Bar und spricht eine der Damen an: ‚Ich wette einen halben Taler, dass ich es dir besorgen kann, ohne dass du etwas merkst.' Sagt sie: ‚Das glaub ich Ihnen nicht. Probieren wir es doch auf meinem Zimmer.' Die beiden verschwinden auf ihrem Zimmer und der Beamte besorgt es ihr. Sagt sie: ‚He, Sie haben verloren, ich habe alles gemerkt.' Sagt er: ‚Den halben Taler war mir die Sache auch wert!'" Der Beamte wollte sich ausschütten vor Lachen. Hans bedachte ihn mit einem gezwungenen Lächeln und ließ ihn stehen.

Und weiter schob er sich zwischen den Gästen hindurch und hatte beinahe die Tür zu seinen privaten Räumen erreicht, als ein windiger junger Baron, der zu jeder Soiree erschien und wohl seine gesamte monatliche Apanage in diesem Etablissement verjubelte, vor ihm stand.

„Verehrtester Herr Pangerl, haben Sie eigentlich schon die neueste Nachricht von der Witzfront vernommen?"

„Ich habe wirklich keine Zeit", murmelte Hans genervt.

„Geht ganz schnell", versicherte der Baron. „Also: Trifft ein Herzog die Mätresse eines Grafen und sagt zu ihr: ‚Verehrteste, ich wette mit Ihnen um zehn Taler, dass ich an Ihnen den Beischlaf vollführen kann, ohne dass Sie etwas bemerken.' Sagte die Mätresse: ‚Das halte ich für ausgeschlossen.' Sagte der Herzog: ‚Dann lassen Sie mich es Ihnen beweisen.' Sie gingen in sein Gemach und vollführten den Beischlaf. Anschließend echauffierte die Dame sich. Sie hätte alles bemerkt, er habe die Wette verloren, woraufhin er höhnisch entgegnete: ‚Die zehn Taler war mir die Sache aber auch wert.‘ – Ist das nicht entzückend?“ amüsierte sich der Baron. Hans gab ein gequältes Grinsen von sich und verließ endlich den Raum.

Oh, wie hasste er diese verlogene, doppelzüngige Gesellschaft. Wie hasste er es, bei seinen Soireen stets anwesend sein zu müssen. Aber er hatte sich nun einmal für dieses Geschäft entschieden. Er spürte das Unwohlsein beinahe körperlich. Gleich würde dieses beklemmende Gefühl jedoch vorbei sein. Hans schlich sich in Friedrichs „Kapelle“, zündete die Kerzen an und kniete sich langsam vor das Foto von Friedrich.

„Herr, wie ich sie alle hasse“, murmelte er und starrte wie gebannt auf das Porträt Hartensteins, „ich sehne mich so nach Ihrer ehrlichen, einfachen und klaren Art.“

Und dann, als hätte er bereits einen Befehl empfangen, machte er sich im Angesichte Friedrichs daran, einen ersten Brief zu formulieren, der die Idylle des Gutes Ahlen empfindlich stören und seine Bewohner in Angst und Schrecken versetzen würde. Und dieser Brief wäre erst der Anfang vom Ende …

Im vierten Sommer nach der Geburt der Zwillinge Johanna und Otto hatte sich das Leben auf Gut Ahlen grundlegend verändert. Vier Kinder tollten von morgens bis abends durch das Gutshaus, den Gutshof und die umliegenden Wiesen. Neben Johanna und Otto waren das Martin, der zweieinhalbjährige Sohn von Rike und Benedikt sowie Maria, die inzwischen zweijährige Tochter von Lina und Leo. Sophie, Rike und Lina hatten alle Hände voll zu tun, die quirligen Kinder im Zaume zu halten oder wenigstens immer auf der Höhe zu sein, um sie ja nicht aus den Augen zu verlieren. Und auch die Väter hatten ihre liebe Mühe und Not mit ihren Sprösslingen, wenn sie zum Beispiel im Weinberg Verstecken spielten oder gemeinsam den Jahrmarkt besuchten.

Einmal sagte der vierjährige Otto unvermittelt zu Max: „Ich liebe dich, mein Engel."

Max schaute ihn verwirrt an und fragte: „Wie kommst du denn darauf?"

Ganz selbstverständlich antwortete Otto: „Na, das sagst du doch jeden Tag zu Mama."

Max musste schmunzeln. Damit war die Sache für Otto aber längst noch nicht erledigt.

„Was ist das: Ich liebe dich?" bohrte er weiter.

Max war überrascht und hatte keine Antwort parat. Er musste lange überlegen: „Also, das ist so – siehst du den Schmetterling da auf der Blüte? – So ist das. Wenn man sich so gern hat, dass man immer zusammen sein will, wie der Schmetterling und die Blume. Wenn man einen andern so sehr mag, dass man ohne ihn nicht mehr sein kann ..." Max spürte, wie schwer es war, die Liebe zu erklären.

„Ich liebe dich, mein Engel", sagte Otto und schlang seine kurzen Ärmchen um den Bauch seines Vaters. Max war den Tränen nahe und drückte den Jungen fest an sich.

Oft saßen die drei jungen Elternpaare an den Sommerabenden bei Kerzenschein unter den Birken im Gutshof und amüsierten sich über die Schlauheiten ihrer Kinder. So hatte Johanna Sophie einmal gefragt, wo denn die kleinen Babys herkommen würden. Und Sophie war genauso verwirrt gewesen wie Max bei Ottos Frage nach der Liebe.

„Aus der Mama, sie kommen aus der Mama heraus“, hatte Sophie geantwortet. Aber auch für Johanna war das Thema damit nicht ausreichend besprochen worden. „Dann sag mir doch, wo deine Tür ist“, hatte Johanna wissen wollen. „Da will ich reingehen, wenn ich Angst habe.“

Daraufhin war Sophie sprachlos gewesen und hatte ihre Arme ausgebreitet: „Komm her, Liebes.“ Johanna hatte ihren Kopf an Sophies Bauch gelegt, und Sophie hatte sie fest umarmt. „Meine Arme, Johanna, meine Arme sind meine Tür – und sie fangen dich auf, wenn du dich fürchtest“, hatte sie geflüstert.

Auch dieser Sommer schien Max und Sophie – so wie die letzten drei Sommer – unendliches Glück zu verheißen. Manchmal saßen die beiden nachts unter dem Schein von Mond und Sternen in der Schlossruine und blickten schweigend in den Nachthimmel, um auf Sternschnuppen zu warten oder über das Weltall mit seinen vielen Sternen zu diskutieren.

Sternschnuppen hatte Sophie und Max in den letzten Jahren so viele gesehen, dass sie wohl die etlichen Wünsche, die ihnen offen standen, gar nicht mehr zählen konnten. Und manchmal, wenn gleichzeitig ein Windhauch durch die Wipfel der Birken strich und eine Sternschnuppe durchs All schoss, glaubten sie zu hören, wie ein Stern auf die Erde niederfiel.

„Vielleicht hat die Seele eines jeden Menschen ihr Licht am Sternenhimmel, vielleicht bekommt das Lebenslicht eines jeden Menschen, der gestorben ist, als Stern einen Platz am Firmament“, schwelgte Sophie in Gedanken.

Max träumte mit ihr: „Dann wäre dein Vater auch da oben. Vielleicht können wir ihn erkennen“, überlegte er und legte seinen Kopf an Sophies Schulter. Sophie küsste sein Haar und sah wieder zu den Sternen auf.

„Sieh mal“, begann Sophie nach einer Weile, „dieses Sternbild, siehst du? Es sieht aus wie ein großer Wagen mit einer langen Deichsel. Siehst du es?“

„Ja“, antwortete Max.

„Das ist der Große Bär. So, und jetzt sieh auf meinen Zeigefinger. Schau an ihm entlang zum Himmel. Du müsstest nun den letzten Stern der Deichsel von dem Wagen sehen.“

„Ich sehe ihn“, entgegnete Max und war gespannt, was Sophie vorhatte.

„Und nun fahre ich mit dem Zeigefinger waagerecht nach rechts. Siehst du? Schau hoch. Da ist ziemlich lang kein Stern zu sehen. Alles klar?“

„Ja“, erwiderte Max. Jedes Mal erschauerte er, wenn sie über die Sterne sprachen.

„Langsam weiter mit den Augen nach rechts“, flüsterte Sophie und fuhr mit ihrem Zeigefinger über seiner Nase mit. Sie stand so nah hinter ihm, dass ihre beiden Blickfelder fast identisch waren. „Stopp“, sagte sie. „Jetzt müsstest du einen einzelnen ziemlich hellen Stern sehen können.“

„Ja, genau“, antwortete Max.

„Das ist der Polarstern."

„Ach ja", wunderte sich Max. „Ich dachte immer, der Polarstern ist der hellste Stern am Himmel."

„Falsch gedacht", sagte Sophie. „Aber schön mit den Augen da bleiben, es geht noch ein bisschen weiter. Nun mit den Augen ein ganz wenig links hoch. Siehst du, da kommen zwei Sterne auf dieser Linie vom Polarstern aus, siehst du das?"

„Ja", sagte Max, „du machst das gut."

„Und nun müsstest du wieder so ein Viereck wie schon beim großen Wagen sehen ..."

„Ja, tatsächlich", flüsterte Max aufgeregt. „Es ist ein kleiner Wagen."

„Genau", sagte Sophie lächelnd. „Das ist der Kleine Bär. Aber sie heißen im Volksmund auch Großer und Kleiner Wagen, so wie sie aussehen ... Und jetzt erzähle ich dir, wie die beiden Sternbilder dahin gekommen sind ..."

Max staunte und fragte: „Wie meinst du das?"

„Komm, setzen wir uns wieder." Beide nahmen auf dem Baumstumpf Platz.

„Kommt jetzt eine längere Geschichte?" wollte Max wissen.

„Ja, hast du keine Lust, sie zu hören?"

„Doch, unbedingt! Aber lass mich meinen Kopf in deinen Schoß legen, sodass ich dir zuhören und die Sternbilder die ganze Zeit beobachten kann ..." Er legte sich hin und spürte schon – bevor Sophie überhaupt begonnen hatte – diese Schauer der Neugier an seinem Rücken herunterrieseln.

Und Sophie begann zu erzählen: „Es heißt in der Legende,

dass Jupiter, der oberste Gott des Olymps, eine wunderschöne Nymphe sah. Die halb göttliche und halb menschliche Kallisto, die noch Jungfrau war, erregte sofort seine Lust. Dass er mit Juno, der obersten Göttin, verheiratet war, hatte ihm schon bei etlichen anderen Fehltritten nichts ausgemacht. Er durfte sich bloß nicht von seiner Frau erwischen lassen ... Jupiter wusste, dass Kallisto bei der Jagdgöttin Diana, die ebenfalls eine Tochter von Jupiter war, in Diensten stand. Heimlich verwandelte er sich also in Kallistos Dienstherrin Diana. Er fragte Kallisto nach ihrem Jagderfolg und küsste sie. Aber er küsste sie nicht so, wie die Göttin ihre jungfräulichen Jägerinnen küsste. Kallisto ahnte, um wen es sich handelte, und wehrte sich. Doch umsonst, Jupiter nahm sich mit Gewalt, was er wollte.

Als Diana herausfand, was geschehen war, verstieß sie Kallisto.

Einsam und allein brachte Kallisto schließlich ihren Sohn Arkas zu Welt.

Einige Jahre waren ins Land gegangen. Inzwischen wusste auch Juno Bescheid. Schäumend vor Eifersucht verwandelte sie Kallisto in eine Bärin, die um ein Haar von ihrem eigenen Sohn Arkas erschossen worden wäre, wenn Jupiter ihn nicht in letzter Sekunde zurückgehalten hätte.

Und Jupiter schaffte die beiden und auch seine eigene Missetat aus der Welt: Er ließ sie durch den leeren Raum von einem raschen Windstoß entführen, versetzte sie an den Himmel und machte sie zu den beiden benachbarten Sternbildern, die du jetzt dort oben siehst ...“

Max war verzaubert. Lange schwieg er. Plötzlich sagte er leise: „Sie können nicht lieben wie wir, und sie können den Zauber nicht ungeschehen machen … Am besten finde ich aber, dass sie wie wir Fehler machen, sie irgendwann einsehen und versuchen, sie wieder gutzumachen. So weit entfernt von uns können sie gar nicht sein …“ Sophie verstand, dass er über die Götter sprach. Er richtete sich aus ihrem Schoß auf und küsste sie auf die Wangen, auf die Nase und auf die Lippen.

„Nicht weiter als diese beiden Sternbilder dort“, hauchte Sophie.

„Du bist klug, meine Sophie, so klug. Wie sollte ich ohne dich je den Himmel verstehen“, flüsterte er fröhlich, küsste ihre Schläfe und ließ eine ihrer langen blonden Haarsträhnen durch seine Lippen gleiten.

Eine Weile saßen sie schweigend da und blickten einfach nur in den Nachthimmel.

11. KAPITEL

Eines Tages erhielt Sophie einen Brief von Robert Koch. Als sie ihn gelesen hatte, war sie völlig außer sich. Schnell lief sie in den Salon herunter und rief Magda und Max zu sich, um ihnen den Brief vorzulesen.

Hochverehrte Frau Grebe,
in großer Freude und Erleichterung kann ich Ihnen mitteilen, dass die außerordentlich großzügigen Zuwendungen Ihrer Stiftung gegen Infektionskrankheiten und für die Forschungen der Bakteriologie bereits Früchte tragen. Und ich übertreibe keineswegs, wenn ich das so sage. Es ist mir nun endlich nach mehrjährigen Laborversuchen, die Sie ja so aufopferungsvoll unterstützt haben, gelungen, den Milzbrandbazillus im Gewebe toter Tiere nachzuweisen. Die Langzeitmikroskopie mit den ausgezeichneten Geräten, deren Anschaffung in der Hauptsache erst durch Sie und Ihre Stiftung mit der unermüdlichen Kuratorin Gräfin Magda von Ahlen ermöglicht worden war, hat wohl entscheidenden Anteil an diesem Erfolg. Wenn der Milzbrand in erster Linie auch eine Tierseuche, von der vor allem die Landwirtschaft betroffen wird, ist, so sind die Folgen doch fundamental und haben durch Übertragung von Tieren auch schon menschliche Opfer gefordert. Entscheidend ist, dass es sich

beim Kindbettfieber und der Tuberkulose beispielsweise um das gleiche Grundmuster, nur von anderen Bakterien ausgelöst, handelt. Ich will versuchen, mich kurz zu fassen und nicht zu speziell zu werden. Aber ich habe herausgefunden, dass es sich bei dem Milzbrandbazillus um eine stäbchenförmige Bakterie handelt. Und ich habe sie so lange beobachtet, dass ich als Erster auch ihre Bewegung nachweisen und damit den Beweis erbringen konnte, dass es sich um einen lebendigen Erreger handelt, also um eine Art Kleinstlebewesen, das, um selbst zu überleben, unser Leben zerstören muss. Mein nächstes Ziel wird es sein, diesen Bazillus zu isolieren und zu züchten. Auf diese Weise können wir seine Lebensbedingungen studieren, um ihn später mit der geeigneten Arznei gezielt bekämpfen, ja töten zu können, bevor er uns tötet. Aber wenn Sie, was ich angenehmerweise befürchte, sich für Einzelheiten interessieren, können wir das später gewiss einmal mündlich tun beziehungsweise ich kann Ihnen gerne meine Aufzeichnungen zukommen lassen.

Des Weiteren habe ich von dem ausgezeichneten Ruf und der außerordentlich gezielten Tätigkeit Ihrer Stiftung bei der Unterstützung des täglichen Krankenhausalltags in ganz Deutschland gehört. Ich kann Ihnen nur gratulieren! Wie vielen Menschen hat die Stiftung vielleicht das Leben gerettet? Besonders gerührt hat mich Ihr hartnäckiger, wie ich weiß, oft auch auf

Widerstände treffender Einsatz für die Hygiene im klinischen Alltag. Und es macht mich stolz, dass Sie sich immer wieder auf den zu Lebzeiten zuletzt verhöhnten Dr. Semmelweis berufen. Ich bin sicher, dass seine Entdeckung in die Geschichte eingehen wird. Und seine Beobachtungen haben uns alle ja erst für diese Forschung entbrannt, denn in ihnen steckte doch schon das Orakel eines übertragbaren, lebendigen Bazillus als Erreger des immer noch so schlimm wütenden Kindbettfiebers.

Aber wenn Sie erlauben, komme ich nun zu dem zweiten Anliegen meines Schreibens. Sie hatten erwähnt, mich und meine Frau gerne bei Ihnen begrüßen zu wollen. Wie Sie ja wissen, hat vor wenigen Tagen der Krieg zwischen Frankreich und Deutschland begonnen. Ich habe mich entschieden, als Feldarzt daran teilzunehmen. Auch hier werden wir es wieder mit vielen Infektionen durch Schusswunden zu tun haben. Bevor ich in etwa drei Wochen meinen Dienst antreten muss, wollen meine Frau und ich noch für ein paar Tage zu einem Verwandten nach Köln reisen. Wenn es Ihnen gelegen wäre, würden wir auf dem Wege dorthin gerne für ein oder zwei Tage Halt bei Ihnen machen. Es wäre mir und meiner Frau eine ganz außerordentliche Ehre, Sie, die Kuratorin Gräfin von Ahlen und Ihre Familie auf diese Weise einmal persönlich kennen zu lernen.

Mit vorzüglicher Hochachtung, Ihr Robert Koch

Max sah Sophie liebevoll an. Seine kleine Sophie. Sie war eine wundervolle Frau. Seine Bewunderung für sie wuchs täglich mehr.

Und auch Magda war tief gerührt, obwohl sie diese Rührung wie so oft nach außen hin kaum zeigte. Gerade sie, die seit beinahe vier Jahren als Kuratorin die Stiftung verwaltete und leitete, fühlte sich, als würde so ein einziges Wort aufrichtigen Dankes, wie es aus dem Brief von Robert Koch zu hören war, ihre ganze Arbeit mit einem Schlag rechtfertigen, bestätigen, ja antreiben. Denn sie, Magda, war es gewesen, die damals vor vier Jahren in einem kleinen Kontor in der Stadt mit der Arbeit begonnen hatte und oft stundenlang mit Sophie und Dr. Malz zusammengesessen hatte, um der Stiftung ein klares Gesicht zu geben. Und sie war mit ihrer Aufgabe gewachsen. Sie hatte ihr Altenteil auf dem Gut mit Freuden aufgegeben und war wie eine Frühlingsblume aufgeblüht. Sie war hochgeschätzt und sogar ein wenig gefürchtet als kluge diplomatische Verhandlungsführerin, wenn es um die Belange der Stiftung ging. Und sie war für ihre Unnachgiebigkeit bekannt, wenn das Anliegen und die Interessen der Stiftung beschädigt zu werden drohten.

Jetzt zogen die Bilder von den Anfängen der Arbeit an ihrem inneren Auge vorbei: wie sie mit einzelnen Briefen an Unternehmer und Adlige begonnen hatten, für den Zweck der Stiftung, für die Erforschung und Bekämpfung von Infektionskrankheiten zu werben und um Mithilfe durch Spenden zu bitten. Wie sie sich bemüht hatten, eine kleine Broschur für werdende Mütter zu formulieren, die sie vorsorglich auf die Gefahren des Kindbettfiebers und die hygienischen Erfordernisse hinweisen sollte, die aber auch die Behandlungserfahrungen von Dr. Malz für den Fall des Fiebers berücksichtigte und verbreitete. Und diese Broschur, die sie schließlich in Dortmund hatten drucken lassen, war bis heute in sieben Auflagen erschienen.

Als die ersten Reaktionen von wohlhabenden Privatpersonen und Unternehmen erfolgten, mussten die Spenden verwaltet und ihre Bestimmungsziele sorgfältig ausgewählt werden. So hatte es die Stiftung im Laufe der Zeit nicht nur mit einem immer enger werdenden Netz von Spendern, sondern auch mit einem immer enger werdenden Netz von möglichen Empfängern der Spenden zu tun. Mehr und mehr buchhalterischer Aufwand war zu den inhaltlichen und publizistischen Aufgaben hinzugekommen. In der Presse und in der Öffentlichkeit hatte die Stiftung zunehmend an Interesse gewonnen und zunehmend Stellung über ihre Arbeit bezogen. Auch zur Unterstützung der Erregerforschung von Infektionskrankheiten war eine ansehnliche Broschur erschienen …

Das kleine Kontor in der Stadt hatte vor mehr als einem Jahr schließlich nicht mehr ausgereicht, um die Arbeit der Stiftung zu bewältigen. Es war buchstäblich aus allen Nähten geplatzt, sodass weitere Räume gemietet werden mussten, um eine Geschäftsstelle einzurichten. Zudem hatten im letzten Jahr ein Buchhalter und zwei Sekretäre eingestellt werden müssen. Andernfalls wäre die Stiftung gar nicht mehr handlungsfähig gewesen.

Der Erfolg war riesig. In ganz Deutschland galt die *Sophie-Grebe-Stiftung* im Sinne des Gemeinwohls als vorbildlich. Die Stadt Ahlen konnte stolz darauf sein.

Aber auch der ursprüngliche Zweck, zu dem die Stiftung einst als *Sophie-Hartenstein-Stiftung* gegründet worden war, blieb erhalten. In ihrem hartnäckigen Bemühen um gefallene Mädchen, deren Zahl seit dem Zeitalter der Industrialisierung in den Städten rapide angewachsen war, ließ Sophie nicht locker. Sie mochte sich nicht vorstellen, wie die Mädchen den Gefahren der Straße und vor allem körperlicher Gewalt und körperlichem Missbrauch ausgesetzt waren. Sie wollte nicht tatenlos zusehen, wie das Schicksal solche jungen Mädchen, die sich eigentlich in nichts von anderen unterschieden, schutz- und rechtlos durch die Gassen irren ließ. Es war ihr unerträglich, sich vorzustellen, wie die jungen Frauen in die Hände bezahlter Zuhälter gerieten und dann in Bordellen gefangen gehalten wurden.

Deshalb hatte Sophie als Teil der Stiftung ein Bürgerbüro eröffnet, in dem sich diese Mädchen melden und helfen lassen konnten, das aber ebenso für Menschen offen stand, die gefallene Mädchen kannten oder einfach beobachtet hatten und auf ihr Schicksal hinweisen wollten. Selbst die Stadtverwaltung und die Polizei brachten wieder und wieder solche Mädchen zur Stiftung, die auf diese Weise aufgefangen werden konnten. Die Zeitungen hatten weit über Ahlen hinaus von dieser Einrichtung berichtet.

Noch vermittelte die Stiftung die Mädchen nur an Schulheime, Hauswirtschaftsschulen oder in Handwerkslehren verschiedenster Art, aber längst hatten Sophie, Max und Magda beschlossen, für die Stiftung in den nächsten Jahren ein eigenes Gelände zu erwerben, auf dem ein Verwaltungsgebäude sowie ein Wohnheim und eine angeschlossene Hauswirtschaftsschule für diese Mädchen errichtet werden sollten.

Einen großen Erfolg genoss Sophies Vorhaben des Ferienhauses für Schulkinder beim Müritzsee an der Mecklenburgischen Seenplatte. Das ehemalige Gesindehaus war ohne großen Aufwand instand gesetzt worden. Sophie und Max hatten die Zimmer kindgerecht einrichten lassen und Spielgeräte und Fahrräder angeschafft.

Die Ferienreisen mit Kindern der Werksschule hatten riesigen Anklang gefunden. Die Eltern mussten nur ein sehr geringes Entgelt, das wohl nicht viel mehr als das Geld ausmachte, das sie zu Hause für die Kinder auch benötigt hätten, zahlen. Die Kinder wurden von ihren Lehrern betreut und hatten Riesenspaß beim Baden, Wandern oder Radfahren.

Auch diese Geschichte war durch die Presse gegangen, und Sophie konnte sich vor Schulanfragen aus den verschiedensten Teilen Deutschlands kaum noch retten. Außerdem hatte sie damit begonnen, diesen Dienst auf eigene Kosten auch für Waisenkinder, die unter besonders schlechten Bedingungen aufwachsen mussten, anzubieten. So war es möglich geworden, das Haus das ganze Jahr über mit Ferienkindern zu belegen. Für den Winter hatten Max und Sophie Schlitten und Skigeräte angeschafft. Eine Köchin mit Küchenhilfe und ein Hausverwalter waren fest eingestellt worden und betreuten das Haus das ganze Jahr über.

Die Weinherstellung und das Weingeschäft, denen Max sich ganz in der Tradition von Otto und dessen Vorfahren mit Leib und Seele verschrieben hatte, waren in den letzten drei Jahren ausgezeichnet gelungen. Es grenzte beinahe an ein Wunder, dass die Trauben drei Jahre hintereinander so gut gestanden und so günstig vom Wetter bedingt gereift waren. Und auch in diesem Jahr zeichnete sich eine fabelhafte Ernte ab.

Einmal vor fast genau zwei Jahren waren Max und Leo durch die Weinstöcke spaziert, um über ihren Branntwein für Sophie nachzudenken. Plötzlich war Max am Rande einer Rebenreihe ins Brombeergestrüpp geraten, das überall um den Weinberg herum und auch auf dem Gutshof und an den Stadträndern wie Unkraut aus dem Boden schoss. Dabei hatte er sich den Unterarm etwas aufgeritzt und leise geflucht: „Dieses stachelige Grünzeug wird uns noch einmal wie das Dornröschenschloss überwuchern!“

Und in dem Moment war Leo auf *die* Idee gekommen, eben keinen Branntwein aus schon einmal gekelterten Trauben, sondern einen Obstbrand aus den Brombeerfrüchten herzustellen.

Der Aufwand der Brombeerernte würde im Spätsommer vielleicht für eine Woche groß sein. Aber da die Brombeerernte deutlich vor der Weinernte lag, konnten Arbeiter vom Weingut und natürlich Saisonkräfte, Bekannte und Jugendliche aus der Stadt mit anpacken.

Die Idee hatte Max gefallen. Ein hochprozentiger und edler Obstgeist sollte es werden, von dem man nach dem Essen mal ein Gläschen zu sich nahm.

Und so war es im letzten Jahr tatsächlich zum ersten Mal geschehen. Max hatte eine Destillationsanlage angeschafft und den Schnaps mit Leo zusammen gebrannt und verfeinert. Sie hatten ihn „Sophies edler Brombeergeist“ genannt. Mehrere tausend Liter waren im Winter auf den Markt gelangt – und schon im Frühjahr war davon nichts mehr zu bekommen gewesen.

Auch Sophie selbst mischte sich in das Weingeschäft ein. Eines Morgens, als sie mit Max nach dem Frühstück durch den kleinen Birkenhain hin zur Schlossruine schlenderte, sprach sie ihn plötzlich auf eine Idee an, die schon lange in ihrem Kopf herumspukte.

„Max, ich finde, wir sollten doch einen Tresterwein herstellen.“

„Was?“ fragte Max empört. „Du weißt, dass Otto immer absolut dagegen war“, erwiderte er und zog die Augenbrauen hoch.

„Ja, ich weiß“, entgegnete Sophie. „Aber unser guter Ruf wird dadurch nicht beeinträchtigt, denn wir werden den Wein als Tresterwein ausgeben.“

Max konnte seine Verwunderung noch immer nicht verbergen. „Sophie, ich verstehe dich nicht. Dann hätten wir damals die Maschinen, die Hartenstein heimlich bestellt hatte, behalten können. – Worum geht es dir eigentlich? Wieso willst du mit einem Mal Tresterwein herstellen? Willst du schnelles Geld verdienen?“ fragte er hitzig und wusste sofort, dass er ungerecht war.

„Also, Max, du kennst mich. Das sagst du jetzt nur, weil

du aufgebracht bist. – Nein, um Geld geht es nicht. Ich will dir erklären, worum es geht. Durch diese vielen neuen Fabriken gibt es immer mehr Arbeiter, die in ärmlichen Verhältnissen in der Stadt leben und sich von ihrem wenigen Geld keinen guten Wein leisten können. Warum aber sollen wir ihnen und ihren Frauen nicht einen erschwinglichen Wein anbieten? Sie werden ganz vergessen, was Wein ist, wenn sie sich nur das Bier und den billigen Branntwein leisten können. Ich finde aber, dass diese Leute ebenso wie wir ihren Wein verdienen, wenn er auch nicht ganz so edel schmeckt und so lange gereift ist wie unsere guten Weine. Verstehst du das?"

Sicher hatte Max verstanden. Und er hatte auch schon oft darüber nachgedacht, dass die Zeiten sich geändert hatten, dass das Leben in der Stadt zunehmend von den Fabriken und ihren Arbeitern geprägt wurde und dass die Stadtmenschen keine natürliche Beziehung zum Lande mehr hatten. Er ärgerte sich über sich selbst, weil er sich dazu hatte hinreißen lassen, Sophie solche Beweggründe zu unterstellen – er wusste am besten, dass es ihr nie um Geld, sondern immer um das Wohl der Menschen ging. Und auch dafür liebte er sie über alles.

„Nun schau mich nicht so an, Sophie", spannte er sie auf die Folter. „Wie immer hast du Recht. Und ich meine das ernst. Selbstverständlich sollen die Arbeiter sich einen Wein vom Gut Ahlen leisten können. Und er wird ganz sicher unter den Tresterweinen weit und breit der beste", sagte Max versöhnlich.

Sophie umarmte ihn und küsste seine Stirn. „Dann lass uns so bald wie möglich mit der Arbeit beginnen!“

Auch in der Fabrik hatte es in den letzten vier Jahren grundlegende Veränderungen gegeben.

Durch die Eröffnung des Stadtbahnhofes und das eigens errichtete Fabrikgleis konnten die Rohstoffe problemlos in die Fabrik und die schweren Produkte wie Schienen, Treibräder, Triebachsen und Kuppelstangen zu den jeweiligen Auftraggebern transportiert werden. Max und Benedikt hatten zu diesem Zweck eine eigene Werksbahn mit Triebfahrzeug und Güterwaggons angeschafft, und die Produktion florierte wie nie zuvor.

Benedikt war in der ganzen Zeit nicht müde geworden, weiter seinem Steckenpferd zu frönen: In etlichen durchwachten Nächten hatte er Konstruktionspläne für neuartige Lokomotiven entworfen und Ideen entwickelt, wie man die Antriebssysteme vereinfachen, weniger Energie verbrauchen und dabei einen höheren Wirkungsgrad erzielen konnte. Seinen Plänen zufolge war es möglich, dass die Dampflokomotiven ihre Geschwindigkeit bei gleichem Kohleverbrauch nahezu verdoppelten. Aber wie so oft bei kühnen Vordenkern hielt die Fachwelt seine Ideen für unrealisierbar und erklärte ihn, der ja nicht einmal eine Ingenieursausbildung besaß, für einen Bock, der zum Gärtner gemacht worden war. Das wurmte Benedikt sehr, aber er hoffte, dass er Anerkennung für seine Ideen bekommen würde.

Dennoch kam man nicht umhin, seine zahlreichen Einzelpatente, die er auf dem Patentamt in München inzwischen hatte schützen lassen, sehr ernst zu nehmen.

In seinen kühnsten Träumen sah Benedikt Ahlen als einen Fabrikstandort, der von der Zubehörherstellung zur vollständigen Lokomotivenproduktion übergegangen war und seine modernen Eisenbahnen nach ganz Deutschland und weit über die Grenzen des Landes hinaus verkaufte. Ein zweiter Produktionszweig sollte in der Herstellung modernster Werkzeugmaschinen, nicht nur für die eigene Lokomotivenproduktion, sondern auch für die Ausrüstung anderer Fabriken bestehen. Aber das waren – wie gesagt – vorerst Träume ...

Auch die Belegschaft der Fabrik fand kaum Anlass zu murren. Immer wieder hatten Max, Benedikt und Achim einen Teil der Gewinne der letzten Jahre auf ihren Lohn umgelegt. Außerdem hatten sie ständig die Sicherheit und die hygienischen Bedingungen in der Fabrik verbessert. Die angeschlossene Werksschule und die Ferienreisen für die Kinder trugen ebenfalls ihren Teil zur Zufriedenheit der Arbeiter bei. Der von Max eingeführte Arbeiterrat stand in gutem Kontakt zur Geschäftsleitung. Nur Christian Schmidt spielte ein doppeltes Spiel, indem er versuchte, die schlechte und aufmüpfige Stimmung, die in den beiden Eisengießereien der Stadt aufgrund anhaltend niedriger Löhne bei gleichzeitiger Arbeitszeitverlängerung herrschte, auf die Fabrik zu übertragen, was ihm jedoch zum Glück kaum gelang.

Würde es aber einmal zu einem Engpass oder gar zu einer Krise der Fabrik kommen, könnte die gute Atmosphäre vermutlich binnen kürzester Zeit in ihr Gegenteil umschlagen. Doch danach sah es zurzeit nicht aus.

Nur Pater Johannes hatte sich noch immer nicht verziehen, dass er vermutlich am Tode Wolfgang von der Fohls, von dem alle jetzt sicher ausgingen, eine Mitschuld trug. Jeden Morgen, wenn er zur Kapelle ging, beobachtete er die Scharen von Nebelkrähen, die Wolfgang so geliebt hatte. Und jeden Morgen hatte er das Gefühl, als warteten sie bis zum heutigen Tage auf den Baron.

Jeden Abend schloss Pater Johannes Wolfgang von der Fohl in seine Gebete ein, und jeden Abend bat er den Herrn um Vergebung. Sein sehnlichster Wunsch bestand darin, dass eines Tages wenigstens die sterblichen Überreste von Wolfgang in der Familiengruft ihre letzte Ruhe finden würden. Erst dann würde auch er seinen endgültigen Frieden mit Wolfgang schließen können. Doch mit jedem weiteren Tag schwand diese Hoffnung ein Stückchen mehr.

12. KAPITEL

Am frühen Nachmittag des 30. Juli wartete eine geschlossene Viererdroschke vor dem Gutshaus auf Max und Sophie. Die beiden wollten zum Bahnhof fahren, um Robert Koch und seine Frau aus dem Zug nach Köln in Empfang zu nehmen.

Friedemann Gerwien, der Fuhrunternehmer und Spitzel von Hans Stallkamp alias Alois Pangerl, ließ es sich nicht nehmen, diesen Auftrag höchstpersönlich auszuführen. Er erhoffte sich, auf diese Weise Informationen aus erster Hand zu erhalten.

Als sie schließlich am Ankunftsgleis warteten, spürte Sophie erst, wie aufgeregt sie war. Wie mochte der junge und sehr berühmte Arzt, der gerade mal zwei Jahre älter war als sie, wohl sein? Wie mochte er aussehen? Aus den vielen Briefen, die er ihr in den letzten vier Jahren geschickt hatte, war in ihrer Fantasie ein Bild von ihm entstanden. Ob es mit der Wirklichkeit etwas zu tun hatte?

Auch Max war auf den Mann gespannt, der sich mit Leib und Seele dem Kampf gegen die Erreger von Infektionskrankheiten verschrieben hatte und der kühn – im Widerspruch zur gängigen Schulmedizin – behauptete, dass es sich bei diesen Erregern um Lebewesen handelte.

Kurz darauf hielt der Zug Einfahrt im Bahnhof von Ahlen. Schnaufend stoppten die Maschinen.

Und endlich stiegen Robert Koch und seine Frau aus dem Waggon. Sophie war sich sicher, dass sie es sein mussten. Der nicht sehr große Mann in schwarzem Anzug und mit gepflegtem Vollbart entsprach vollkommen dem Bild, das Sophie sich von Robert Koch gemacht hatte. Seine Frau trug ein elfenbeinfarbenes Sommerkleid und einen gleichfarbigen Sonnenhut dazu. Schlicht, aber außerordentlich geschmackvoll und elegant fand Sophie die beiden schon von weitem. Auch die Kochs hatten Max und Sophie erkannt. Langsam kamen sie auf ihre Gastgeber zu. Ein livrierter Gepäckjunge schob einen Wagen mit ihren Koffern.

Lächelnd machte Sophie einen Schritt auf Robert Koch zu und reichte ihm die Hand.

Er hauchte einen Kuss darauf und sagte: „Hochverehrte Frau Grebe, darf ich Ihnen meine Frau Emmy Adolfine vorstellen."

Die beiden Frauen reichten einander die Hände. Dann stellte Sophie ihrerseits Robert Koch Max vor. Die beiden Männer begrüßten sich mit einem freundschaftlichen Handschlag.

„Es freut mich, Herr Dr. Koch, Sie bei uns in Ahlen willkommen heißen zu dürfen", erklärte Max freundlich.

„Es ist uns eine große Ehre", erwiderte Robert Koch.

Nachdem Max auch Frau Koch begrüßt hatte, begaben sich alle vier auf den Bahnhofsvorplatz.

„Ein hübsches Städtchen haben Sie hier", bemerkte Koch. „Ich habe es schon aus dem fahrenden Zug gemocht."

„Danke", entgegnete Sophie. „Bleibt nur zu hoffen, dass Ihnen auch unser bescheidenes Gut gefallen wird."

„Da bin ich ganz sicher", lachte Koch und fügte hinzu:

„Ich denke aber, dass unsere Begriffe von Bescheidenheit – bescheiden gesagt – etwas differieren."

Sophie schmunzelte. Robert Koch hatte sie in Windeseile mit seinem sympathischen Humor für sich eingenommen. Dennoch ließ sie es sich nicht entgehen, auf Kochs kleine Anspielung zu reagieren: „Erwarten Sie aber kein Märchenschloss. Sie sehen ja, wir sind auch nur ganz normale Menschen und bestimmt keine Märchenfiguren", sagte sie ein wenig ironisch.

„Davon war und bin ich überzeugt, und ich muss Ihnen sagen, alles andere hätte mich doch eher enttäuscht", scherzte Koch.

Die vier stiegen in die Kutsche und fuhren zurück zum Gutshaus.

„Wir haben auch Dr. Malz zum Diner eingeladen. Ich hoffe, Sie haben nichts dagegen", erklärte Max.

„Oh, das freut mich aber", erwiderte Robert Koch begeistert, „ich habe ihn seit Jahren nicht gesehen und bin ihm sehr dankbar, dass er mich mit unserem gemeinsamen Lehrer Jakob Henle zusammen schon damals darin bestärkt hat, die bakteriologischen Forschungen weiter zu betreiben. Übrigens habe ich durch ihn erst von dieser wunderbaren Entdeckung gehört, die Dr. Semmelweis bezüglich des Kindbettfiebers an der Wiener Geburtshilfeklinik gemacht hat. Aber diese Geschichte kennen Sie ja selbst." Sophie nickte lächelnd.

„Robert, sieh mal diese wunderbaren Weinstöcke", rief Emmy Adolfine, die aus dem Droschkenfenster blickte und so etwas ganz offensichtlich noch nicht oft zu Gesicht bekommen hatte, verzückt aus.

„Das sind sicher Ihre“, wandte Robert Koch sich an Max.

„Ja, das sind unsere“, erwiderte Max nicht ohne Stolz.

„Hast du gehört, Emmy?“ Zu Max und Sophie fügte er erklärend hinzu: „Wissen Sie, bei uns im Norden bekommt man so etwas nicht alle Tage zu sehen – ehrlich gesagt, eigentlich gar nicht.“

„Na, dann lade ich Sie herzlich zu einem Spaziergang auf unseren Weinberg ein“, sagte Max begeistert. „Dafür sollten Sie aber schon zwei bis drei Stunden Ihrer wertvollen Zeit einplanen.“

„Deswegen sind wir hier. Unsere Zeit gehört ganz Ihnen. Ich hoffe nur, dass wir Ihnen Ihre Zeit nicht stehlen“, erwiderte Robert Koch augenzwinkernd. Sophie musste erneut lächeln. Dieser Mann, der so ernst ausschaute und so witzig sein konnte, übertraf ihre Vorstellung von ihm sogar noch.

„Dann lassen Sie uns keine Zeit verlieren“, entgegnete sie schmunzelnd.

Als Dr. Malz zum Diner eintraf, umarmten Robert Koch und er sich herzlich. Obwohl sie sich eigentlich nicht gut kannten, hatten sie sich doch einer gemeinsamen Sache verschrieben und schienen sich darum besser zu kennen als manche, die sich täglich sahen, aber nichts miteinander gemein hatten.

Gudrun hatte einen Hirschbraten vom Feinsten gezaubert, und Theo servierte Wein von dem ausgezeichneten 59er Jahrgang.

Doch zunächst mussten Robert Koch und seine Frau sich von den Zwillingen „begutachten“ lassen.

„Onkel“, sagte Otto zu Robert Koch und strich mit beiden Händen über dessen Bart. „Warum hast du denn so viele Haare im Gesicht und so wenige auf dem Kopf?“

„Ach, weißt du“, antwortete Koch ohne zu überlegen, „die Haare auf dem Kopf sind vom vielen Stirnrunzeln abgefallen. Das soll man nicht machen.“ Er runzelte übertrieben stark seine Stirn. „Und damit ich sie nicht ganz verliere, habe ich sie unten wieder angeklebt.“

Otto war skeptisch und zog an dem Gesichtsbart. „Du schwindelst!“ stellte er mit ernster Miene fest.

„Also gut“, räumte Robert Koch ein, „ich habe ein wenig geflunkert. Die Haare im Gesicht sind deswegen gewachsen, weil ich mich so sehr darüber geärgert habe, dass sie auf dem Kopf ausgefallen sind.“

Otto blickte ihn eine Weile prüfend an. Offenbar befand er diese Antwort für überzeugend und murmelte schließlich mitfühlend: „Du armer Onkel.“

Die Erwachsenen brachen in Lachen aus.

„Eine haarsträubende Geschichte“, befand Emmy Adolfine, die sich ebenfalls köstlich amüsierte.

So hatte Robert Koch jedenfalls Ottos Zuneigung im Sturm erobert.

Beim Diner erkundigte sich Dr. Malz gespannt nach dem Stand der Forschungen von Robert Koch. Koch antwortete, dass er gut vorankäme, dass er aber die Einzelheiten nach dem Essen erzählen würde. Stattdessen lobte er den vorzüglichen Wein und das wunderbare Essen von Gudrun. Auch Emmy Adolfine wollte wissen, was für ein besonderes Fleisch das sei, und Magda klärte sie auf, dass es sich um Filet vom Hirsch handelte.

Nach dem Essen wurde „Sophies Edler Brombeergeist" angeboten. Allerdings ließ Max es sich nicht nehmen, vorsichtig darauf hinzuweisen, dass es sich um einen hochprozentigen Obstgeist handele, von dem allenfalls ein kleines Gläschen zur Verdauung genossen werden sollte.

„Oh", sagte Robert Koch augenzwinkernd. „Mit Alkohol kenne ich mich aus, er ist ein hervorragendes Desinfektionsmittel. Und in Maßen genossen reinigt er auch uns von innen. Ich trinke auf Ihr Wohl. Prost." In einem Zug schüttete er den Obstgeist in sich hinein – hielt inne, rang nach Luft, hustete und trank einen Schluck Wasser zum Löschen hinterher.

Nach dem Essen saßen alle sechs noch gemütlich in der Sitzecke des Salons und warteten gespannt auf den Bericht zum Stand der Forschungen von Robert Koch. Doch er und seine Frau wollten erst einmal etwas über das Leben auf dem Lande erfahren.

„Wissen Sie, die Leute in den großen Städten wie Berlin verlieren mehr und mehr den Bezug zur Natur und den natürlichen Grundlagen des Lebens. Sie können gar nichts dafür. Alles, was sie brauchen, kaufen sie in Geschäften ein. Der größte Teil der Leute arbeitet den ganzen Tag in der Fabrik.

Daher haben sie in den Städten keinen eigenen Grund und Boden und können also gar keine Beziehung zur Landwirtschaft, zu Ackerbau und Viehzucht haben. Sie werden systematisch davon entfremdet und sind auf Gedeih und Verderb vom Markt abhängig. Ich werde eine Geschichte nie vergessen: Als ich ein kleiner Junge war, vielleicht acht oder neun Jahre alt, war ich mit zwei gleichaltrigen Freunden am Waldesrande unterwegs, nahe des Bergwerkes, in dem mein Vater arbeitete. Dort trafen wir einen alten Mann. Er ging ganz krumm und war wohl schon sehr, sehr alt. Doch seine Augen hatten eine Leuchtkraft, die mir einerseits Angst einjagte und mich andererseits anzog. Wir drei Jungen hielten uns an den Händen fest und liefen nicht weg, sondern hörten dem Alten zu. Wenn es so etwas gibt, dann war er ein moderner Prophet. Er hob beschwörend die Hände zum Himmel und sprach mit Furcht einflößender Stimme gar nicht uns persönlich, sondern offenbar die ganze Welt an. Ich werde es nie vergessen. Er sagte: ‚Oh, ihr Armseligen! Eines Tages werdet ihr euch nach den Schätzen der Natur sehnen, die ihr gezielt zerstört und aus eurem Leben verdrängt haben werdet. Dann werden Eisenmaschinen statt Vögel durch die Luft fliegen, in den Meeren werden die Fische sterben und auf dem Lande die Pflanzen und Tiere. Dann werdet ihr jammern und euch danach zurücksehnen. Doch es wird kein Zurück zu diesen Schätzen geben. Niemals mehr werdet ihr diese Schätze zu Gesicht bekommen, von denen ihr einstmals selbst ein Teil gewesen seid. Und mit ihrer Vernichtung habt ihr euren eigenen Untergang eingeleitet …‘ So sprach er sinngemäß. Und irgendwie, obwohl er damals für mich in Rätseln sprach, und ich es wohl nicht verstehen konnte, ist es in mir hängen geblieben. Und heute begreife ich es und kann nur hoffen, dass der Mann nicht Recht behalten wird. Denn wenn Sie sich die Metropolen dieser Welt anschauen, sind die Menschen auf dem besten Wege dahin. Natürlich sind die Städte von dem umliegenden Land abhängig, woher sollten sie sich sonst mit Nahrung und Kleidung versorgen können ... Na ja, genug geredet. Bei Ihnen jedenfalls entdecke ich die ideale Mischung: ein Gutshof mit einem Weinberg und einer Stadt vor der Tür, wenn ich mich mal so ausdrücken darf ..."

„Das kann man so sagen", entgegnete Sophie. „Aber was Sie über die Arbeiter erzählen ... Meines Erachtens haben Sie vollkommen Recht. Max, also mein Mann, und ich haben auch gegen die alte Tradition unseres Hauses nun einen Tresterwein in Produktion genommen, damit sich die Fabrikarbeiter und ihre Familien Wein auf den Tisch stellen können, denn unsere edlen Weine sind für sie unerschwinglich."

„Das finde ich sehr gut", erwiderte Koch, „Sie gehen mit der Zeit. Und selbst wenn wir uns weigerten, früher oder später müssten wir es tun ... Aber diesen Wein für die Arbeiter, davon möchte ich später gern kosten."

„Das können Sie sofort tun, wenn Sie möchten – Theo!" rief Sophie. „Ach, bring doch bitte eine Flasche von dem Tresterwein."

Ungläubig blickte Theo in die Runde und sagte: „Oh, ich befürchte, den haben wir gar nicht im Haus. Aber ich sehe nach, ob ich welchen finden kann."

„Doch nun erzählen Sie mir erst einmal, wie die Arbeit Ihrer Stiftung vorankommt. Man kann ja selbst in den Berliner Zeitungen hin und wieder darüber lesen“, erkundigte Robert Koch sich interessiert.

„Das ist sicher deshalb so, weil es da um Ihre Arbeit ging“, vermutete Sophie.

„Das stimmt. Trotzdem konnte man auch viel über Ihre Stiftung erfahren.“

„Ach, wissen Sie, Herr Dr. Koch“, begann Magda seufzend, „die Stiftung platzt aus allen Nähten. Die drei Büros reichen nicht mehr, und deshalb denken Max und Sophie über einen Neubau für die Stiftungsverwaltung nach.“

„Genau das tun wir“, mischte Max sich jetzt ein. „Und es sollte eigentlich eine Überraschung sein, aber der Stadtrat hat mir einen zweihundert Meter langen und fünfzig Meter breiten Streifen Land in der Nähe des Marktplatzes zum Kauf angeboten. Der Magistrat würde uns wegen des hohen Ansehens, das die Stiftung inzwischen genießt, das Land verpachten. Gleich morgen sollten wir es alle gemeinsam besichtigen. Dort ist genug Platz, um alle drei großen Gebäude bauen zu können: die Stiftungsverwaltung, das Mädchenwohnheim und die Hauswirtschaftsschule.“

„Was für ein Mädchenwohnheim?“ wollte Robert Kochs Frau Emmy Adolfine wissen. „Engagieren Sie sich auch für gefallene Mädchen?“

„Ja, das ist das zweite große Feld, auf dem die Stiftung tätig ist und weswegen sie ursprünglich einmal gegründet worden ist“, erklärte Sophie.

„Oh, ich bewundere Sie. Wissen Sie, ich bin als Tochter eines Pfarrers geboren. Mein Vater übt seine Tätigkeit noch heute aus. Oft hatten wir übergangsweise entwurzelte Mädchen im Pfarrhaus zu Gast, bis sich eine Ausbildungsstelle, ein Heim oder ein Kloster für sie gefunden hatte. Einige von ihnen sind bis zum heutigen Tage meine Freundinnen und haben den Sprung in ein gesundes, eigenständiges Leben geschafft ... Ich hoffe sehr, dass wir diesbezüglich auch einmal etwas für Ihre Stiftung tun können und nicht nur davon profitieren ...“ Sophie war gerührt, und Max und Magda hatten die Worte von Emmy Adolfine ebenso beeindruckt. Der Erfolg und diese Worte des Dankes waren für sie der größte Lohn ihrer Arbeit.

„Liebe Gräfin, ich nehme an, dass Sie tagsüber nicht viel vom Gutshaus haben, so hart wie Sie für die Stiftung täglich arbeiten müssen ...?“ fragte Koch.

„Da haben Sie vollkommen Recht, Herr Dr. Koch“, antwortete Magda und fügte etwas ironisch hinzu: „Ach, wissen Sie, nur durch die Ablenkung durch die Stiftung bin ich überhaupt in der Lage, den Niedergang unserer alten Adelstugenden in dieser verrückten Zeit und in diesem so verjüngten Hause hinzunehmen. Diese Arbeit ist einfach wunderbar, und zumindest in ihr kann ich doch unsere alten Ideale voll und ganz zum Wirken bringen. Stellen Sie sich nur einmal vor, ich säße im Gutshaus untätig in meinem Zimmer herum – ich befürchte, ich wäre vor Langeweile schon gestorben ...“ Alle mussten herzlich lachen.

Robert Koch wandte sich an seinen alten Bekannten,

Dr. Malz. „Und, mein lieber Doktor, wie geht es Ihnen, erzählen Sie mal."

„Zwischen den Kriegen geht es immer ganz gut, lieber Freund. Wir haben in Ahlen mittlerweile fünf niedergelassene Ärzte und das Hospital. Dennoch gibt es genug zu tun. – Noch schöner wäre jedoch für mich die Nachricht, dass man etwas gegen die Infektionserreger beim Kindbettfieber und bei Entzündungen durch Schusswunden tun könnte. Wir haben wieder Krieg, auch wenn er sich zur Hauptsache in Frankreich abspielt. Aber ich will nie wieder erleben, wie die Verwundeten uns Ärzten unter den Fingern an ihren Entzündungen und dem Fieber wegsterben."

„Apropos", warf Robert Koch scheinbar unbefangen ein, „ich habe mich freiwillig zum Krieg gemeldet. Deshalb machen meine Gattin und ich noch schnell diesen Urlaub. In vierzehn Tagen werde ich eingezogen."

Max war entsetzt. „Aber, Herr Dr. Koch. Warum tun Sie das?" fragte er aufgebracht.

„Keine Sorge, Herr Grebe, ich werde als Feldarzt und nicht an der Front arbeiten. Ich werde, genau wie Dr. Malz es beschrieben hat, versuchen, Verwundeten zu helfen. Ich werde keine Waffe tragen. Und ich werde Erfahrungen für meine Forschungen sammeln. Auch wenn sich das ein wenig seltsam anhört, doch beim Helfen oder beim Versuch zu helfen lernt man ebenfalls dazu", erwiderte Robert Koch.

Max nickte. „Das verstehe ich, und das ehrt Sie", bemerkte er und beruhigte sich wieder.

„Aber nun berichten Sie uns bitte über den Stand Ihrer

Forschungen. Sie haben uns lange genug auf die Folter gespannt. Außerdem interessieren alle Anwesenden sich brennend dafür. Ganz sicher werden Sie niemanden langweilen", platzte Dr. Malz ungeduldig heraus.

„Also gut", sagte Robert Koch lächelnd und freute sich über das überbordende Interesse seines Kollegen. „Bleiben wir gleich im sprachlichen Bild des Krieges: Ich habe, wie ich Ihnen bereits geschrieben habe, den Milzbrandbazillus im Gewebe toter Tiere festgestellt. Ich habe nachgewiesen – und das ist die eigentliche Leistung –, dass es sich um eine stäbchenförmige, lebendige Bakterie handelt, und ich habe nachgewiesen, dass sie sich bewegt. Durch Isolierung und Züchtung könnten wir vielleicht schon bald ein Medikament dagegen entwickeln. In der Zukunft könnte eine Impfung mit diesen Stoffen die Krankheit in Vergessenheit geraten lassen. Mir scheint, dass die ausgewachsenen Bakterien recht leicht abzutöten sein dürften. Große Sorge machen mir noch die Sporen, die vermutlich viel widerstandsfähiger sind ... Die Ansteckung verläuft in etwa so, womit wir in unserem Kriegsbild sind: Die Bakterien werden von anderen Lebewesen übertragen, dringen in den Körper ein und greifen ihn an. Da unser Körper und seine Abwehrsysteme diesen Feind nicht kennen, können sie ihn nicht aufhalten. Deshalb müssen wir möglichst schon vorher, aber spätestens beim Angriff durch diesen Feind eine Verteidigungsarmee im Körper aufbauen, die sich nur rührt, wenn sie angegriffen wird. Das könnte ein Antibakterium sein, sozusagen das Gegengift, das vorm Eintreten des Giftes in den Körper schon zum Einsatz bereitsteht. Dringt nun ein Feind ein, wird er sofort vernichtet. Dringt der Feind durch einen Hinterhalt an den schwächsten Grenzen des Körpers ein, wird er trotzdem überall gleich schnell vernichtet. Zu einem Angriff ist diese Verteidigungsarmee jedoch nicht fähig."

„Ich habe es immer gewusst, Sie sind ein Visionär", entgegnete Dr. Malz begeistert.

„Einen solchen Krieg würde ich für gerecht halten – ein Krieg, der nur der Verteidigung dient", überlegte Max.

„Sie sehen hier, wie nah Philosophie, Politik und Medizin beieinander liegen ... Stellen Sie sich vor: Anstatt aufeinander loszugehen, führen die Menschen gemeinsam diesen Krieg, der schwer genug werden wird und alle Menschen auf der einen Seite der Front erfordert. Denn in neuen Zeiten wird es neue Infektionen geben, und die Bakterien werden sich auf diesen Krieg einstellen und ihre Strukturen verändern, um wieder an unseren Abwehrarmeen vorbeizukommen. Dieser Kampf wird vermutlich nie enden, doch wir könnten ihn jedes Mal neu für uns entscheiden, wenn wir unsere Kräfte für Wissenschaft, Forschung und die Produktion von Arzneimitteln bündeln. So, und jetzt habe ich Ihre Zeit lange genug in Beschlag genommen", beendete Robert Koch seinen Vortrag.

Schweigend hingen die Zuhörer nun ihren eigenen Gedanken nach.

Nach einer Weile räusperte Sophie sich. „Wir alle wollen das und werden dabei behilflich sein, so gut wir können", erklärte sie nachdenklich.

„Wenn Sie nichts dagegen haben, würden wir gerne ein wenig durch den Weinberg schlendern, nicht wahr, Emmy?"

„Selbstverständlich", sagte Max, „lassen Sie uns einen Verdauungsspaziergang unternehmen."

„Wie schön!" erwiderte Emmy und freute sich.

„Ja, ich möchte mich für das wunderbare Essen bedanken und mich verabschieden. Die Praxis wartet. Einen guten Tag wünsche ich Ihnen allen", sagte Dr. Malz und wandte sich zum Gehen.

„Warten Sie", rief Robert Koch ihm hinterher. „Ich würde Sie gerne morgen einmal in der Praxis besuchen und Ihnen ein bisschen über die Schulter schauen, falls Sie nichts einzuwenden haben."

„Es ist mir eine Ehre. Ich würde mich sehr freuen, Sie begrüßen zu dürfen. Also dann." Dr. Malz verbeugte sich kurz und setzte seinen Hut auf. Theo begleitete ihn zur Tür.

Am Nachmittag des darauf folgenden Tages besichtigten die vier mit Magda und den Kindern zusammen das Gelände, welches die Stadt Max zum Kauf für die Errichtung des Stiftungsgebäudes sowie eines Mädchenheimes und einer Mädchenschule angeboten hatte.

„Das ist ja ein ganzer Straßenzug", staunte Robert Koch.

„Ja", erwiderte Max. „Seltsamerweise ist diese Seite der Straße nie bebaut worden."

„Ist das ein Riesengelände!" staunte Emmy Adolfine. Als sie das romantische Birkenwäldchen ganz am Ende entdeckte, fügte sie hinzu: „Da würde ich das Wohnheim bauen – dort könnten die Mädchen unter den Birken romantische Sommerabende verbringen und würden morgens von den Stimmen der Vögel, die in den Bäumen nisten, fröhlich geweckt." Sophie mochte die Idee.

„Im Zentrum des Geländes wollen wir das Verwaltungsgebäude der Stiftung errichten und am anderen Ende das Schulgebäude", erklärte Max.

„Ausgezeichnete Idee", befand Robert Koch.

Die Kinder tollten zwischen den Birken herum. Stolz legte Max den Arm um Sophies Schultern. Ja, auf diesem Gelände würde ihr Traum weitergehen.

Am Abend begleiteten Sophie und Max mit den Kindern die Kochs zum Bahnhof. Der Fuhrmann Friedemann Gerwien bekam auch während dieser Droschkenfahrt zum Bahnhof keine neuen Informationen.

Am Bahnsteig angekommen umarmten Max, Sophie und die Kochs sich zum Abschied. Sie hatten einander ins Herz geschlossen und fest geplant, sich bald wiederzusehen.

„Man hat mir übrigens für die Zeit nach meinem Kriegsdienst in Wollstein bei Posen den Posten des Kreisphysikus angeboten. Wir haben bereits eine große Wohnung mit vier Zimmern besichtigt. Da werde ich mein Forschungslabor zu Hause einrichten. Hoffen wir also, dass dieser Krieg so schnell wie möglich vorbei ist. Und hoffen wir auf ein baldiges Wiedersehen, diesmal bei uns. – Ach, und übrigens Otto, denk dran, nicht so oft die Stirn zu runzeln, sonst verlierst du wie ich deine Haare", sagte Robert Koch augenzwinkernd, bevor er mit seiner Frau den Zug nach Köln bestieg.

„Das sind wirklich feine Menschen", sagte Sophie zu Max, als der Zug schnaufend und ächzend aus dem Bahnhof rollte. Max lächelte. Die Kochs hatten ihr Abteil erreicht, das Fenster heruntergelassen und winkten ihren neuen Freunden noch lange zu.

Auf der Rückfahrt zum Gut sollte Friedemann Gerwien dann doch noch einige wichtige Informationen aus erster Hand erhalten …

„Hab ich dir überhaupt schon erzählt, dass Benedikt seine Zulassung zum Maschinenbaustudium an der neuen technischen Hochschule in München erhalten hat?" fragte Max Sophie.

„Nein, das ist mir neu", gab Sophie überrascht zurück.

„Hat Rike dir nicht davon erzählt?"

„Nein, sie hatte doch für die zwei Tage unseres Besuches frei", antwortete Sophie. „Das heißt ja, dass ich mich um eine neue Zofe, die auch in Kinderbetreuung erfahren ist, umhören muss."

„Das stimmt", bestätigte Max. „Und ich muss mich nach einem Stellvertreter für Achim umsehen. Er wird in dieser Zeit die Fabrik kommissarisch leiten. Das schafft er. Hoffen wir nur, dass das gute Klima noch lange anhält … Wir haben also nur einen Monat Zeit. Ich schlage vor, in einigen Zeitungen zu inserieren und nur jemanden mit besten Referenzen in die engere Wahl zu ziehen. Es wäre gut, wenn du gleich zu Hause den Text verfasst", sagte Max eindringlich.

„Du hast Recht", erwiderte Sophie. „Und ich muss die Referenz für Rike schreiben, damit sie sich sofort an der

Lehrerhochschule einschreiben kann. Sie hat sich nämlich das Ziel gesetzt, später unsere Stiftungsschule zu leiten!"

„Das ist gut. – Sie werden uns und den Kindern sicher erst mal sehr fehlen. Drei Jahre! Doch stell dir vor, wenn sie wieder da sind: Benedikt als anerkannter Maschinenbauingenieur, der unsere Produktion in die Zukunft führen wird, und Rike als studierte Schulleiterin …", schwärmte Max. Sophie betrachtete ihn zärtlich. „Aber wovon wollen sie leben?" fragte sie besorgt. „Wir werden sie unterstützen!" sagte Max. „Sie sind schließlich unsere besten Freunde!" Da betrachtete Sophie ihn einmal mehr mit großer Bewunderung. „Max!" rief sie. „Du bist wirklich ein wundervoller Mensch!"

Friedemann Gerwien lächelte verstohlen. Er hatte einen Volltreffer gelandet. Sofort würde er eine Depesche verfassen und nach München telegrafieren.

Für den folgenden Sonntag hatten Max und Sophie ihre Freunde Benedikt und Rike, Leo und Lina sowie Achim und Anna mit ihren Kindern zu einem großen Picknick am Fluss außerhalb der Stadt eingeladen. Gudrun hatte tief in ihre Trickkiste gegriffen und gleich mehrere Körbe mit Obst und Gemüse, Brot, Fleisch und Fisch, Süßigkeiten, Milch und Limonade für die Kinder sowie Wasser und Wein für die Erwachsenen liebevoll vorbereitet.

Wieder war es Friedemann Gerwien höchstpersönlich, der mit seiner größten Droschke die Gesellschaft zum Fluss brachte. Wieder spitzte er die Ohren, bekam jedoch kaum etwas zu hören – außer dem fröhlichen Juchzen der Kinder.

Während Lina, Anna und Leo mit den Kindern am Flussufer kleine Sandburgen bauten oder Blindekuh spielten, besprachen Max, Benedikt und Achim, wie es nach Benedikts Abreise nach München in der Fabrik weitergehen würde. Sophie und Rike planten derweil die Zeit, in der Rike in München studierte, und vor allem die Zeit danach, wenn Rike die Leitung der Mädchenschule übernehmen würde.

Max teilte allen erfreut mit, dass er und Sophie sich für das Grundstück in der Nähe des Marktplatzes entschieden hätten und dass auch Robert Koch und seine Frau von ihren Plänen begeistert gewesen seien.

Noch vor Mittag sprangen alle zusammen in das angenehm warme Wasser des Flusses und vergnügten sich. Danach genossen sie das gute Essen. Nach einer kurzen Ruhepause wurden die Kinder wieder mobil und sprangen und tobten fröhlich durch die Wiesen. Max, Benedikt und Leo waren schon bald außer Atem, so sehr hielten die Kinder sie auf Trab. Die allerdings schienen überhaupt nicht müde zu werden. Am Nachmittag spielten sie Brettspiele.

Plötzlich schaute Max sich um und konnte Johanna und Otto in der fröhlichen Runde nicht finden.

„Wo sind Johanna und Otto?“ fragte er besorgt.

Sophie, Benedikt, Leo, Anna und Achim blickten sich suchend um.

„Dort sind sie ja!“ rief Leo erleichtert, als er sie auf der Wiese nahe dem Waldrand entdeckte. „Sie unterhalten sich mit einer Frau.“

Max sprang auf, rannte über die Wiese zu der Frau und

den Kindern, die sie an der Hand hielt, und rief schon von weitem: „Was machen Sie da? Kinder, kommt zu mir!“

Die ältere Frau, die eine riesige Weidenkiepe auf dem Rücken trug und offensichtlich eine Kräutersammlerin war, sah Max mit ihren warmherzigen Augen verständnislos an. „Aber ich tue ihnen doch nichts. Sie haben mich gefragt, was das für Pflanzen sind, die ich sammle“, erklärte sie ganz ruhig.

Max jedoch hatte die plötzliche Angst um seine Kinder offenbar sehr zugesetzt. „Aber Sie können nicht einfach die Kinder mitnehmen“, erwiderte er.

„Das habe ich nicht. Sie sind von ganz allein zu mir gekommen.“

Otto verstand Max nicht. „Papa, was ist denn los? Die Tante hat uns nur erklärt, dass diese gelben Blumen hier genauso wie Johanna heißen. Johannakraut. Stimmt's, Tante?“

„Fast“, sagte sie. „Es heißt Johanniskraut“, korrigierte die Frau liebevoll.

„Kommt jetzt“, sagte Max zu den Kindern, nahm sie an die Hand und wandte sich ohne einen Gruß von der Frau ab.

„Papa, warum warst du denn so unfreundlich zu der Tante?“ wollte Johanna wissen.

„Das wollte ich nicht“, erklärte Max. „Ich habe mir Sorgen um euch gemacht und wusste nicht, wo ihr seid. Versteht ihr? Ich hatte einfach Angst. Eines müsst ihr mir versprechen: Ihr dürft niemals wieder mit Fremden mitgehen, ja?“

„Warum?“ fragte Otto.

„Weil man schließlich nie wissen kann, ob die Leute gut oder böse sind.“

„Hm, hm“, brummelte Otto – doch er verstand das nicht so richtig.

„Was war denn los?“ wollten die anderen von Max wissen, als er mit den Kindern an der Hand am Picknickplatz auftauchte.

„Ich weiß auch nicht. Wahrscheinlich war das nur eine harmlose Kräutersammlerin. Die Kinder sind von allein zu ihr gelaufen. Aber man kann ja nie wissen ...“

Unvermittelt beschlich Max ein bedrückendes Gefühl. Obwohl die Sache aus der Welt und gut ausgegangen war, fand er keine Ruhe mehr. Auf der Rückfahrt sprach er kaum. Ihm war, als hätte das Schicksal ein Zeichen gesandt. Mit einem Mal hatte er die böse Vorahnung, als würde sich das Blatt nach vielen Jahren unbeschreiblichen Glücks plötzlich wenden. Zwar gab es keinerlei Anzeichen dafür, doch sein Gefühl war so stark und untrüglich, dass er die Angst fast körperlich zu spüren glaubte.

Und Max sollte Recht behalten ...

Als sie zu Hause angekommen waren, reichte Theo Sophie ein Telegramm und einen Brief, die er in ihrer Abwesenheit entgegengenommen hatte.

Zuerst brachte Sophie jedoch die Kinder zu Bett. Die Kleinen waren todmüde und schliefen sofort ein.

Schließlich widmete sie sich beim Tee mit Max im Salon ihrer Post. Das Telegramm kam aus Köln. Die Kochs bedankten sich darin noch einmal für die zwei wunderschönen Tage und brachten ihren Wunsch zum Ausdruck, sich hoffentlich bald mal wiederzusehen. Dann öffnete Sophie, die selbst ziemlich erschöpft war, den Brief, der seltsamerweise keinen Absender auswies.

Meine liebe Sophie,
ich hab es dir so oft gesagt, und du musst es jetzt endlich begreifen: Du gehörst mir und niemand anderem! Hast du das verstanden? Und nach deinem kleinen Intermezzo mit diesem Hausverwalterbastard wirst du schon bald wieder zu mir zurückkehren.
Dein dich liebender Ehemann
Friedrich Hartenstein

Sophie wurde leichenblass. Langsam ließ sie die Arme sinken, der Brief glitt ihr aus den Händen und fiel zu Boden.

„Sophie, was ist los mit dir?“ fragte Max beunruhigt. Aber Sophie reagierte überhaupt nicht. Max kniete sich vor sie hin und schaute ihr tief in die Augen. „Sophie, kannst du mich hören?“ Doch Sophie schwieg. Ihr Blick blieb starr geradeaus gerichtet. Sie schaute nicht in Max’ Augen, sondern es schien, als blickte sie durch ihn hindurch. „Mein Gott, Sophie, was ist los mit dir?“ Als Sophie noch immer nichts sagte, nahm Max das Schreiben vom Boden auf und überflog es kurz. Erschrocken starrte er Sophie an, half ihr auf und setzte sie behutsam auf das Sofa.

„Sophie, hör mir zu. Das ist eine Fälschung. Dahinter steckt Hans Stallkamp. Mach dir keine Sorgen. Wir werden ihn ausfindig machen, wir werden dieses Ungeheuer für immer unschädlich machen. Verstehst du?“

Langsam fing Sophie sich ein wenig. Aber der Schock stand ihr ins Gesicht geschrieben. „Es ist seine Handschrift, es ist seine Unterschrift.“

„Aber ja“, sagte Max vorsichtig. „Es ist eine Fälschung. Dieser Hans hat alle Unterlagen von Friedrich mitgenommen. Da ist es kein Problem, die Schrift zu fälschen. – Sophie, mach dir keine Sorgen. Ich bin bei dir. Ich beschütze dich, und ich verspreche dir, dass ich keine Ruhe geben werde, bis dieser Mensch unschädlich gemacht worden ist und uns nichts mehr antun kann.“

Sophie hörte ihn kaum. „Nach fünf Jahren“, murmelte sie ohnmächtig. „Wird er denn niemals Ruhe geben?“

„Sei ganz ruhig, Sophie, ganz ruhig. Ich verspreche dir, ich werde Hans Stallkamp finden, und wenn ich bis ans Ende der Welt gehen muss. Vertrau mir, Sophie, du musst keine Angst haben. Das ist der Zweck dieses Briefes – er soll uns Angst einflößen. Aber diesen Gefallen werden wir Hans nicht tun“, sagte Max entschlossen und drückte Sophie fest an seine Brust.

Sophie schlang ihre Arme um Max und begann, bitterlich zu weinen.

13. KAPITEL

Lange hatte Hans Stallkamp alias Alois Pangerl auf diesen Moment gewartet. Fast *zu* lange. Aber er hatte eiserne Geduld bewiesen. Und nun hielt er die Depesche von Friedemann Gerwien in der Hand. Endlich bekam er die Chance, die er so sehr herbeigesehnt hatte. So schnell wie möglich würde er Wilhelm mit einem Schreiben in die Kanzlei von Dr. Bayrhammer schicken und diesen in einer äußerst dringlichen Angelegenheit in sein Kontor bitten. Jetzt musste er handeln, denn noch war die Anzeige von Sophie, mit der sie eine Zofe suchte, nicht in der Zeitung erschienen. Wenn es so weit wäre, müsste Hans' Plan bereits umgesetzt sein.

Schon am nächsten Tag saß der Advokat Dr. Bayrhammer im Büro von Hans.

„Lieber Dr. Bayrhammer", begann Hans sein Anliegen in verschwörerischem Ton vorzutragen, „ich möchte Sie in einer sehr dringlichen und äußerst diffizilen Sache beauftragen, etwas für mich zu tun. Falls Sie mir in meinem Anliegen, das ich Ihnen jetzt vortragen werde, nicht helfen können oder wollen, so bitte ich Sie um äußerste Diskretion und Verschwiegenheit. Allein für Ihren Aufwand, mir jetzt zuzuhören, zahle ich Ihnen fünfhundert Taler." Hans schob das Geld über die Schreibtischplatte zu Dr. Bayrhammer.

Der Advokat starrte erschrocken auf die fünfhundert Taler und erblasste. „So viel Geld, mein Lieber. Allein dafür würde jeder, den ich kenne, über Leichen gehen, wenn ich mich einmal so ausdrücken darf", schmeichelte Bayrhammer Hans.

Hans hatte sich sein Vorgehen genau überlegt. Freilich, es war eine Unmenge Geld, die er nur dafür ausgab, dass Bayrhammer ihm zuhörte. Aber Hans war sich sicher, dass der Advokat klug genug war zu schlussfolgern, was für Summen ihm erst bei der Umsetzung des Auftrages ins Haus stehen würden.

„Da liegen Sie ganz richtig", erklärte Hans und fuhr fort: „Ich habe in der kleinen Stadt Ahlen noch eine alte Rechnung zu begleichen. Die Einzelheiten sollten und werden Sie nicht interessieren. In den nächsten Tagen wird in der Zeitung eine Annonce erscheinen. Die junge Herrin auf dem Weingut Ahlen wird nach einer neuen Zofe, die gleichzeitig als Kindermädchen ausgebildet sein soll, suchen. Es muss mit Ihrer Hilfe irgendwie gelingen, dass wir dort eine Zofe einschleusen. Sie muss beste Referenzen besitzen und darf auf keinen Fall aus München kommen. Ich dachte, dass Sie sich umhören könnten oder vielleicht sogar eine Ihrer ehemaligen Klientinnen noch eine Rechnung bei Ihnen offen hat. Die Dame müsste selbstverständlich eine neue Identität bekommen ..."

Das war ganz schön viel auf einmal. Dennoch witterte Bayrhammer die horrende Summe, die bei diesem Geschäft für ihn herausspringen würde.

„Ich denke, das müsste machbar sein. Ich verschaffe Ihnen also eine glaubwürdige, gut ausgebildete Dame. Sie erhält glänzende Zeugnisse und Referenzen. Lassen wir Ihre letzte Herrin unglücklich verstorben sein – das erklärt, warum sie gerade nicht in Stellung ist. Aber was soll die Dame denn eigentlich tun? Worin besteht ihr Auftrag?" wollte Bayrhammer wissen.

„Da haben Sie den wunden Punkt getroffen ... Sie muss jemanden töten ...", sagte Hans eiskalt.

„Oh, das möchte ich am liebsten gar nicht gehört haben", erwiderte der Advokat.

„Sie müssen es aber hören, denn wir müssen es ihr ja beibringen."

Bayrhammer überlegte eine Weile. Und er hatte eine Idee, die er jedoch zurückhielt – jetzt war es an der Zeit, um das Geschäftliche zu feilschen.

„Oh", begann Bayrhammer, „das macht die ganze Sache natürlich kompliziert und eigentlich unerschwinglich."

Hans verstand ihn sofort. „Machen Sie sich über Geld keine Sorgen. Werfen Sie einen Blick auf die Anzahlung und rechnen Sie sich aus, was da noch hinzukommen kann. Im Augenblick geht es einzig und allein um Zeit", drängte Hans.

„Also gut", willigte der Mann ein. Auf seiner Stirn hatten sich kleine Schweißperlen gebildet. „Ich kenne da eine Dame. Sie lebt zwar in München, stammt aber aus Heidelberg. Sie hat tatsächlich eine Ausbildung als Zofe und Hauswirtschaftlerin – später war sie Mätresse. Sie hat ihren Grafen während eines Streits aus dem Fenster gestoßen. Es war ein Eifersuchtsmord. Ich hätte sie vor Gericht vertreten sollen, aber die Dame ist geflohen, bevor man sie ins Gefängnis sperren konnte. Vor kurzem, sagen wir, durch einen glücklichen Zufall, den ich jetzt nicht näher erläutern möchte, begegnete sie mir wieder. Sie hat eine Anstellung bei einer Bürgerfamilie und fürchtet, dass ich sie jederzeit verraten könnte."

„Sehr gut. Sie muss jemanden mit ein, zwei Tröpfchen Gift in der Speise oder im Tee krank machen. Die Person wird dann scheinbar an einer Krankheit versterben. Das Gift ist absolut nicht nachweisbar. Zuerst soll die Dame das Vertrauen der Herrschaft gewinnen – erst dann wird sie in Aktion treten. Niemand wird auf sie kommen. Und schließlich wird ihre Beschäftigung einfach enden. Sie wird unbehelligt hierher zurückkehren, und Sie und die Dame werden im Falle des Erfolges nochmals über einen beträchtlichen Geldsegen verfügen können."

Hans schaute dem Mann eindringlich in die Augen. Beim Anblick des schwitzenden Advokaten musste Hans sich zusammenreißen, um sich seinen Ekel nicht allzu deutlich anmerken zu lassen.

„Nun ja, das scheint machbar", murmelte der Anwalt. „Aber wenn sie nun ertappt wird. Wer garantiert uns, dass sie schweigt?" grübelte er.

„Niemand", unterbrach Hans seine Gedankengänge. „Wir müssen es riskieren. Vielleicht muss sie gar nicht erfahren, wer hinter der Sache steckt. Wenn Sie sie erkannt haben, dann könnte doch auch jemand anders dazu in der Lage sein. Vielleicht können wir sie in dem Glauben lassen, dass irgendwer, ein Unbekannter aus ihrer Vergangenheit sie mit dieser Sache unter Druck setzt."

„Das ist ausgesprochen listig. Und sie müsste, um ihre Instruktionen zu erhalten, entführt werden. Ihr müssten die Augen verbunden werden, und sie dürfte nach einer sehr langen Kutschfahrt keine Ahnung haben, wo sie sich befindet und wer sie instruiert. Dann bekommt sie ihre Papiere und fährt in diese … wie hieß sie noch? In diese kleine Stadt jedenfalls."

„Genau so", entgegnete Hans und nickte zufrieden.

„Aber wie wird sie dort ihre Instruktionen erhalten, wenn sie erst nach einem längeren Zeitraum tätig werden soll?" wollte der Advokat wissen.

„Kluge Überlegung, mein Lieber. Aber daran habe ich schon gedacht. Der Fuhrmann, der sie am Bahnhof abholen wird, ist mein Mittelsmann. Sie werden sich rechtzeitig kennen lernen und sie wird von ihm, wenn es so weit ist, alle nötigen Instruktionen erhalten", erklärte Hans.

„Das ist gut. Das scheint sicher", bemerkte Bayrhammer und grübelte bereits darüber nach, wie er die Sache schnell in die Wege leiten konnte. Doch schon kreiste das Geschäftliche wieder in seinem Kopf: „Ja, aber ich werde sicher erhebliche Auslagen für die Papiere haben …", sagte er.

„Wollen Sie den Auftrag denn annehmen?" fragte Hans süßlich.

„Ich denke, ich sollte das tun, denn Sie wissen ja, irgendwann wäscht eine Hand die andere."

„Gewiss", sagte Hans und schob noch einmal fünfhundert Taler zu dem Advokaten herüber. Der konnte es kaum fassen.

„Na, dann an die Arbeit. Sie müssen jetzt schnell sein. Wie wir das Fräulein dann entführen, darüber sprechen wir, sobald Sie die Vorbereitungen abgeschlossen haben", drängte Hans.

„Ja, also mache ich mich an die Arbeit. Ich wünsche noch einen guten Tag, Herr Pangerl." Bayrhammer stand auf, stopfte das Geld in seine Taschen und ging.

Hans begab sich in sein Refugium, das inzwischen wie eine richtige kleine Kapelle aussah. Er brauchte über eine halbe Stunde, ehe er die zahllosen Kerzen angezündet hatte, die inzwischen im ganzen Raum verteilt waren. Behutsam öffnete er den Tresor, nahm einige der von Friedrich handgeschriebenen Dokumente heraus und streichelte sie beinahe zärtlich. Schließlich saß er vor dem Foto von Friedrich und teilte ihm die freudige Botschaft mit. Tränen standen ihm in den Augen.

„Es war eine gute Idee von Ihnen, mein Herr, erst die Kinder sterben zu lassen. Welch unerträgliches Leid wird das für Sophie und diesen Hausverwalter bedeuten. Sie hatten Recht – es ist viel grausamer als der eigene Tod, die Kinder mit eigenen Augen sterben zu sehen. Das wird ihnen das Herz brechen und Höllenqualen bereiten. Sie werden daran zugrunde gehen. Vielleicht wird ihre Ehe scheitern und ihr Leben ruiniert. Dann müssten wir nicht mehr viel tun. Herr, Sie wissen, dass Sie sich auf mich verlassen können. Und ich werde nicht ruhen, ehe Ihr Vermächtnis erfüllt ist. Und – es ist wie ein Wunder – die Sterne stehen so gut wie nie. Das Schicksal sendet untrügliche Zeichen, dass sich unser langes Warten auszahlen wird.“

Tränen der Freude liefen Hans über die Wangen, und er schlug die Hände vors Gesicht. Denn Friedrich sollte ihn nicht weinen sehen.

Schon wenige Tage später war alles vorbereitet. Dr. Bayrhammer hatte alle Dokumente beisammen. Die Annonce von Sophie war inzwischen in der Zeitung erschienen. Hans und Dr. Bayrhammer besprachen die Einzelheiten der Entführung.

„Also, lieber Bayrhammer“, begann Hans, „wir lassen sie nach einer langen Irrfahrt morgen Nacht in Ihre Kanzlei bringen. Falls sie später doch einmal gefasst werden sollte, wird sie behaupten, an einem unbekannten Ort instruiert worden zu sein. Da wir ihr die Augen verbinden werden, wird sie uns niemals beschreiben können. Ich werde mit Ihnen in der Kanzlei auf die Dame warten. Sie werden sich zurückhalten, damit sie nicht etwa Ihre Stimme erkennt. Alle Anweisungen werde ich ihr geben. Sie wird die ganze Zeit gefesselt und ihre Augen werden verbunden sein. Schließlich wird sie alle notwendigen Unterlagen und Utensilien erhalten. Da die Herrin auf Gut Ahlen eine Fanatikerin von Gedichten ist, werden wir sie darauf trimmen, sich dort als eine glühende Liebhaberin von Gedichten auszugeben. Das wird die Chancen, dass sie das Vertrauen der Herrschaft auf

Gut Ahlen möglichst rasch gewinnt, ungemein erhöhen. Sie muss sich gar nicht so sehr verstellen. Sie muss sich nur ihren neuen Namen gut merken und die Zeugnisse und Referenzen studieren, sodass sie bei eventuellen Nachfragen sicher und genau antworten kann. Ihr muss klar sein, dass der Auftrag sich über ein, vielleicht zwei Jahre hinziehen kann, und sie muss alles tun, um das absolute Vertrauen der Herrschaft zu erlangen. Hin und wieder werden wir ihr Post aus Heidelberg von ihrer Mutter zukommen lassen, damit alles perfekt ist. Kümmern Sie sich jetzt um die Droschke und die Männer, die sie zu uns bringen. Haben Sie verstanden?"

„Selbstverständlich. Der halbe Weg ist ja schon geschafft", entgegnete Bayrhammer und deutete dabei eine leichte Verbeugung an.

„Ach, zeigen Sie mir doch einmal die Unterlagen. Wie heißt sie denn? Emilie Raabe, ah ja, das ist gut", sagte Hans zum Ende der Unterredung und schob Bayrhammer, ohne dass der danach fragen musste, weitere fünfhundert Taler über den Tisch.

Einige Wochen später war in Ahlen die Zeit des Abschieds gekommen.

Max hatte den Brief, dessen Absender sich als Friedrich Hartenstein ausgegeben hatte, zur Polizei gebracht. Dort hatte ein Handschriftendeuter tatsächlich herausgefunden, dass es sich zweifelsfrei um eine Fälschung gehandelt hatte. Dem Poststempel war zu entnehmen gewesen, dass er im unweit gelegenen Dortmund abgeschickt worden war. Hier hatte sich aber jede Spur verloren.

Sophie hatte etliche Bewerberinnen um die Anstellung als Zofe und Kindermädchen bei sich vorsprechen lassen. Einige wenige hatten so gute Referenzen und Zeugnisse besessen, dass es ihr schwer gefallen war, sich für eine von ihnen zu entscheiden. Den letzten Ausschlag hatte schließlich die Antwort auf jene Frage gegeben, die Sophie jeder der Bewerberinnen gestellt hatte:

„Wofür interessieren Sie sich denn in Ihrer Freizeit so?"

„Ich liebe Gedichte, und ich liebe die Sterne", hatte Emilie Raabe darauf geantwortet.

„Welche Art Gedichte bevorzugen Sie denn?" hatte Sophie wissen wollen.

„Romantische Liebesgedichte", war die Antwort von Emilie gewesen. „Ich habe gerade ein neues von Johann Wolfgang von Goethe entdeckt, darf ich es Ihnen kurz zitieren?"

„Nur zu", hatte Sophie beeindruckt geantwortet.

Rastlose Liebe

Dem Schnee, dem Regen,
Dem Wind entgegen,
Im Dampf der Klüfte,
Durch Nebeldüfte,
Immer zu! Immer zu!
Ohne Rast und Ruh!

Lieber durch Leiden
Möcht ich mich schlagen,
Als so viel Freuden
Des Lebens ertragen.

Alle das Neigen
Von Herzen zu Herzen,
Ach, wie so eigen
Schaffet das Schmerzen!

Wie soll ich fliehen?
Wälderwärts ziehen?
Alles vergebens!
Krone des Lebens,
Glück ohne Ruh,
Liebe, bist du!

Die letzte Strophe hatte Sophie lautlos mitgesprochen. Diese Leidenschaft für die Poesie war es gewesen, die für Sophie den Ausschlag gegeben hatte. Schon jetzt freute sie sich darauf, mit Emilie über Literatur und über die Sterne reden zu können. Sie hatte die junge dunkelhaarige Frau, die nur ein paar Jahre älter als sie sein mochte, sofort in ihr Herz geschlossen.

Am letzten Sonntag im August verabschiedeten Max, Sophie und die Zwillinge, Leo und Lina mit Tochter Maria, Achim und Anna, Lotte und Heinrich sowie viele der Fabrikarbeiter Benedikt und Rike am Bahnhof. Nun war es so weit. Die kleine Familie machte sich auf den Weg nach München.

Sophie und Rike lagen sich in den Armen, und dicke Tränen rannen über ihre Wangen. Und auch Max und Benedikt spürten die Wehmut in sich, zeigten sie aber nicht nach außen. Alle versicherten einander, sich so oft wie möglich zu besuchen – doch alle ahnten, dass es eher selten sein würde.

Noch am gleichen Abend wurde die neue Zofe erwartet: Emilie Raabe aus Heidelberg. Sie kam schließlich in einer kleinen Droschke, die Friedemann Gerwien höchstpersönlich steuerte, am Gutshaus an. Auf der Fahrt hatte Gerwien sich als der Mittelsmann von Emilies Auftraggeber zu erkennen gegeben.

Theo half Emilie mit dem Gepäck und zeigte ihr ihr Zimmer. Sophie stellte die neue Zofe Max und Magda vor, anschließend auch Gudrun und Lina. Die Zwillinge schliefen bereits.

In den nächsten Tagen und Wochen schien das Glück nach Gut Ahlen zurückgekehrt zu sein. Sophie musste nur noch selten an den bösen Brief denken, der mit Friedrichs Namen unterzeichnet gewesen war. Viel mehr Freude hatte sie an Emilie, die sehr schnell von den Zwillingen ins Herz geschlossen worden war. Emilie hatte aus ihrer Heimat ganz andere Kinderspiele mitgebracht, als Johanna und Otto sie bisher kannten. Auch neue Aufzählreime und Kinderlieder hatte sie parat, die die Kinder mit Begeisterung lernten. Emilie konnte wirklich ausgezeichnet mit Kindern umgehen, und Max, Sophie, Gudrun und Theo empfanden sie als einen Glücksgriff. Nur Magda wollte nicht so recht warm mit ihr werden, ohne eigentlich sagen zu können, warum.

Emilie selbst fühlte sich auf dem Gut wirklich wohl. Nach einigen Wochen vergaß sie immer häufiger, dass sie eigentlich in Ahlen war, um irgendwann einen schrecklichen Auftrag auszuführen, der ihr bislang noch nicht bekannt war. Sie liebte es, mit den Kindern herumzutollen, war aber gleichzeitig eine äußerst aufmerksame und mit besten Manieren ausgestattete Zofe. Morgens beim Anziehen musste sie wie Rike zuvor mit Sophie Gedichte lesen und über ihre neuesten Ideen für ein weiteres Schullesebuch sprechen. Doch in diesem Punkt hatte Emilie bei ihrem Bewerbungsgespräch nicht einmal gelogen. Sie mochte es wirklich, romantische Texte zu lesen und in der Welt der Dichter zu schwelgen.

Einmal fragte Sophie sie, warum sie bislang nicht geheiratet habe.

„Ich habe lange Jahre einen Mann geliebt, der eine andere geheiratet hat. Danach habe ich mich den Männern verschlossen. Aber jetzt, vielleicht ändert sich das ja einmal wieder“, hatte Emilie geantwortet und damit im Grunde auch nicht gelogen.

14. KAPITEL

Einige Wochen später saßen Max und Achim gemeinsam im Direktorenbüro der Fabrik. Eine schwere Krise stand ihnen ins Haus. Der Hauptauftraggeber der Fabrik, eine Eisenbahnfabrik in Nürnberg, hatte Konkurs angemeldet. Die Aufträge wurden von einem auf den anderen Tag storniert.

„Was bedeutet das jetzt konkret für uns?" wollte Max von Achim wissen.

„Dass es sehr schlecht aussieht", antwortete Achim. „Wir müssen die Produktion der Trieb- und Kuppelstangen sowie der Treibräder stoppen oder zumindest erheblich einschränken. Wir können sie erstens momentan nicht woandershin verkaufen und haben zweitens gar keine Lagerungsmöglichkeiten. Das heißt, dass etwa vierzig Arbeiter keine Arbeit mehr haben werden. Und wir müssen schon morgen damit beginnen."

„Können wir die Arbeiter nicht auffangen?" fragte Max beunruhigt.

„Ich fürchte nicht", antwortete Achim. „Ich denke, dass wir einige Wochen brauchen werden, bis wir neue Auftraggeber gefunden haben. So lange müssten sie zu Hause bleiben."

Max machte sich große Sorgen. „Gibt es denn keine andere Möglichkeit? Könnten wir nicht die Schichten teilen, sodass alle zwar kürzer, aber keiner gar nicht arbeitet?" wollte er wissen.

„Das ist keine schlechte Idee“, antwortete Achim. „Ich könnte gleich eine entsprechende Schichtplanung in Auftrag geben. Ich weiß aber nicht, wie die Beschäftigten darauf reagieren werden.“

„Verstehe“, erwiderte Max. „Lass uns gleich in der Mittagspause eine Versammlung mit den Arbeitern einberufen. Es hilft alles nichts. Wir müssen es versuchen. Wir müssen ihnen die Situation erklären und darauf hoffen, dass sie sie verstehen werden“, sagte Max nachdenklich.

In der Mittagspause saßen alle Beschäftigten gespannt auf ihren Plätzen in der Kantine. Keiner konnte auch nur ahnen, was geschehen war. Es war so still in dem riesigen Speiseraum, dass man eine Stecknadel hätte zu Boden fallen hören können.

Max ergriff das Wort: „Ich muss euch leider eine traurige Nachricht machen“, begann er. Ein Raunen ging durch den Raum. „Unser Hauptauftraggeber, die Eisenbahnfabrik in Nürnberg, ist Bankrott gegangen. Ab sofort nehmen sie uns unsere Produkte nicht mehr ab. Das heißt, dass wir sie nicht weiter in diesem Tempo und in dieser Menge herstellen können. Schon nach einer Woche wüssten wir nicht mehr, wo wir sie lagern sollten und wer sie uns abnimmt. Es ist daher erforderlich, die Produktion auf ein Mindestmaß herunterzufahren. Und zwar so lange herunterzufahren, bis wir neue Vertragspartner gefunden haben. Ich versichere euch, dass wir das in ein paar Wochen schaffen, aber in der Zeit können wir nicht wie bisher weitermachen. Das heißt für die Betroffenen von euch, dass sie nur wenig oder keine Arbeit haben werden."

Die Menge schwieg. Einen Augenblick lang war es so still, dass man selbst eine zu Boden fallende Stecknadel hätte hören können. Das Entsetzen stand den Arbeitern ins Gesicht geschrieben. Die meisten von ihnen arbeiteten gerne in dieser Fabrik. Sie konnten sich gar nicht vorstellen, dass es damit nun vorbei sein sollte. Ihre Sorge und die Unsicherheit, was nun aus ihnen werden sollte, entluden sich schließlich in einem anschwellenden Gemurmel. Gelegentlich taten sich einige Rufer hervor, die Parolen brüllten.

„Nieder mit dem Kapitalistenpack!"

„Wir stehen zusammen! Wenn einer geht, gehen wir alle!"

Schließlich bildete sich ein Sprechchor, der vom Trommelgeräusch der Fäuste der Arbeiter auf den Tischplatten unterstützt wurde: „Wir streiken, wir streiken, wir streiken!"

Max konnte die Menge nur schwer beruhigen. Schon etliche Male hatte er gerufen: „Hört mir zu, ich will euch einen Vorschlag machen, wie wir alle gemeinsam, einer für alle und alle für einen, das Problem lösen könnten! Damit keiner zu Hause bleiben muss, ist mein Vorschlag, dass wir die Schichten teilen. Ihr arbeitet alle nur noch die halbe Zeit für den halben Lohn. Und nach einigen Wochen haben wir die Sache überstanden und alles ist wie früher. Was haltet ihr davon?"

„Das soll uns doch nur hinhalten! Das ist ein Trick, um uns einzulullen. Am Ende müssen wir auf jeden Fall gehen!" schrie ein aufgebrachter Arbeiter.

Und sogleich schwoll wieder der Streik-Sprechchor an.

„Jetzt sollen wir dafür bezahlen, dass die Herren Fabrikanten Mist gebaut haben. Sie wissen ja gar nicht, wie schwer es sich von unserem Lohn in einer Familie leben lässt. Und ein halber Lohn, das würden wir keine zwei Wochen durchhalten! Wir haben nichts außer unserer Arbeitskraft. Wir und unsere Familien müssten vielleicht verhungern!" brüllte ein Arbeiter zornig durch den Saal. Er erhielt jubelnden Beifall.

„Denkt in Ruhe darüber nach. Wenn ihr auf den Vorschlag nicht eingehen wollt, bleibt uns gar keine andere Wahl, als Entlassungen vorzunehmen." Max' Worte waren kaum noch zu verstehen. Die Leute schaukelten sich in ihrer Wut immer höher. Die Vernunft war in diesem Moment ausgeschaltet, und das Chaos führte Regie. Auch Max selbst wurde langsam wütend, riss sich aber zusammen.

Nachdem die Glocke das Ende der Pause angezeigt hatte, löste die Versammlung sich auf, und die Beschäftigten begaben sich murrend wieder an ihre Arbeitsplätze. Sie würden über den Vorschlag der Betriebsleitung nachdenken – und dann über die geeigneten Maßnahmen …

Derweil trafen sich der Arbeiterrat, Vorarbeiter Carl Müller und Achim gemeinsam mit Max im Büro des Direktors, um über die Krise zu diskutieren und Lösungen zu finden.

Christian Schmidt, Carl Müller, zwei weitere Beschäftigte, die dem Arbeiterrat angehörten, sowie Achim und Max saßen seit einiger Zeit im Direktorenbüro zusammen.

„Wir müssen es schaffen, den Leuten klar zu machen, worum es geht", erklärte Max den Vertretern des Arbeiterrates und Carl Müller eindringlich. „Wenn die Männer nicht einsichtig sind, haben wir keine andere Wahl, als zu entlassen. Dass es zu dieser Situation gekommen ist, ist nicht *unsere* Schuld. Ein großer Auftraggeber ist einfach abgesprungen. Das müsst ihr ihnen deutlich machen. – Und wir werden es schaffen, bald neue Auftraggeber zu haben. Unsere Produkte sind gefragt. Das Ganze ist nur eine Frage der Zeit. Es wäre schade, wenn die Leute das nicht einsehen würden und dadurch der Frieden in unserer Fabrik, für den wir weit über die Stadtgrenzen hinaus bewundert werden, zerstört würde", versuchte Max, ruhig und sachlich auf die Mitglieder des Arbeiterrates einzuwirken.

„Dummes Gesindel", brummte Carl Müller abfällig. „Die Kollegen ziehen sich den Boden unter den eigenen Füßen weg!"

„Nun mach mal halblang", erwiderte Christian Schmidt. „Sie verteidigen auch nur ihren Stolz und ihre Würde. Die machen jeden Tag ihre Arbeit und schmieren sich nicht nebenbei bei den Oberen ein!"

„Halt bloß dein Maul!" knurrte Carl Müller und drohte mit der Faust.

„Genug jetzt!" ging Max dazwischen. „Ihr setzt genau das, was gerade passiert ist, fort. Gefallen tut uns die Situation allen nicht. Und auch *ich* habe Anlass, wütend zu sein. Aber der Feind sitzt woanders. Schuld an dieser Krise ist die Situation einer anderen Fabrik. Und das müssen wir uns alle in Ruhe und ohne überschäumende Gefühle klar machen. In dieser Sache ziehen wir alle an *einem* Strang. Und das müsst ihr den Leuten immer und immer wieder erklären, wenn sie sich beruhigt haben. Wir müssen jetzt schnell reagieren, damit wir nicht anfangen, unserer eigenen Fabrik dadurch Schaden zuzufügen", sagte Max besonnen.

Zum Schluss fügte Achim noch an: „Bereitet die Leute darauf vor, dass ab übermorgen neue Schichtpläne gelten, die sie morgen erhalten. Und macht ihnen klar, dass wir diesen Engpass bald überstanden haben werden!"

Mehr schlecht als recht hatte sich schließlich die Vernunft bei den Arbeitern durchgesetzt. Aber ihre Stimmung war immer noch auf das Äußerste gereizt. Sie war sogar so angespannt, dass es nur einer kleinen Provokation, ja vielleicht nur eines kleinen Missverständnisses zu bedürfen schien, um sie umschlagen und in den offenen Aufruhr münden zu lassen.

Die Krise der Fabrik hatte sich in Windeseile in der Stadt herumgesprochen, und Friedemann Gerwien hatte umgehend Hans Stallkamp darüber informiert. Und ebenso schnell hatte Hans darauf reagiert …

Der Plan von Hans Stallkamp alias Alois Pangerl war niederträchtig und klug, und er musste so bald wie möglich zur Ausführung gelangen. Er musste in die Tat umgesetzt werden, noch ehe sich die Situation in der Fabrik normalisieren würde. Hans nannte seinen Plan *Das trojanische*

Pferd. Wie die gegnerischen Krieger in dem geschenkten Holzpferd durch die Stadtbefestigung Trojas gelangten, so würden Hans' Randalierer mit der Werksbahn in die Fabrik eindringen.

Hans wusste von den zahlreichen Arbeitslosen in Ahlen, die in ihrer Wut bereit waren, gegen die so verhassten Unternehmer und Fabrikanten gewalttätig vorzugehen. Außerdem sollten sie gutes Geld dabei verdienen. Also hatte Hans Friedemann Gerwien damit beauftragt, sich mit einem ihrer Rädelsführer in Verbindung zu setzen und ihnen ein Geschäft anzubieten.

Der gewaltbereite Aufrührer Eckehart Kaschube, der aus einer der Eisengießereien entlassen worden war, hatte kein Problem damit, jederzeit einen dreißig- bis vierzigköpfigen Schlägertrupp zusammenzustellen. Und genau das tat er auch. Friedemann Gerwien zahlte ihm schon im Voraus eine beträchtliche Geldsumme. Die Bande wurde mit schweren Eisenstangen ausgerüstet und wartete nun auf Anweisungen, wann und wo sie zuschlagen sollte.

Eines, wusste Hans, musste Gerwien noch herausbekommen. Nämlich, wann die nächtlichen Transporte der Produkte aus der Fabrik mit der Werksbahn zum Bahnhof stattfanden. Auf dem Rückweg – so war der Plan – würden die Randalierer in dem Waldstück vor der Fabrik auf die leeren Waggons aufspringen und auf diese Weise unbemerkt auf das Fabrikgelände gelangen. Für diese Information würde Gerwien die Hilfe Christian Schmidts benötigen, der allerdings nicht in die Pläne eingeweiht werden sollte.

Zu unsicher erschien Hans die Mitwisserschaft dieses Mannes mit dem labilen Charakter.

Friedemann Gerwien fing Christian Schmidt also eines Abends wieder einmal auf dem Heimweg ab. Er erfuhr, dass jeweils in den Nächten von Dienstag zu Mittwoch und von Donnerstag zu Freitag diese Transporte stattfanden. Zwischen zwei und drei Uhr wurden sie in der Regel erledigt. Die voll beladenen Waggons wurden auf dem Bahnhof an einen Gütertransport und dessen leere Waggons im Gegenzug an die Werksbahn angekoppelt, die dann in die Fabrik zurückfuhr.

Christian Schmidt versuchte erst gar nicht herauszufinden, wozu Friedemann Gerwien diese Information brauchte. Er wollte nicht zum Mitwisser werden. Doch plagte ihn wieder jenes schlechte Gewissen, und wieder hatte er schlaflose Nächte zu überstehen …

In der darauf folgenden Dienstagnacht hielt Christian Schmidt es neben seiner Frau im Bett nicht mehr aus. Er fand keine Ruhe. Er musste raus. Die ganze Zeit hatte er darüber nachgedacht, warum Friedemann Gerwien die Information über die Werksbahn haben wollte. Christian Schmidt war klug genug zu ahnen, dass im Zusammenhang mit der Bahn irgendeine Störaktion gegen die Fabrik geplant sein musste. Und er musste herausfinden, was es war.

Um halb zwei Uhr in der Nacht machte er sich auf den Weg zur Fabrik. Der Abtransport der Produkte mit der Werksbahn begann gerade, als er dort ankam. Die Fabrik war in tiefe Dunkelheit gehüllt. Nur die fünf Nachtpförtner und die Kollegen der Werksbahn waren zu dieser Stunde hier.

Christian Schmidt hatte bereits eine Stunde gewartet und war ziemlich durchgefroren. Sie waren recht kühl, diese Oktobernächte. Schließlich hörte er das Heranrattern der Bahn. Als die Bahn durch das schwere Eisentor in das Fabrikgelände einfuhr, fiel Christian nichts Ungewöhnliches auf. Schließlich wurde das Tor wieder geschlossen, und er wollte bereits nach Hause gehen. Doch plötzlich hörte er grölende Stimmen und sah durch das Gittertor hindurch etliche Männer mit schweren Eisenstangen von den Zugwaggons springen. Mit einem Schlag war ihm klar, was passiert war. Die Männer mussten in dem Waldstück vor der Fabrik gewartet haben und auf den langsam rollenden Zug aufgesprungen sein. Nicht einmal Lokführer und Heizer hatten offenbar etwas bemerkt.

Sogleich begannen die Männer mit roher Gewalt, ihre Stangen gegen die Fenster der Werkhalle zu schlagen und dann in das Gebäude einzudringen. Ein Nachtpförtner war durch einen Faustschlag niedergestreckt worden. Die anderen, völlig wehrlos, konnten sich vermutlich in Sicherheit bringen, hoffte Christian Schmidt.

Schließlich hörte er das Gejohle der zum größten Teil angetrunkenen Männer in der Halle – aber noch lauter war der Lärm, den ihre Eisenstangen verursachten, mit denen sie alles, gezielt jedoch die Maschinen, kurz und klein schlugen.

Christian fasste einen Entschluss. Endlich wollte er sich

von diesem Albtraum befreien, endlich wollte er über seinen Schatten springen. Und wenn er jetzt half, wäre er wieder frei. Er lief zur Polizeistation, nein, er rannte, so schnell er konnte. Zuerst reagierten die Polizisten gar nicht. Möglicherweise schliefen sie. Doch Christian pochte so lange gegen die Tür, bis ihm geöffnet wurde. Dann erzählte er völlig außer Atem, was gerade in der Fabrik geschah. Es dauert eine Weile, bis die Polizei einen bewaffneten Trupp berittener Beamter zusammengestellt hatte. Sofort ritten die Polizisten zur Fabrik.

Dort war der Maschinensturm weiter in vollem Gange. Die betrunkenen Randalierer feierten ihn fanatisch wie eine Orgie. Die Beamten stürmten das Gelände und schossen mehrmals in die Luft. Die Eindringlinge hatten sich so sicher gefühlt, dass sie die Anwesenheit der Polizei zunächst gar nicht bemerkt hatten. Und als sie sie endlich bemerkten, stoben sie panisch in alle Richtungen gleichzeitig davon. Erst als einer von ihnen bei der Flucht beinahe halb tot getrampelt wurde, schienen sich einige von ihnen wieder zu besinnen. Sie kümmerten sich um ihren verletzten Kameraden.

Ein paar anderen war es unterdessen gelungen, vor der Polizei zu fliehen, unter ihnen auch Eckehart Kaschube. Die restlichen Randalierer wurden zur Polizeistation gebracht und in Gewahrsam genommen.

In dieser Nacht waren die Arrestzellen restlos überfüllt.

Noch im Morgengrauen wurde Max durch die Polizei von dem ungeheuerlichen Geschehen in der Fabrik informiert. Kurz darauf begab er sich mit Achim an den Ort des Grauens.

Die Fabrikhalle glich einem Schlachtfeld. Kaum eine Fensterscheibe hatte den Sturm überstanden. Viele Maschinen waren als solche nicht mehr zu erkennen. Überall lagen einzelne Metallteile herum. Nur den beiden schweren Eisenwalzen hatten die Eisenstangen kaum beikommen können.

Die Arbeiter der Frühschicht trafen gerade ein und waren entsetzt. Sie wussten nicht, was geschehen war.

Max befragte die Nachtwächter, die geschockt in ihrem Aufenthaltsraum saßen.

„Es waren Fremde, es war kein einziger von unseren Leuten dabei“, beteuerten sie.

Max war den Tränen nahe. „Das ist das Ende“, sagte er resigniert zu Achim.

„Das ist es nicht, das ist es auf keinen Fall! Jetzt machen wir erst recht weiter, und gnade Gott demjenigen, der uns das angetan hat“, tröstete Achim seinen Freund Max.

Hans erfuhr von Friedemann Gerwien und durch die Ahlener Zeitung von seinem Erfolg. Es schien, als würde die Fabrik sich davon gar nicht mehr erholen. Doch das sah nur so aus …

Hans saß vor dem Foto von Friedrich und rieb sich die Hände vor Glück.

„So, Herr, das war erst die erste der zehn Plagen. Das war erst der Anfang vom Ende des Gutes Ahlen und seiner

Sippschaft“, flüsterte er stolz und befriedigt und blickte das Foto von Friedrich an.

Als Glück im Unglück des auf halbem Wege unterbundenen Anschlages empfand Hans, dass der Rädelsführer Eckehart Kaschube entkommen war und die anderen Beteiligten nicht wissen konnten, woher der Auftrag für den Maschinensturm stammte. Selbst Friedemann Gerwien schien fein raus zu sein, wenn Christian Schmidt schweigen würde, wovon Hans fest ausging.

In kurzer Zeit könnte der nächste, ungleich schwerere Schlag ausgeführt werden. Denn schon bald würde Emilie Raabe ihre Instruktionen empfangen.

Einen Tag später lag Max verzweifelt in Sophies Armen.

„Ich glaube, wir können die Fabrik nicht halten. Mir scheint, es ist aus“, murmelte er traurig.

„Nun wart doch erst mal ab“, versuchte Sophie, ihn zu trösten. Max liebte sie und ihren Optimismus, aber so recht an die Rettung der Fabrik glauben konnte er nicht.

Plötzlich klopfte es an der Tür, und Theo kam mit Benedikt in den Salon.

„Los, Max, komm bitte sofort mit, ich will mir gleich den Schaden ansehen“, rief Benedikt. Er wollte keine Zeit verlieren, um die Arbeit so schnell wie möglich wieder aufzunehmen.

„Gut, gehen wir“, erwiderte Max düster und folgte seinem Freund mit hängenden Schultern.

Benedikt hatte sich für zwei Wochen von seinem Studium befreien lassen und Rike und den kleinen Martin allein in München zurückgelassen.

Gemeinsam gingen die beiden Männer zur Ahlener Eisenbahnfabrik.

„Die Walzen sind fast unbeschädigt, die Beulen am Maschinenrumpf beeinträchtigen die Funktionsfähigkeit nicht", sagte Benedikt. Er strahlte Zuversicht aus. „Viele der kleineren Maschinen können wir auch mit Ersatzteilen bestücken. – Hat Achim die Schäden schon aufnehmen lassen?" fragte er emsig.

„Hat er", antwortete Max. „Die vollständigen Listen liegen im Büro."

„Gut", sagte Benedikt, „dann kümmere ich mich gleich um die Bestellungen. Außerdem habe ich einen neuen Großabnehmer für die Treibräder und Achsen in Berlin gefunden. Wir könnten schon morgen mit der Produktion beginnen", fügte er begeistert und voller Tatendrang hinzu.

Max konnte seine Zuversicht nicht teilen. „Produzieren? Schau dir diesen Schrotthaufen doch einmal an, Benedikt", murmelte er.

Doch Benedikt war nicht zu bremsen. „Das sieht alles schlimmer aus, als es ist", versuchte er, Max zu trösten. „Glaub mir, wenn wir zusammenhalten und ordentlich in die Hände spucken, dann wird es bald wie früher sein. Abgesehen natürlich von dem finanziellen Verlust. Aber den müssen wir eben später wieder reinholen. Eine andere Möglichkeit sehe ich nicht." Benedikt legte seinen Arm um Max' Schultern. „Komm schon, sei nicht traurig. Das wird unsere Arbeiter zusammenschweißen. Wenn alle mit anpacken, dann könnten wir noch mal mit einem blauen Auge davonkommen."

Jetzt konnte Max sich ein Lächeln nicht länger verkneifen. Benedikt hatte es geschafft, ihm wieder Mut einzuflößen. „Du bist ein wahrer Freund, Benedikt", sagte Max und schlug seinem Freund kräftig auf die Schulter. In Max' Augen war das alte pfiffige Leuchten zurückgekehrt. „Dann wollen wir mal anfangen", feuerte Max Benedikt spaßhaft an. Benedikt versetzte Max einen Klaps auf die Brust und verschwand eiligst im Direktorenbüro.

Unterdessen hatte die Polizei damit begonnen, die Randalierer zu vernehmen. Viel konnte sie aus ihnen nicht herausbekommen. Ihr Anführer Eckehart Kaschube war verschwunden, und die restlichen Aussagen glichen sich: Alle waren von Kaschube angeheuert worden, hatten einen kleinen Vorschuss erhalten und nun glaubten sie, dass Kaschube sich mit dem Geld aus dem Staub gemacht hatte.

Schließlich wurde Christian Schmidt zum Verhör aufs Revier gebracht. Man wollte von ihm wissen, warum er gerade zur Zeit des Maschinensturmes vor Ort war.

„Ich konnte nicht schlafen. Ich bin ein wenig spazieren gegangen", gab er zu Protokoll.

Doch dem Polizist, der das Verhör führte, kam diese Aussage merkwürdig vor. „Sie konnten also nicht schlafen. Wann hätte denn am nächsten Tag Ihre Schicht begonnen?" wollte er wissen.

„Um sieben Uhr", antwortete Schmidt.

„Um sieben Uhr. Und da schlendern Sie um drei Uhr in der Früh zufällig an der Fabrik vorbei, in der Sie den ganzen Tag arbeiten müssen. Finden Sie das nicht etwas eigenartig?"

„Was wollen Sie denn von mir?" fragte Christian Schmidt aufgebracht. „Schließlich habe *ich* Sie doch alarmiert."

„Und genau das kommt uns verdächtig vor, Herr Schmidt. Haben Sie nicht in Wirklichkeit von dem Anschlag gewusst und dann einfach kalte Füße bekommen?" drängte ihn der Beamte weiter in die Ecke.

„Also, das ist ja eine Frechheit", stieß Schmidt hervor und begann, die Fassung zu verlieren.

„Herr Schmidt, entweder Sie sagen jetzt, warum Sie wirklich in der Nacht an der Fabrik waren, oder ich lasse Sie in eine Arrestzelle stecken und so lange drin schmoren, bis Sie den Mund aufmachen."

Christian Schmidt erstarrte. Der Beamte hatte es geschafft, ihn weich zu klopfen.

„Sagen Sie uns endlich, warum Sie davon wussten. Wir sind ja geneigt, Ihnen zu glauben, dass Sie selbst da nicht mit drinstecken. Oder wurden Sie erpresst? Wenn Sie uns helfen, kann das später Ihnen helfen. Und wenn Sie jetzt die Wahrheit sagen, können Sie wieder nach Hause gehen."

Schmidts Augen füllten sich mit Tränen. Er wollte seine grausame Last ja endlich loswerden, doch er hatte Angst um seine Familie. „Ich kann nicht … ich darf nicht … ich darf nicht darüber reden … sie haben gedroht, meiner Familie etwas anzutun …"

„Wer?“ wollte der Beamte wissen.

„Ich weiß es nicht. Aber ich glaube, dass Hans Stallkamp, der ehemalige Diener von Friedrich Hartenstein, dahintersteckt“, stammelte Christian Schmidt.

„Wie kommen Sie darauf? Hatte er Kontakt zu Ihnen?“

„Nein. Ein Mittelsmann nahm meine Informationen immer entgegen.“

„Wer? Sagen Sie schon. Wir werden Sie und Ihre Familie schützen.“

„Der Fuhrmann Friedemann Gerwien“, murmelte Christian Schmidt und senkte den Kopf.

„Was wollte er von Ihnen?“

„Ich sollte ihm mitteilen, wann die Warentransporte aus der Fabrik abgehen. Das ist alles. Was passieren sollte, habe ich nie gewusst. Ich bin nur aus Neugierde zur Fabrik gegangen, um vielleicht Schlimmes zu verhindern“, brachte Schmidt unter Tränen hervor.

„Warum haben Sie diese Information herausgegeben? Hat er Sie bezahlt? Wurden Sie erpresst?“

„Ich habe mich vor über vier Jahren einmal von Friedrich Hartenstein einwickeln lassen. Er drückte mir einen Haftbefehl aus meiner Heimatstadt Dresden in die Hand. Heute weiß ich, dass der nicht echt war. Hartenstein versprach, den Haftbefehl außer Kraft setzen zu lassen, indem er für mich bürgte. Im Gegenzug musste ich ihn über die geplanten Aktionen der aufmüpfigen Arbeiter informieren. Und seither erpresst dieser Stallkamp – wer sonst könnte es sein – mich damit, mich als Verräter bei meinen eigenen Leuten zu enttarnen ... Verstehen Sie doch, ich bin in einer furchtbaren Zwickmühle ... Und glauben Sie mir, ich wurde in die Pläne dieses Fabriksturms nicht eingeweiht. Ich habe Sie alarmiert ...", verteidigte Christian Schmidt sich verzweifelt.

„Das stimmt. Trotzdem ist der Schaden gewaltig und – was noch schlimmer ist – es hat einen Toten gegeben. Sie hätten sich niemals darauf einlassen und sich direkt an die Polizei wenden sollen."

„Das tut mir alles so Leid, aber ich konnte nicht wissen, was genau die vorhaben ... das müssen Sie mir glauben." Schmidt blickte den Beamten angstvoll an.

„Nun beruhigen Sie sich erst einmal. Trinken Sie einen Schluck Wasser. Gehen Sie nach Hause. Wir kümmern uns um Gerwien. Aber Herrn Grebe müssen wir von Ihrer Fahrlässigkeit berichten", sagte der Beamte.

Christian Schmidt schluckte.

Nach Hause ging Christian Schmidt nicht. Stattdessen begab er sich schweren Herzens und voller Angst zum Gutshaus und bat um eine sofortige Unterredung mit Max.

Max war überrascht. Noch nie war ein Fabrikarbeiter hierher gekommen. Und eigentlich klärten diese ihre Probleme mit dem Vorarbeiter oder im seltensten Fall mit dem Fabrikdirektor. Aber doch nicht mit ihm. Max empfing Christian Schmidt in der Halle.

„Was gibt es denn so Dringendes, das dich direkt zu mir führt?" wollte Max wissen.

Christian Schmidts Gesicht war kreidebleich. Nervös

drehte er seine Mütze in seinen Händen und räusperte sich. „Ich glaube, ich trage eine Mitschuld an den schlimmen Vorgängen in der Fabrik“, murmelte er schließlich.

„Wie das?“ wollte Max wissen.

„Ach, Herr Grebe, es tut mir so Leid“, sagte Christian leise. „Friedrich Hartenstein hat mich durch eine List jahrelang erpresst, ihm heimlich Informationen über die Stimmung in der Fabrik zukommen zu lassen ...“

„Aber Hartenstein ist lange tot“, unterbrach Max ihn.

„Die Erpressung ist trotzdem weitergegangen ...“

Max unterbrach ihn erneut: „Etwa Hans Stallkamp?“ Als Christian nickte, fragte Max: „Weißt du, wo er steckt?“

„Nein. Ich habe das alles bei der Polizei schon angegeben. Ich wurde über einen Mittelsmann instruiert. Die Polizei kennt seinen Namen. Es ist der Fuhrunternehmer Friedemann Gerwien. Er wollte vor ein paar Tagen nur eine Information von mir: Er wollte wissen, wann die Warentransporte aus der Fabrik abgehen. Was er vorhatte, habe ich nie erfahren. Aber ich habe mir Sorgen gemacht und bin deshalb in der Nacht zum Mittwoch zur Fabrik gelaufen, um zu sehen, ob da etwas mit dem Transport passiert ... Wenn Sie mir doch bloß verzeihen könnten, Herr Grebe. Man hat mir gedroht, meiner Familie etwas anzutun. Und jetzt, da ich die Wahrheit gesagt habe, mache ich mir große Sorgen um meine Frau und mein Kind.“ Christian Schmidt begann zu weinen. „Ich schäme mich so, ich werde das nie wieder gutmachen können ... und einen Toten hat es auch gegeben ...“

Max schwieg lange. Er musste dieses ungeheuerliche Geständnis erst einmal verarbeiten. Schließlich sagte er leise: „Du, ein Mann aus unserem Arbeiterrat, verrätst alle Seiten – die eigene und die gegnerische? Ich muss zugeben, dass es mir schwer fällt, dich zu verstehen. Was soll ich denn jetzt mit dir machen? Was erwartest du?“

Schmidt schaute betreten zu Boden und schwieg.

„Also gut“, sagte Max, als er sah, dass er von Schmidt keine Antwort bekommen würde. „Ich werde darüber nachdenken. – Und du erzählst bitte niemandem, dass du hier warst oder dass Gerwien dahintersteckt, hörst du? Niemandem“, verlangte Max.

„Jawohl“, antwortete Schmidt knapp und fuhr sich mit dem Handrücken über die Augen.

„Geh jetzt“, sagte Max schließlich, „sieh zu, wie dein Gewissen damit klarkommt, es ist besser, wenn ich dich heute nicht mehr sehe.“

Mit gesenktem Kopf verließ Christian Schmidt das Gutshaus.

Noch am gleichen Nachmittag fing Friedemann Gerwien Emilie Raabe beim Einkauf in der Stadt ab. Er zog sie hinter eine Hausecke und übergab ihr ein kleines Fläschchen mit einer farblosen Flüssigkeit.

„Ab morgen beginnst du damit, den Kindern jeden Abend zwei Tröpfchen davon in ihren Schlaftrunk zu träufeln. Jeden Abend, verstehst du?“ befahl er Emilie eindringlich.

„Ja, ja, ich habe verstanden“, antwortete diese.

„Und dann wartest du einfach ab, was passiert. Machst

so weiter wie immer, lässt dir nichts anmerken. So besteht für dich auch keine Gefahr. Und vor allem nicht für deine Familie! Wann dein Auftrag beendet ist, erfährst du von mir", sagte Gerwien noch. Damit zog er seinen Hut in die Stirn und verschwand in der Menschenmenge. Zurück blieb eine verstörte Emilie Raabe, die stirnrunzelnd auf die Phiole in ihrer Hand blickte.

Nun war es also doch noch so weit gekommen. Emilie hatte in den zwei zurückliegenden Monaten Sophie, Max und die Kinder wirklich lieb gewonnen. Keiner ahnte etwas von der grausamen Last, die auf ihr lag, von der dunklen Seite, die in ihr schlummerte. Ja, sie selbst hatte es zuletzt geschafft, diese dunkle Seite zu verdrängen und zu vergessen. Sie war in der Arbeit auf dem Ahlen'schen Gut aufgegangen und war glücklich.

Doch jetzt begann ihr eigentlicher Auftrag, der furchtbare Albtraum sollte Wirklichkeit werden.

Und sie fürchtete um das Leben ihrer Familie, mit der man sie erpresste.

Sie fürchtete um das Leben der Kinder.

Aber vor allem fürchtete sie sich vor sich selbst …

Am Abend berichtete Max Sophie und Magda, was Christian Schmidt ihm gestanden hatte.

„Warum hat er das nur getan?" schloss er und fuhr sich fassungslos durch seine Locken.

„Max, beruhige dich", unterbrach ihn Sophie. „Immerhin ist er von sich aus zu dir gekommen und hat Reue gezeigt. Er hat die Sache auch nicht angezettelt. Er war dagegen und hat die Polizei informiert."

„Was soll ich nur mit ihm machen?"

„Warte doch erst einmal ab! Der Mann hat eine Familie, die unschuldig ist, und er wurde erpresst. Er ist vielleicht nicht so stark wie du, aber ich glaube nicht, dass er ein böser Mensch ist. Friedrich und sein Scherge Hans haben uns das in Wirklichkeit angetan, als zöge er selbst aus dem Totenreich noch die Fäden", sagte Sophie.

Nachdenklich blickte Max sie an.

15. KAPITEL

Am Morgen des dritten Tages nach dem Sturm auf die Fabrik hatten Max, Achim und Benedikt es geschafft, die Arbeiter davon zu überzeugen, sich am Wiederaufbau der Werkhalle und der Maschinen zu beteiligen. Der hinterhältige Angriff von fremden Randalierern auf die Fabrik und auf ihre Arbeitsplätze hatte auch die Beschäftigten zusammengeschweißt. Gemeinsam wollten sie das Werk wieder arbeitsfähig machen, und gemeinsam wollten sie den Engpass überstehen, der durch den Verlust des Nürnberger Auftraggebers entstanden war.

Viel mehr Sorge bereitete Max die Tatsache, dass die Kinder sich schon seit zwei Tagen nicht wohl fühlten. Die Kleinen klagten über Schwindelanfälle, Krämpfe im Bauch, Schweißausbrüche und Schmerzen. Und da sich an diesem Morgen der Zustand der beiden eher verschlechtert hatte, beschloss Max, Dr. Malz zu Rate zu ziehen.

Kurz nach dem Frühstück erschien der Doktor und begab sich in das Kinderzimmer, um Otto und Johanna zu untersuchen und festzustellen, ob eine organische Erkrankung vorlag.

„Und nun erzählt mir beide einmal, wo es wehtut“, sagte Dr. Malz zu den Kindern.

Otto erwiderte: „Ich habe manchmal ganz dolle Bauchschmerzen, denn gehen sie weg und kommen wieder.“

„Und manchmal wird mir schwindelig“, fügte Johanna beklommen hinzu.

„Und ich fühle mich so schlapp und schwitze manchmal, als ob ich ganz schnell gerannt wäre“, ergänzte Otto.

Der Arzt runzelte die Stirn und horchte die Kinder ab. „Was haben die beiden zuletzt gegessen und getrunken?“ wollte er von Max und Sophie wissen. „Könnte es sein, dass sie verdorbenes Obst gegessen haben?“

„Nein. Eigentlich nicht. Wir haben alle Mahlzeiten gemeinsam eingenommen. Sie haben dasselbe gegessen wie wir und nur Wasser, Obstsäfte, Tee und abends ihren Kakao getrunken“, sagte Sophie besorgt.

„Gut“, sagte Dr. Malz. „Sie selbst und Ihre Bediensteten haben aber keinerlei Schwierigkeiten, ja?“

„Nein“, antwortete Max.

„Lassen Sie die Kinder heute im Bett. Ich kann noch nichts sagen. Es könnte sein, dass die Sache sich schon morgen erledigt hat. Wenn nicht, rufen Sie mich sofort wieder her. Und achten Sie darauf, was die Kinder zu sich nehmen. Alles sieht nach einer Magenverstimmung aus. Geben Sie den Kindern heute nur etwas Obst und Wasser zu trinken. Kein Fleisch und keine fetthaltige Nahrung.“ Damit verließ Dr. Malz das Haus wieder.

Zur selben Zeit wurde Friedemann Gerwien auf der Polizeistation vernommen. Er wehrte sich vehement gegen die Vorwürfe, die Schmidt erhoben hatte. Das sei alles erstunken und erlogen, und er verstehe nicht, warum Christian Schmidt ihm etwas anhängen wolle. Immerhin kenne er ihn nur flüchtig.

Die Beamten ließen nicht locker, doch noch etwas aus ihm herauszulocken. Aber sie hatten keinen Erfolg. Friedemann Gerwien war sich viel zu sicher, dass man ihm nichts anhaben konnte. Der Einzige, der ihn belasten konnte, war Eckehart Kaschube – und den hatte Gerwien höchstpersönlich in der Nacht des Fabriksturmes weit weg in Sicherheit gebracht.

Schließlich blieb der Polizei nichts anderes übrig, als den Fuhrmann wieder laufen zu lassen.

Als Emilie Raabe am Abend von der Gesindeküche den Kakao für die Kinder nach oben brachte, fühlte sie sich unbehaglich. Sie wusste, dass es nicht richtig war, was sie tat. Aber was blieb ihr anderes übrig, als diesen Auftrag auszuführen? Schließlich wurde sie erpresst. Es gab einfach keinen anderen Ausweg, es sei denn … Seufzend schüttelte sie den Kopf und träufelte blitzschnell das Gift in die Tassen, bevor sie den Raum betrat, wo sie Max und Sophie an den Betten der Kinder sitzen sah. Sophie las ihnen gerade ein Märchen vor. Den Kindern schien es etwas besser zu gehen. Emilie stellte das Tablett leise ab und verließ das Zimmer so lautlos, wie sie gekommen war. Sie machte sich bittere Vorwürfe, denn sie wollte eigentlich nicht, dass den Kindern etwas zustieß – und schon gar nicht, wenn sie, Emilie, das schreckliche Ende der Kinder höchstwahrscheinlich auch noch mit ansehen musste. Nein! dachte sie, das kann ich nicht. Sie zog sich unauffällig in ihr Zimmer zurück, um das Fläschchen mit dem Gift unter der Matratze ihres Bettes verschwinden zu lassen. Das braune

Glas fühlte sich kühl an. Sie behielt es einen Augenblick lang in ihrer Hand. Der winzige Totenkopf auf dem Etikett jagte ihr eine Gänsehaut über den Rücken. Auf einmal wusste sie, was sie zu tun hatte. Sie entkorkte die kleine Phiole und trank das Gift bis auf den letzten Tropfen aus. Ihr letzter Gedanke galt dem bitteren Geschmack in ihrem Mund …

Als Sophie und Max zu Bett gingen, ließen sie die geflügelte Tür zwischen dem Kinderzimmer und ihrem Schlafzimmer weit geöffnet. Dennoch fanden sie in dieser Nacht keinen Schlaf und schauten immer wieder abwechselnd nach den Kindern.

Gegen fünf Uhr am Morgen hörten sie seltsame Geräusche aus dem Kinderzimmer. Sofort liefen sie zu den Kindern herüber und fanden diese in schrecklichem Zustand. Beide hatten hohes Fieber, waren am ganzen Körper schweißnass und schienen zu fantasieren.

Max klopfte an Emilies Tür und wies Gudrun an, kühle Umschläge vorzubereiten.

Wie damals, wie an jenem Tag, als Sophie im Fieber lag, rannte er zu Dr. Malz. Er rannte, als liefe er um sein Leben.

Mit einer Droschke kehrten Dr. Malz und Max schließlich nach einer halben Stunde zurück. Sie waren noch nicht an der Haustür angelangt, als sie auch schon von einer kreidebleichen Sophie in Empfang genommen wurden.

„Max, Dr. Malz!“ rief sie aufgeregt. Max stockte der Atem. Er kannte sie gut genug, um ihr anzusehen, dass etwas Schreckliches geschehen war. Sein Magen krampfte sich zusammen.

Nein! dachte er. Nein! Lieber Gott, bitte nicht! Nicht die Kinder!

Dr. Malz schaute ebenfalls alarmiert auf die blasse Sophie, in deren Augen Tränen schimmerten.

„Emilie ist tot!“ stieß Sophie hervor. Und Max war trotz dieser traurigen Botschaft, als ob ihm ein Stein vom Herzen fallen würde.

Die Kinder lebten noch, doch Dr. Malz war tief geschockt über ihren Gesundheitszustand. Es ging ihnen sehr schlecht, was auch kein Wunder war, wenn sie, wie er vermutete, mit denselben Tropfen vergiftet worden waren, die Emilie das Leben gekostet hatten. Als Sophie die Zofe tot in ihrem Zimmer gefunden hatte, war ihr ein kleines braunes Fläschchen mit einem Totenkopf aufgefallen. Sie hatte es aufgehoben und Dr. Malz gegeben.

„Sie müssen sofort ins Hospital“, rief er. „Wir müssen schnellstmöglich ihre Mägen entleeren. Und wir haben keine Zeit zu verlieren!“

Sophie und Max, je ein Kind im Arm, fuhren nun mit Dr. Malz in der Droschke in halsbrecherischem Tempo zum Hospital. Dort wurden die Kinder sofort mit kühlenden Umschlägen versehen und dazu gebracht, sich zu erbrechen.

Sophie war, während sich der Arzt um die Kinder kümmerte, recht schweigsam. Max betrachtete sie besorgt.

„Ich verstehe nicht, wie Emilie so etwas tun konnte“, flüsterte sie plötzlich. „Irgendwie werde ich den Verdacht nicht los, dass vielleicht Hans Stallkamp dahintersteckt.“

Max betrachtete sie verwundert. „Hans Stallkamp?“ fragte er. „Aber was hatte Emilie mit Stallkamp zu tun?“

„Ich weiß es nicht!“ Sophie sah ihn ratlos an.

Schweigend saßen die beiden beieinander. In ihren Köpfen jagte ein Gedanke den nächsten. Und immer wieder sahen sie zur Tür, durch die Dr. Malz verschwunden war.

Sophie nahm Max’ Hand. „Meinst du, die Kinder …?“ begann sie, doch ihre Stimme versagte. Sie wollte das Schreckliche nicht einmal denken.

Max nahm sie in den Arm und drückte sie fest an sich. Auch er wollte nicht daran denken, was geschehen würde, wenn die Kinder …

„Lieber Gott“, betete er leise, „du darfst sie nicht sterben lassen!“

Nach fast einer Stunde kehrte Dr. Malz in das Krankenzimmer zurück. Die Kinder waren inzwischen bei Bewusstsein und durch die Kühlung relativ stabil. Doch hatten sie nach wie vor sehr hohes Fieber.

„Es handelt sich um das Gift einer afrikanischen Schlange“, erklärte Dr. Malz. „Ich habe ein Gegenmittel besorgen können und hoffe, dass es noch nicht zu spät ist. Ich muss Sie aber bitten, draußen zu warten.“

Max und Sophie verließen den Raum und warteten auf dem Krankenhausflur. Nach einer weiteren Stunde der Ungewissheit, in der sie abwechselnd versucht hatten, nach Gründen für Emilies Verhalten zu suchen und zu hoffen, dass ihre Kinder das Attentat, so nannten sie es, unbeschadet überstehen würden, trat Dr. Malz schließlich aus dem Zimmer.

„Ich glaube, es ist geschafft. Das Fieber ist erheblich gesunken. Das Gegenmittel schlägt an."

Sophie atmete erleichtert auf. Max fiel dem Arzt spontan um den Hals. Dann kehrten die beiden in das Krankenzimmer ihrer Kinder zurück und blieben bei ihnen, bis sie vor Erschöpfung auf den Betten neben ihren Kindern einschliefen.

Am gleichen Morgen saß Hans Stallkamp alias Alois Pangerl vor dem Foto von Friedrich. Wieder brannten hunderte von Kerzen. Friedemann Gerwien hatte ihm von der schweren Erkrankung der Kinder berichtet, und Hans war sich sicher, dass sie bald sterben würden, falls sie nicht gar schon tot waren. Er rieb sich die Hände und berichtete Friedrich von seinem Erfolg.

„Herr, Ihr Vermächtnis hat sich beinahe erfüllt", flüsterte er. Dann ging er zu dem schweren Tresor und öffnete ihn. Er nahm das silberne Halsband der Dogge Noah heraus, das er zur Erinnerung behalten hatte, und legte es neben das Foto von Friedrich. Auch der Hund sollte an dem späten Triumph teilhaben.

Nach einer Weile fröstelte ihm, und er begann, stark zu schwitzen. Das geschah nicht zum ersten Mal. In letzter Zeit war ihm häufiger abwechselnd heiß und kalt geworden. Doch so schlimm wie dieses Mal war es noch nie gewesen. Er wischte sich den Schweiß von der Stirn und klapperte mit den Zähnen. Zitternd löschte er die Kerzen, verschloss den Tresor und wankte aus dem Zimmer.

Als Gertrud Ostermaier ihn in diesem Zustand auf seinem Bett liegend fand, erschrak sie. Sie fing sofort an, ihm kalte Umschläge zu machen. Doch das Fieber ließ sich nicht senken. Hans Stallkamp war offenbar todkrank. Als Gudrun einen roten Ausschlag an Hans Stallkamps Mund entdeckte, schreckte sie zurück. Diese Symptome waren ihr durchaus bekannt.

Sie schickte Wilhelm, den Diener, nach einem Arzt. Als der Hans sah, veranlasste er sofort seine Verlegung in ein Hospital.

„Was hat er?“ fragte Gudrun den Arzt, obwohl sie es längst ahnte.

„Die Franzosenkrankheit!“

Gudrun erschrak. Es war genau, was sie befürchtet hatte.

An der abendlichen Soiree nahm Alois Pangerl nicht teil. Gertrud Ostermaier war in großer Sorge. Den Abendgästen erzählte sie, Hans leide an einem unbekannten Fieber, und alle verliehen ihrer Hoffnung Ausdruck, dass Herr Pangerl baldmöglichst genesen möge.

Gertrud jedoch wurde mit einem Male schmerzlich bewusst, dass das Ende von Alois auch das Ende seines Geschäftes bedeutete – und damit auch das ihre. Denn sie hatten nie geheiratet, und deshalb hatte Gertrud keinen Anspruch auf das Erbe.

Am nächsten Morgen stürmten ein Zeitungsredakteur und ein Fotograf in Hans' Krankenzimmer. Sofort schoss der Fotograf ein paar Großaufnahmen von dem kranken Mann, der als großer Gönner Münchens galt. Die abwehrenden, schwachen Handbewegungen von Hans ignorierte er. Der Redakteur versuchte vergeblich, ein Interview mit dem schwer Kranken zu führen. Doch Hans war zu schwach und zu sehr im Fieber, als dass er hätte reagieren können.

Bereits am nächsten Tag erschien ein Artikel mit riesigem Foto auf der Titelseite der Münchner Zeitung, der „Große Sorge um Alois Pangerl" überschrieben war. Im Untertitel hieß es „Daumen drücken für einen wahren Gönner unserer Stadt".

Als Gertrud Ostermaier mit der druckfrischen Zeitung zu Hans ans Krankenbett kam, wusste dieser genau, dass das sein Ende war – mit Sicherheit würde irgendjemand ihn auf dem Bild erkennen und der Polizei melden. Aber es war ihm egal. Hans war so geschwächt und vom Fieber gezeichnet, dass er immer öfter murmelte: „Herr, ich komme …" Ja, schon bald wäre er wieder mit Friedrich Hartenstein vereint.

Rike hatte Hans Stallkamp auf dem Zeitungsfoto erkannt. Klugerweise ging sie nicht zur Polizei, sondern telegrafierte umgehend an Max.

Max beschaffte sich die Münchner Zeitung, erfuhr aus dem Artikel, dass Hans angeblich eine höhere Schule für Mädchen betrieb, und ahnte gleich, worum es sich wahrscheinlich in Wirklichkeit handelte. Umgehend sprach Max beim Ahlener Polizeipräsidenten vor. Selbst der erkannte Hans wieder.

„Bitten Sie die Münchner Polizei, Stallkamps Haus zu durchsuchen“, sagte Max aufgeregt zum Polizeipräsidenten und fügte hinzu, „ich bin mir jedoch sicher, dass etliche Polizeibeamte zu Stallkamps Kunden gehörten und vermutlich korrupt sind.“

„Apropos“, erwiderte der Polizeipräsident. „Wir haben hier eigentlich nicht die Mittel, diese Dinge ins Rollen zu bringen. Schon der Einsatz in Ihrer Fabrik hat uns eine Menge Geld gekostet. Vielleicht …“

„Ja, ja“, entgegnete Max. „Ich habe verstanden. Sie werden Ihre Spende bekommen, aber jetzt handeln Sie!“

„Gut. Ich werde um Amtshilfe ersuchen und darum bitten, dass eine Hausdurchsuchung stattfindet und alle wichtigen Dokumente und Wertgegenstände beschlagnahmt werden“, lenkte der Polizeipräsident schließlich ein.

„Danke“, sagte Max. „Ich bin sicher, dass sich unter den Dokumenten genügend Beweismaterial finden lässt.“

Nun ging alles Schlag auf Schlag. Gertrud Ostermaier war überrascht, als die Polizei mit großer Mannschaft in ihrer „Schule“ einrückte. Niemand hatte sie vorgewarnt. Das Münchner Polizeipräsidium hatte dichtgehalten. Selbst wenn Gertrud Ostermaier vorher informiert worden wäre – die entscheidenden Dokumente und die gestohlenen Wertgegenstände, vor allem das Gold, das einst Friedrich Hartenstein gehört hatte, befanden sich ohnehin im Tresor des Raumes, in den sie noch nie einen Fuß gesetzt hatte. Nämlich in dem Raum, den Hans Friedrich gewidmet hatte.

Tatsächlich sollte die Auswertung der Unterlagen eine Fülle von Beweisen liefern. Hans Stallkamp alias Alois Pangerl hatte den Fehler begangen, alle Dokumente, Unterlagen, Rechnungen und Briefwechsel peinlichst genau zu archivieren. Natürlich hatte Hans niemals damit gerechnet, dass überhaupt jemals irgendwer in seiner Abwesenheit an den Tresor herankommen konnte, ohne dass er die entscheidenden Beweise vorher hätte verschwinden lassen können. Doch nun war es anders gekommen.

Traurige Gewissheit wurde auch, dass Wolfgang von der Fohl fast fünf Jahre zuvor hier zu Tode gekommen war. Hans hatte seine Dokumentenpapiere sowie die Rechnung der Maximilian-Pension ebenfalls im Tresor aufbewahrt.

Gertrud Ostermaier sowie der Diener Wilhelm wurden festgenommen und inhaftiert. Nach langen Verhören hatte Wilhelm Weyer zugegeben, den Mord an Wolfgang von der Fohl ausgeführt zu haben. Lange wollte er nicht sagen, wo er und sein Bruder die Leiche verscharrt hatten. Aber schließlich war er bereit, Beamte und Gerichtsmediziner an den Ort des Grauens zu führen.

Die beiden hatten Wolfgang von der Fohl auf der Theresienwiese vergraben. Zunächst konnten sie die genaue Stelle gar nicht mehr finden, doch nach einigem Suchen erklärte Wilhelm den Beamten: „Dort, wo der Schwarm Nebelkrähen hockt. Dort etwa muss es gewesen sein.“ Und es stimmte tatsächlich. Als die Beamten die Krähen verscheucht hatten, begannen sie zu graben und wurden schnell fündig. Die Krähen jedoch hielten sich seltsam dicht an der Fundstelle auf. Erst als die Beamten und Gerichtsmediziner die sterblichen Überreste von Wolfgang von der Fohl gesichert hatten, flogen die Krähen im Schwarm davon. Und dass es sich wirklich um die sterblichen Überreste von Wolfgang von der Fohl gehandelt hatte, bewies der Siegelring mit dem Familienwappen, der immer noch auf dem Knochen des linken Ringfingers steckte.

Auch die sterblichen Überreste des Kindermädchens Emilie Raabe, die in Wirklichkeit Ottilie Lehmann geheißen hatte, wurden schon bald darauf von Ahlen in ihre Heimatstadt Heidelberg überführt.

Ottilie hatte auf ihrem Zimmer auf Gut Ahlen ein Tagebuch hinterlassen, das alles erklärte. Sie berichtete darin über die lange Kutschfahrt mit verbundenen Augen, über die Instruktionen und die neuen Papiere, die sie erhalten hatte. Ihre Peiniger hatte sie nie zu Gesicht bekommen. Sie belastete den Advokat Dr. Bayrhammer sehr schwer, denn er hatte sie in München mehrfach daran erinnert, dass sie ihm noch etwas schulde, und hatte wiederholt den Beischlaf verlangt.

Auskunft über ihre wahre Identität gaben ebenfalls Dokumente, die Hans fahrlässig in seinem Tresor aufbewahrt hatte und die klar machten, dass der Advokat Dr. Bayrham-

mer die junge Frau erpresst und gezwungen hatte, sich bei den Grebes als Zofe einzuschleichen.
Kurz darauf war auch Eckehart Kaschube von der Polizei in Köln gefasst worden. Betrunken hatte er in einem teuren Kölner Bordell mit seinem Geld und der Geschichte vom Maschinensturm in Ahlen geprahlt. Die Besitzer hatten die Polizei gerufen, die ihn zunächst in einer Ausnüchterungszelle festhielt und sich mit den Ahlener Kollegen in Verbindung setzte. Kaschube wurde schließlich nach Ahlen überführt. Dort gab er den Namen von Friedemann Gerwien preis, mit dem er sich nach dem Überfall die gesamte Geldsumme, die eigentlich zur Bezahlung der fast vierzig Randalierer bestimmt war, geteilt hatte, bevor Gerwien selbst in einer Droschke mit Kaschube nach Dortmund aufgebrochen war, wo Kaschube sich in den Zug nach Köln gesetzt hatte.

Schon wenige Tage später wurden die sterblichen Überreste von Wolfgang von der Fohl in der Ahlener Familiengruft beigesetzt. Pater Johannes hatte zuvor einen Gedenkgottesdienst gehalten. Endlich konnte auch er seinen Frieden mit Wolfgang von der Fohl machen. Merkwürdig, ja geradezu unheimlich mutete ihn nur die Tatsache an, dass hinter dem Trauerzug zur Gruft der von der Fohls ein riesiger Schwarm Nebelkrähen herzog, die sich sonst eher selten hierher verirrten. Nachdem der Sarg in die Gruft gebettet worden war, verschwanden die Vögel ebenso plötzlich, wie sie gekommen waren.

Noch am Tage von Wolfgangs Beisetzung kam aus München die Nachricht, dass Hans Stallkamp in einem Münchner Hospital an der Syphilis verstorben sei.

Für Max, Sophie und die Kinder, die inzwischen wieder vollständig genesen waren, war der Albtraum ein für alle Mal vorbei.

16. KAPITEL

Viereinhalb Jahre später hatte sich Deutschland sehr verändert. Die deutschen Länder waren zu einem großen Nationalstaat, dem Deutschen Reich, zusammengewachsen, und König Wilhelm I. von Preußen war zum Deutschen Kaiser ernannt worden.

Wieder war Ahlen mit einem herrlichen Sommer gesegnet. An einem Sonntag im August war es so weit. Endlich sollte das neue Gelände der *Sophie-Grebe-Stiftung* mit dem zentralen Verwaltungsgebäude, dem Mädchenwohnheim und der Mädchenschule eröffnet werden.

Die drei neuen Backsteingebäude in der Nähe des Ahlener Marktplatzes erstrahlten im Licht der Sonne, das sich in ihren riesigen Fenstern spiegelte.

Auf dem großen Vorplatz vor dem in der Mitte angelegten Verwaltungsgebäude der Stiftung herrschte Volksfeststimmung. Überall waren kleine Buden aufgebaut, in denen Getränke und etwas zu essen gereicht wurden. Zwischen den Bäumen und den Hausfassaden waren bunte Wimpelketten gespannt. Auf dem Treppenabsatz vor dem Portal des Verwaltungsgebäudes war eine Bühne aufgestellt worden. Zu beiden Seiten der Bühne befanden sich Stühle, an denen die Instrumente eines Blasorchesters schon auf ihre Interpreten warteten. Eine Gauklertruppe bereitete den vielen, vielen Kindern jede Menge Spaß durch allerhand Clownerien. An den drei Fahnenmasten am Haupteingang des Geländes wehten die Deutsche Reichsflagge, die Stadtflagge von Ahlen und die von Sophie selbst entworfene Stiftungsfahne.

Was die meisten nicht wissen konnten, war, dass heute nicht nur das neue Stiftungsgelände seiner Bestimmung übergeben würde, sondern dass Max an diesem Sonntag auch seinen fünfunddreißigsten Geburtstag feierte.

Es dauerte nicht lange, und der Platz vor dem Hauptgebäude schien von der Menschenfülle aus allen Nähten zu platzen. Nicht nur die Arbeiter der Ahlener Eisenbahnfabrik mit ihren Frauen und Kindern und nicht nur die Arbeiter vom Weingut, nein, das ganze Stadtvolk war eingeladen und erschien zahlreich.

Im Gutshaus herrschte ziemliche Aufregung. Die Kinder sprangen aufgeregt die Treppen hoch und runter. Rike half Sophie wie früher beim Ankleiden. Sophie würde heute ein mandelblütenfarbenes Sommerkleid tragen, Rike ein lindgrünes. Beide Kleider würden den Pastellfarben dieses Sommers entsprechen.

Rike zog sacht an den Schnüren von Sophies wunderschönem neuen Korsett.

„Willst du es ihm heute sagen? Laut Doktor Malz ist es ja erwiesen."

Ungeduldig pochte Max an die Tür. „Wir werden unsere eigene Stiftungseröffnung noch verpassen, wenn ihr euch nicht beeilt!"

Sophie lachte. „Bist du denn umgezogen?"

„Dir wird das Spotten schon noch vergehen, wenn du

mich erst siehst!" antwortete Max mit einem gespielt theatralischen Unterton in der Stimme.

Irgendwie kam Rike dieser Dialog bekannt vor.

„Ja, heute soll er es erfahren. Aber erst nach der Feier", flüsterte Sophie Rike zu und strahlte die Freundin glücklich an.

Als die beiden in die Halle herunterkamen, waren Max, Robert Koch und dessen Gattin Emmy Adolfine, zu denen in den letzten vier Jahren eine enge Freundschaft entstanden war, sowie Magda, Benedikt, York von Kettelaer, Theo und Gudrun bereits da und warteten. Rike und Sophie mussten schmunzeln. Max und Robert Koch trugen zum Verwechseln ähnliche Kleidung: schwarze Anzüge, weiße Hemden und weinrote Binder.

Robert Koch ahnte, worüber sich die beiden amüsierten. „Keine Sorge. Man wird uns trotzdem nicht – auch wenn die männliche gegenüber der weiblichen Garderobe offensichtlich noch stark unterentwickelt ist – verwechseln können. Denn ich habe ja kaum mehr Haare auf dem Kopf", spöttelte er fröhlich. Emmy Adolfine trug ein zart himmelblaues Kleid, das farblich hervorragend zu der Garderobe der anderen Damen passte.

„Na, dann nichts wie los", rief Max. Er hakte Sophie unter, und alle zusammen machten sich mit den Kindern auf den Weg.

Die Ahlener Zeitung hatte tagelang über das bevorstehende Ereignis berichtet. Und auch in anderen Teilen Deutschlands hatte man aufmerksam Kenntnis von diesem Ereignis genommen. Erwartet wurden der Bürgermeister und seine Stadträte, der Polizeipräsident sowie Fabrikanten und Unternehmer, Adelige und Militärs, Geistliche und Vertreter zahlreicher Wohlfahrtsorganisationen aus ganz Deutschland. Ebenso Vertreter von Krankenhäusern und Forschungseinrichtungen, die die Stiftung unterstützte, Zeitungsredakteure, Fotografen und viele andere mehr. Auch Pater Johannes war selbstverständlich genauso anwesend wie Dr. Malz und einige Mitarbeiter des städtischen Hospitals, die Lehrer der Werksschule und Vertreter der Schulbehörden. Und sogar ein hoher Staatsbeamter der Regierung in Berlin hatte sich angekündigt.

Als Max und Sophie, Robert Koch und Emmy Adolfine, Magda, Rike und Benedikt sowie Theo, Gudrun, York und die Kinder das neue Stiftungsgelände erreichten, trauten sie ihren Augen kaum. So ein dichtes Gewimmel von Menschen hatten sie noch nie gesehen!

Schließlich war es so weit. Der offizielle Teil des feierlichen Anlasses sollte beginnen. Zunächst spielte das Blasorchester der Polizei auf.

Dann trat Sophie auf die Bühne, hinter der alle offiziellen Gäste aufgereiht standen. Max schlotterten die Knie vor Lampenfieber – solch feierlichen Anlässe waren nicht nach seinem Geschmack. Er war mehr für das Praktische.

„Liebe Gäste, liebe Freunde, liebe Bürger der Stadt Ahlen. Wir sind heute hier zusammengekommen, um unserer ja schon seit langem tätigen Stiftung, die sich vor allem den Kampf gegen Infektionskrankheiten, den Kampf gegen Hunger, Armut und Verwahrlosung sowie den Schutz hilfebedürftiger Menschen und speziell die Wiedereingliederung gefallener Mädchen in ein normales Leben auf die Fahne geschrieben hat, ein neues Zuhause zu geben. Von dieser zentralen Verwaltung aus werden wir nun unsere Tätigkeit in ganz Deutschland koordinieren und steuern. Ich will nicht viele Worte machen. Ich danke einfach allen, die uns bisher in unserer Arbeit unterstützt haben. Vor allem den vielen Spendern und Helfern. – Und ich möchte nun den Schlüssel für dieses Gebäude an die Kuratorin, an unsere unermüdliche Stiftungsverwalterin Frau Gräfin Magda von Ahlen übergeben."

Magda trat auf die Bühne und war vollkommen gerührt von dem herzlichen Beifall der vielen Menschen auf dem Platz. Zum ersten Mal sahen selbst Theo und Gudrun Tränen in den Augen der Gräfin. Zum ersten Mal war ihr die kühle Distanz nach außen, die sie so meisterlich beherrschte, abgegangen. Sie nahm den Schlüssel entgegen, und lauter Beifall brandete auf.

„Ich danke Ihnen allen. Ich danke allen, die uns dabei geholfen haben und die uns in Zukunft helfen werden, Gutes für die Menschen und das Leben zu tun." Magda trat in die hintere Reihe zurück. Und wiederum setzte tosender Applaus ein.

Sophie erhob die Stimme. „Und nun möchte ich die Schlüssel für unser Mädchenheim und für unsere Mädchenschule an Rike Bütow übergeben, die die beiden Einrichtungen ab heute leiten wird." Rike trat scheu auf die Bühne – beinahe hätte Sophie sie nach vorn ziehen müssen. Und wieder jubelten die Menschen.

„Ich will alles dafür tun, dass die entwurzelten jungen Frauen, die bei uns wohnen und ausgebildet werden, durch uns nur die nötige Hilfe erfahren, später selbstständig und glücklich in ihren Familien leben zu können. Das ist mein größter Wunsch, mein sehnlichster Traum. Und ich wünsche, dass wir hier in Ahlen damit ein Beispiel für viele andere geben können – ein Beispiel, das uns Hoffnung macht, dass dies überall in Deutschland gelingen kann." Beifall drang an die Bühne heran.

„Und nun möchte ich Ihnen noch ein Geheimnis verraten", fuhr Sophie fort. „Kaum einer von Ihnen dürfte wissen, dass mein über alles geliebter Mann Max Grebe, ohne dessen hingebungsvolle Unterstützung dies alles überhaupt nicht denkbar gewesen wäre und der der größte Freund der Menschen und des Lebens ist, den ich je kennen gelernt habe, heute mit uns gemeinsam seinen fünfunddreißigsten Geburtstag feiert." Und wieder brandete Jubel auf. Max musste vor Rührung schlucken. Seine zitternden Beine wollten ihm kaum gehorchen, als Sophie ihn auf die Bühne zog, um ihm ein kleines Geschenkpaket zu überreichen.

„Los jetzt, auf die Bühne!" riefen die fast vollständig versammelten Arbeiter der Fabrik Christian Schmidt zu. Der drängelte sich schließlich die Treppen herauf. Zwei Arbeiter mit dem fast einen Meter langen originalgetreu nachgebauten Modell des neuesten hochmodernen und extrem schnellen Triebfahrzeuges, das Benedikt konstruiert hatte und das seit kurzem in der Ahlener Eisenbahnfabrik hergestellt wurde, folgten ihm. Sie stellten das Lokomotivenmodell auf der Bühne neben Max ab. Christian Schmidt schüttelte Max die Hand.

„Ich darf Ihnen, lieber Herr Grebe, im Namen der gesamten Belegschaft die herzlichsten Glückwünsche überbringen. Und ich soll Ihnen ausrichten, dass alle Mitarbeiter Ihnen ein langes Leben wünschen – und sich selbst wünschen sie, noch so lange wie möglich in Ihrer Fabrik arbeiten zu dürfen."

Max war sprachlos. Er fand keine passenden Worte. Christian Schmidt umarmte ihn fest und herzlich im Namen aller Arbeiter. Max war voller Dankbarkeit, und er spürte, dass es richtig gewesen war, Christian zu verzeihen und sich mit ihm zu versöhnen, was ihm nur gelungen war, weil Sophie ihn darin bestärkt hatte.

„Ich danke euch", sagte Max, senkte den Kopf und eilte von der Bühne. Seine Tränen sollte niemand sehen.

Schließlich sprach der Bürgermeister der Stadt Ahlen. Er lobte sowohl die Tätigkeit der Stiftung und ihre ausschließlich humanistischen Ziele als auch die Arbeit der Eisenbahnfabrik, die – ebenso wie die Stiftung – die Stadt Ahlen deutschlandweit und auch über die Grenzen des Landes hinaus ins Gespräch gebracht hätten. Voller Dankbarkeit verlieh er Max und Sophie die Ehrenbürgerschaft der Stadt.

Und plötzlich trat Robert Koch vor. Er bat Sophie erneut auf die Bühne und überreichte ihr zum Dank für die Unterstützung, die sie seiner Forschung hatte zukommen lassen, seine bahnbrechende Schrift *Die Ätiologie der Milzbrand-Krankheit,* die gerade erschienen war und die schon zu dieser Zeit weltweit Furore machte.

„Ich glaube, liebe Sophie, liebe Gräfin von Ahlen und lieber Max, Sie werden Ihren Platz in der Medizingeschichte zugewiesen bekommen, wenn eines Tages das Gespenst der Infektionskrankheiten besiegt sein wird“, sagte er.

Zuletzt trat der Staatsbeamte aus Berlin auf die Bühne und sorgte für eine Sensation. Er bat Sophie und Magda zu sich und verlas folgende Schrift:

In Anerkennung der Leistungen Ihrer Stiftung beim Kampf gegen Krankheit, Armut und Verwahrlosung sieht sich das Land veranlasst, Ihre Arbeit zu fördern und sie mit einer Spende von fünfzigtausend Reichsmark in Gold zu unterstützen.

Der Beamte schüttelte beiden herzlich die Hand, und die Menschen auf dem Platz applaudierten und jubelten.

„Und nun lasst uns feiern“, beendete Sophie schließlich kurz und schmerzlos den offiziellen Teil der Stiftungseröffnung.

Die Kapelle begann zu spielen, und die Menschen tanzten oder taten sich an den kostenfreien Getränken und Speisen gütlich. Lina und Leo, Lotte und Heinrich konnten sich kaum zu ihrem Getränke- und Essensstand durchschlagen, vor dem schon eine riesige Schlange wartete.

Max und Sophie, Robert Koch und Emmy Adolfine, Benedikt und Rike, Theo und Gudrun, York von Kettelaer und Magda hatten es nicht so eilig mit dem Essen und mischten sich unter die Tanzenden.

„Ich bin schwanger", flüsterte Sophie Max ins Ohr, so als wäre es eine Selbstverständlichkeit.

Max blieb stehen und hielt sie fest. Er blickte ihr tief in die Augen und sah sofort, dass sie es ernst meinte. Freudestrahlend umklammerte er sie, hob sie hoch in die Luft und drehte sich im Kreis. Vorsichtig ließ er sie wieder herunter.

Atemlos sah er Sophie an. „Es wird ein Mädchen", sagte er wie selbstverständlich.

„Es wird ein Junge", entgegnete Sophie. „Du weißt doch, Mütter verstehen mehr von Kindern."

Max widersprach nicht mehr. Er tanzte mit Sophie und wollte sie nie wieder loslassen.

EPILOG

Es war die Silvesternacht. Max war mittlerweile achtzig, Sophie fünfundsiebzig Jahre alt. Ein wenig erschöpft, aber noch gar nicht müde, hatten die beiden ihr gemeinsames Schlafzimmer betreten. Sie setzten sich auf die Bettkante des Ehebettes und genossen die Ruhe, die eingekehrt war.

Ihre drei Kinder, acht Enkelkinder und zwölf Urenkelkinder bewohnten in dieser Nacht das Ahlener Gutshaus, das aus allen Nähten zu platzen drohte. Und erst jetzt war der Moment gekommen, der ihnen ein bisschen Besinnlichkeit bescheren würde.

Max strich Sophie durch das leicht ergraute Haar. Seine Finger tasteten sich sanft an ihren Schläfen herunter und streichelten ihre Wangen. Sanft küsste er ihre Stirn und ihre Augen.

„Ach, Sophie, mein Engel, wie schön du bist“, flüsterte Max.

„Na, nun flunkerst du aber. Oder glaubst du, dass Engel graue Haare und so viele Falten bekommen?“ spöttelte Sophie lächelnd.

„Natürlich glaube ich das. Sie altern genauso wie wir. Und sie können lieben, weil sie keine Götter sind“, empörte sich Max gespielt.

Nach einer ganzen Weile fragte Sophie ernst: „Denkst du denn schon ans Sterben?“

„Ich habe immer ans Sterben gedacht. Früher mehr als

heute“, antwortete Max. „Warte einen Moment“, sagte er plötzlich und verließ das Zimmer. Kurz darauf kehrte er mit einem ziemlich vergilbten Büchlein zurück.

„Weißt du, was das ist?“ fragte er Sophie.

„Nein, zeig es doch einmal her.“

„Das ist das Geburtstagsgeschenk, das du mir vor fünfundvierzig Jahren zur Eröffnung unseres Stiftungsgeländes gemacht hast.“

„Nein“, hauchte Sophie. „Das glaube ich nicht.“

„Ich habe es die ganze Zeit in meiner alten Bedienstetenkammer aufbewahrt und immer wieder darin gelesen.“

Max setzte sich wieder zu Sophie aufs Bett und schlug das Buch auf. Das erste Gedicht trug den Titel *Für Max.*

„Kannst du dich noch daran erinnern?“ fragte Max und las die erste Zeile vor:

„Ich bin deine Blüte ...“

„Und mein Schmetterling du“, ergänzte Sophie.

„Ich bin deine Welle“, setzte Max fort.

„Meine Schaumkrone du“, beendete Sophie den Vers.

„Ich bin deine Güte“, sagte Max.

„Und mein Zorn bist du“, fuhr Sophie fort.

„Dein Diesseits bin ich“, begann Max.

„Und mein Jenseits bist du“, vollendete Sophie.

Lange blickten sie sich schweigend in die Augen.

„Weißt du, ich glaube, das Einzige, was an uns nicht altert, sind die Augen. Sie funkeln und strahlen wie vor fünfzig Jahren“, bemerkte Sophie leise.

„Wie die Sterne“, erwiderte Max nachdenklich. „Sie leuchten immer gleich hell, und wenn sie nicht mehr leuchten, dann sind sie wohl tot."

Wortlos legte Sophie ihren Kopf an Max' Brust. Er umarmte sie zärtlich.

„Glaubst du, dass wir bald sterben, Max?" fragte Sophie wehmütig.

„Und wenn schon", sagte Max. „Die Reise, die dann auf uns zukommt, machen wir gemeinsam ... Aber noch ist es nicht so weit. Zu viel haben wir hier noch zu tun. Und der Abend hat doch erst begonnen ..."

– ENDE –

Die neue DVD Box
zur Serie
NEU
2
DVD
Sophie-
Braut wider Willen
2
DVD
FOLGE 13 - 24
& exklusives Bonusmaterial
»Hinter den Kulissen …«
Vol. II
2 DVD · 0169848ERE
GRUNDY UFA
FREMANTLEMEDIA
Das Erste
Ab 24. Februar im Handel
edel motion
© 2006 ARD-Werbung · © 2006 Grundy UFA TV Produktions GmbH. All Rights reserved. Licensed by Fremantle Brand Licensing · www.fremantlemedia.com
℗ 2006 edel records GmbH · Alle Rechte vorbehalten · Photos: Nicole Manthey

Victoria van der Heyden

Das Geheimnis der schönen Baronin

Band-Nr. 75012
8,95 € (D)
ISBN: 3-89941-262-1

Victoria van der Heyden

Herz aus Stahl

Band-Nr. 75013
8,95 € (D)
ISBN: 3-89941-263-X

Victoria van der Heyden

Ein fantastischer Freund

Band-Nr. 75014
8,95 € (D)
ISBN: 3-89941-264-8

Brenda Joyce

Es war einmal in New York

1902: Ein Mörder versetzt die Frauen in New York in Angst und Schrecken – ein Fall für die junge Detektivin Francesca Cahill, die couragiert die Ermittlungen aufnimmt. Nicht ganz ohne männliche Hilfe ...

Band-Nr. 25167
7,95 € (D)
ISBN: 3-89941-225-7

MIRA®